デルフィーヌの友情

デルフィーヌの友情

デルフィーヌ・ド・ヴィガン
湯原かの子訳

水声社

フィクションの楽しみ

最新作が出版されて数カ月後に、私は書くのを止めた。ほとんど三年間、一行も書かなかった。文字通り、表現が凍りついてしまったのだ。私は事務的な手紙も、感謝状も、ヴァカンスの絵はがきも、買物リストも、何一つ書かなかった。執筆に何らかの努力を要するもの、何か書式を気にしなくてはならないものは、いっさい書かなかった。一行も、一言も。メモ帳や手帳や分類カードを目にすると、気分が悪くなった。

　徐々に、書く仕草をすることがまれになり、ためらいがちになり、不安感なしにはできなくなった。万年筆を持つという簡単なことさえ、私には次第に難しく思えてきた。

　しばらくすると、パソコンでワードの文書を開くや否や、パニックに襲われるようになった。

　私は座りやすい位置を探したり、パソコンの画面が見やすいように向きを変えたり、机の下で脚を伸ばしたりした。それからそのままじっと動かず、数時間、画面に目を釘付けにした。

　またしばらくすると、手をパソコンの画面に近づけるや否や、手が震えだすようになった。

　私は執筆依頼をことごとく断った。記事も、夏の近況も、序文の執筆も、共著の本への寄稿も。手紙やメッセージのなかに「エクリール（書く）」という言葉があるだけで、私の胃は締めつけられた。

　エクリール、私はもう書けない。

　エクリール、お手上げだ。

　私の周囲で、文学界やネット上で、さまざまな噂が飛び交ったことを、今では私は知っている。彼女はもう書けないだろう、彼女は壁にぶち当たったのだ、束の間の情熱はいつだって燃え尽きるものさ、と言われたのを、私は知っている。私の愛する男性は、私が書くための気力や衝動を失ったのは、自分と付き合うようになってからだ、だから遅かれ早かれ自分のもとを去るだろう、と思い込んだ。

　友人や知人、ときにはジャーナリストたちが、私の沈黙について思いきって質問してきたとき、私はさまざまな理由や不都合をならべた。たとえば、疲労、海外旅行、成功によるプレッシャーのせいにし、あるいは文学修業の課程は修了した、などとうそぶいたことさえある。私は時間不足、集中力のなさ、情緒不安定を口実にあげて、にっこりと微笑んで切り抜けようとしたけれど、そんな見せかけの平静さには誰も騙されたりはしなかった。

今では、私は知っている、それはすべて言い訳に過ぎないと、そんなことではないのだと。

身近な人たちは、私が怖じ気づいていると感じたかもしれない。私は恐怖心について話した覚えはないけれど、でも、問題となっていたのは「恐怖心」だった。今では、認めることができる。私の心をずっと長いこと占めてきた書くこと《エクリチュール》、私の存在を根底から変容させ、私にとってはきわめて貴重なものだったエクリチュール、それが私を怖じ気づかせたのだ、と。

ことの真相は、潜伏期、胎動期、そして実際の執筆期間へと移行する創作のサイクル——私が十年以上前から経験してきた、ほとんど体内時計のようなサイクル——に従って再び書き始めていなければならなかった時期に、いくつかのノートを取り、多くの資料を集めて、次作を書き始めようと準備していた、まさにその時期に、私がLと出会ったということなのである。

今では、分かる、私が書けなかったただ一つの理由は、Lなのだと。私たちが親しくしていた二年間のせいで、私は永遠に沈黙しそうになったのだと。

第一章　誘惑

――彼はまるで、自分が物語の登場人物になったように感じた、その話たるや、現実に起こった出来事として語られるのではなく、フィクションとして作りだされているかのようだった。

――スティーヴン・キング『ミザリー』

私はLがどのようにして、どのような状況で、私の人生に侵入してきたか、語りたいと思う。Lが私の個人生活のなかに入り込み、じわじわと占領していった経緯を、正確に叙述したいと思う。それはけっして簡単なことではない。そして、「Lがどのようにして私の人生に侵入してきたか」というフレーズを書きながら、私は、この表現が仰々しく大げさすぎないか、まだ起こっていないドラマを強調しようとしているのではないか、紆余曲折や思いがけない展開を予告しようとしているのではないか、と考える。でも、そうなのだ、Lは「私の人生に侵入してきた」、そして根底から、ゆっくりと、確実に、狡猾に、ひっくり返したのだ。Lは、芝居が上演されているさなかに舞台に登場するように、私の人生に割り込んできた。まるで周囲のすべてがぼやけ、Lに場を譲るよう、舞台監督が配慮したかのようだった。まるでLの登場は、その重要性を際だたせるよう、準備されていたかのようだった。まさにその瞬間、観客が、そして舞台上の他の登場人物たちが(この場合は、私が)、彼女だけに視線を注ぐように、私たちの周りのすべてが静止し、彼女の声が客席の奥まで届くように、彼女がインパクトを与えるように、準備されていたかのようだった。

しかし、あわてずに順を追って話すことにしよう。

私がLに出会ったのは、三月末のことだった。九月の新学期には、Lは私の生活のなかで、内情に通じた昔年の友人のようになっていた。九月の新学期には、私たちはすでに、二人の「プライベート・ジョーク」を、二重の意味とほのめかしからなる共通言語をもち、私たちだけに分かる目配せを共有していた。私たちの親密な共犯関係は、お互いの打ち明け話によってばかりか、言外の意味や言葉には出さないコメントによっても育まれた。時間がたってみると、また、後に私たちの関係がとった激しさから考えると、Lは、私のテリトリーを併合するというただそれだけの目的で私の人生に不法侵入したのだ、と言いたい誘惑に駆られるのだが、そう言っては語弊があるだろう。

Lは静かに、無限のデリカシーをもって、入ってきた。そして私は彼女とともに、驚くべき共犯関係の時間を過ごしたのだ。

ある日の午後、Lと出会うことになるより前に、私はパリのブックフェア、サロン・デュ・リーヴルで著者サイン会に出席することになっていた。会場内のラジオ・フランスのブースで、私は友人のオリヴィエが生放送のゲストとして出演しているのを見つけた。私は聴衆に混じって、彼の話に耳を傾けた。そのあと、彼の娘のローズもいっしょに、私たちは三人で会場の古びたカーペットの上に座って、サンドウィッチをほおばった。私のサイン会は一四時半からの予定で、時間の余裕はあまりなかった。オリヴィエは、君は疲れた様子をしているよ、と言った。彼はほんとうに心配していたのだ、私があのようなことすべてを、どうやって切り抜けたのかと。私が「あのようなことすべて」とは、私がきわめて個人的で内密な本を書いたこと、そしてその本が大きな反響を呼んだことを指しているのだが、それは、彼も知っての通り、私がまったく予期しなかった反響で、それ故、私は何の心の準備もしていなかった。

それからオリヴィエは、いっしょについて行ってやろう、と言って、私たちは出版社のブースに向かった。私たちは人が群がった長い行列の前を通り過ぎた。行列の先にはいったいどんな作家がいるのだろうかと、私は見回した。忘れもしない、作家の名前を書いたポスターをよく見ようと目を上げた、そのとき、オリヴィエがささやいたのだ、どうやら君のらしいよ、と。ほんとうに、行列は長く伸び、それから折り曲がって、私が行こうとしているブースまで続いていた。

別の時だったら、数カ月前だったら、私は大喜びし、たぶん得意満面になっただろう。私はこれまで、あちこちのブックフェアで、山積みにされた自分の本の後ろにおとなしく座り、読者が来るのを今か今かと、何時間も待ったものだ。それなのに、誰も来なかった、あの狼狽、ちょっと気恥ずかしいあの孤独を、私はよく味わった。ところが今、まったく別の感覚、一種の目眩に襲われた。大変だわ、たった一人の作家のために、こんなに集まるなんて、私には手に負えない、という考えが、一瞬、脳裏をかすめた。オリヴィエは、じゃ、僕はこれで、と私を置き去りにして行ってしまった。

私の本は八月末に出版された。そして数カ月前から、私は各地を巡り、サイン会や私の本をめぐる討論会を、書店や図書館やメディア・ライブラリーで行ったが、その都度、ますます多くの読者が私を待つようになっていた。

そして私は、うまくいった、何千人もの読者を、私といっしょに、私の後ろに、巻き込んだのだという感情を味わい、私は理解されたのだという、おそらくはまやかしの感覚に、しばしば溺れたのだった。

私は一冊の本を書いたが、それがどんな影響力を及ぼすか、想像していなかった。

私は一冊の本を書き、その結果は、私の家族や周囲に、いくつものうねりとなって波及することになったが、それにともなってどのような被害がもたらされるかは、予測していなかった。一冊の本は、まもなく、私の変わらぬ支持者のみならず、偽りの同盟者をも明らかにし、そこから派生するさまざまな影響が、長く続くことになるのだった。

私は、目的とその結果が増殖していくことを、想像していなかった。私は、母のあのイマージュが何百、何千と複製されることを、想像していなかった。表紙に載って、本の宣伝に大きく貢献した、あの写真。すぐさま彼女から乖離して、それからはもはや私の母ではなく、屈折して曖昧な小説の登場人物になってしまった、あの写真。

私は、読者が感動したり、怖じ気づいたりするのを、想像していなかった。ある者たちが私の前で涙を流し、そして彼らといっしょに泣かずにいるのがどんなに難しいかを、私は想像していなかった。

最初の頃、リールで、こんなことがあった。何度も入院したらしい、目に見えてやつれた、やせた若い女性が、私にこう言ったのだ。あの小説は、とてつもなく大きな希望を与えてくれた、自分は病気だし、すでに起こってしまったことは修復できないかもしれないけれど、子供たちに「苦労をかけてしまった」けれど、もしかしたら、子供たちは自分のことを愛してくれるかもしれない……

またあるときは、日曜日の朝、パリで、見るからに壊れた男が私に話しかけてきた。精神病のこと、自分やみんなに注がれる他人の目のこと、精神病の連中はひどく恐怖を与えるので、みんな、十把ひとからげに同じ袋に入れられてしまったこと、双極性障害、統合失調症、鬱病と、そのときの傾向と雑誌のカバーにしたがって、セロファンで包装されたひな鶏のように値札をつけられて。そしてリュシル、私の本の神聖なるヒロインが、みんなの名誉を回復してくれたのだ、と。

そしてまた、ストラスブールで、ナントで、モンペリエで出会った読者たち、私はときとして、彼らを抱きしめたい思いに駆られた。

徐々に私は、どうにか、見えない壁を打ち立て、防御線を張り、適切な距離をとりながらその場にとどまることができるようになった。胸骨のところで呼気をとめる横隔膜の運動を習得し、それがごく小さなクッション、見えないエアバッグとなって、危機が去ったら、口から少しずつ息を吐き出すようにした。こうして私は、話を聞いたり、しゃべったりできるようになり、本をめぐって織りなされることを、テキストと読者との間で繰り広げられる往復運動を、理解できるようになった。どう説明したらよいだろうか、本は読者に、ほとんどいつも、読者自身の物語を投げ返しているのだ。本は鏡のようなもので、その裾野の深部と輪郭は、もはや私に属していないのだ。

　しかし、私は分かっていた、そうしたことすべてが、いつかは私を取り押えるだろうと。多くの、そう、多くの読者、コメント、招待、多くの書店訪問、新幹線《テ・ジェ・ヴェ》で過ごす移動時間……すると、何かが、私の疑惑や矛盾の重みの下で壊れてしまうだろうと。私は分かっていた、いつか私はそこから逃れられなくなるだろう、そして無償で解放されることはないのだから、ことの重大さをしっかり見定めなければならないだろうと。

　ブックフェアで、あの土曜日、私は途絶えることなくサインをし続けた。読者たちが私と話すために押しかけ、そして私は、彼らに謝意を述べ、彼らの質問に答え、彼らの期待に応えるために、自分の言葉を見つけようと四苦八苦していた。私は自分の声が震えるのが分かり、呼吸が苦しくなってきた。エアバッグはもはや作動せず、もう立ち向かうことができなかった。私は防御のすべなく、ボロボロだった。

　一八時頃、二本のポールの間に伸縮性の帯が張られ、行列は打ち切られた。遅れてやってきた人々は、あきらめて引き返さなければならなかった。数メートル離れたところで、ブースの担当者が、もう終了ですと説明しているのが聞こえた。「申し訳ありませんが、これで終了させていただきます。先生はお発ちになりますから。」

　やっと行列の最後の一団にサインをし終わって、私はほんの短い時間、編集者や販売担当者としゃべった。これから駅までの行程を考えると、疲労感に襲われ、カーペットの上に寝そべって、このままでいたい、と思ったほどだった。私たちはブースに立っていて、私は会場の通路と、ついさっきまで座っていた小さな机に、背を向けていた。一人の女性が背後から私たちに近づき、自分の本に献辞を書いてもらえますか、と尋ねた。それはできません、と私は迷わず答えた。彼女の本にサインしたら、他の人たちもサインをしてもらおうと新たに並ぶだろうし、またもや長い行列ができるに違いないから、と私は彼女に説明したと思う。

　彼女の目を見ると、納得していないこと、納得できなかったことが見てとれた。周囲には、もう誰もいなかった。運がなかった読者たちは立ち去り、あたりは静けさと落ち着きを取り戻していた。彼女の目を見ると、こう考えているのが分かった。まったく、この愚かな女は自分を何様だと思っているのかしら、あと一冊か二冊の本にサインするぐらい何でもないでしょうに、第一、あなたはそのために来たのでしょ、本を売って、サインをするために、あなたが文句を言う筋合いはないわ……。

私は彼女に、こう言うことはできなかった。マダム、申し訳ありませんが、もう、できないんです、私は疲れました、私は力不足なんです、そんな器じゃないんです、それだけです、他の作家たちが何時間も飲まず食わずで、皆さんがサインをしてもらい満足するまで、持ちこたえられることは知っています、ほんとにラクダのようにご立派で、筋骨たくましい方々です、でも、私はダメです、今日はダメなのではなくて、私はもう自分の名前を書くことができないんです、私の名前なんて欺瞞です、詐欺みたいなものです、信じてください、この本の上に書かれた私の名前は、本の見返しの上に運悪く落ちてきた鳩の糞ほどの値打ちもないんです。

私は彼女に、こう言うことはできなかった。マダム、いいですか、もし、あなたの本に献辞を書いたら、私は二つに裂けてしまうでしょう、ぜったい、そうなるんです、予告しておきます、離れてください、距離をとってください、私の二つの半身を結び合わせている細い糸がプツンと切れてしまうんです、そうすると、私は泣き出し、たぶん泣き叫ぶでしょう、私たち全員にとって、きわめて面倒な事態になりかねません。

私は後悔の念にとらわれはじめたが、それを無視して、ブックフェアの会場を後にした。

私はポルト・ド・ヴェルサイユで地下鉄に乗った、車両は満員だったが、何とか座席をみつけた。窓ガラスに顔を近づけて、先刻のシーンを反芻しはじめた、あのシーンが脳裏によみがえった、まず一回、さらにもう一回。私は、そこにいて、おしゃべりをしていたのに、あの女性の本にサインをするのを拒否したのだ。まったく、どうかしていた。自分が愚かで、バカげていたと感じる。私は恥ずかしかった。

今、私はあのシーンを、それが含んでいる過剰な感情と疲労感とともに書いている、それは、もしあのようなシーンが起こっていなければ、Lと出会うこともなかっただろうと、ほぼ確信するからだ。

私のなかの、きわめて壊れやすく、不安定で、もろい、あの部分に、Lが気づくことはなかっただろう、と。

子供だった頃、私は誕生日によく泣いたものだった。招待客がいっしょに、誕生日の歌を、その歌詞は、私の知っている家族では似たり寄ったりだったが、その恒例の歌を歌い始め、歳の数のローソクを立てたケーキが私の方へ近づいてくると、私は泣きじゃくった。

自分が注目の的となり、キラキラした眼差しが注がれ、みんながワクワク興奮するのが、私には堪え難かった。

それは、私のために誕生会が開かれることに対して感じていた喜びとは、まったく関係なかった。それは、プレゼントを受け取る嬉しさを、何ら損なうものでもなかった。にもかかわらず、まさにその瞬間、一種の発振現象《ハウリング》が起こって、私のために歌われた合唱に共振して、私は不快な高周波の増幅された泣き声という雑音で応じることしかできなかったのだ。いったい、何歳まで、このシナリオが繰り返されたか、さだかではない——待ちどおしい気持ち、緊張感、喜び、それからみんなの前で、突然、取り乱し、恐慌をきたす私——。でも、私はそのとき私を襲った感覚を、はっきりと憶えている、「お誕生日、おめでとう。ローソクの明かりが幸せをもたらしますように！」そのとたん、その場で、私は消えてしまいたくなった。あるとき、八歳の誕生日だったか、私は逃げ出してしまった。

幼稚園で、誕生日をクラスで祝っていた頃のことを、私は思い出す、母は先生に、一言、手紙を書いて、娘の誕生会はしないでください、と頼まなければならなかった。母はその手紙を封筒に入れる前に、念のため、声を出して読んでくれたのだが、そのなかに「感受性が強い（émotive）」という形容詞があった。私はその意味を知らなかったが、母に聞く勇気がなかった。先生に手紙を書くことは、すでに例外的な手続きで、それは母に常ならぬ面倒をかけることであり、彼女から特別待遇を、つまり優遇を受けることだ、と私は意識していた。実は、私は長いこと、「感受性が強い」という表現は、個人が所有している語彙数と何か関係があるのだろうと思っていた。私は「感受性が強い（é-mot-ive）」女の子、つまり、言葉（mots）が足りない女の子で、だから集団生活で誕生日を祝うには不向きなのだ、と理解していた。だから、社会生活をするためには、言葉で武装しなければならないし、迷わず言葉数を増やし、多様な言語を学び、言葉の最も微細なニュアンスを理解しなければならない、と私には思われた。このようにして習得した語彙は、徐々に、薄い繊維のような殻を形作り、その軽快で内密な世界のなかで、私は動き回ることができるようになった。でも、まだ知らない言葉がたくさんあった。

その後、小学校で、学年の始めに生徒カードに記入するときに、私は用心深く、誕生日の日付をごまかし続け、数カ月ずらして、夏休みの中頃に生まれたことにした。

同様に、給食のときや友達の家で、公現祭のケーキ《ガレット・デ・ロワ》のなかに入っている陶製の小人形《フェーヴ》が、私に切り分けられたケーキの一片に入っていたりすると、私は慌てて飲み込んだり、隠したりした、そんなことが何度もあった（それは、かなり高学年になるまで続いた）。当たり！　と名乗りを上げること、数秒あるいは数分の間、みんなの注目の的となること、それは堪え難いことだった。福引きで当たり券を引くと、賞品をもらうために名乗り出なければならない時点で、急いでしわくちゃにしたり、破いたりしてしまう。かくして、私は五年生のとき、学年末のパーティーで、ギャラリー・ラファイエット百貨店の百フラン分の商品券をあきらめた。私は思い出す、演壇までの距離を目測し——リラックスした自然な様子で、よろけずに歩いていき、階段を数段上り、たぶん、校長先生に謝意を述べなくてはならないだろう——そして、それはやっても割に合わない、という結論に達したのだ。

ほんの一瞬でも中心に立つこと、いっぺんに何人もの視線にさらされること、それは理屈抜きに堪え難いことだった。

私は子供時代も少女時代もとても内気だったが、覚えているかぎりでは、このハンディキャップはとくにグループを前にすると（つまり、三〜四人以上の人たちとかかわり合うときに）顕著になった。学校の「クラス」はとりわけ、集団という実体の最初の現れで、私をつねに怯えさせた。学校を卒業するまで、声を出して暗唱したり発表したりしなくてはならない日の前夜は、眠れなかった。人前で発言をしないですむように、長い時間をかけて考えだした回避作戦については、触れないでおこう。

それに反して、思春期になると、個と個として向き合う関係、グループではなく個人としてつき合い、他者と真の出会いをする形の関係は、結べるようになった。どこに行っても、どこに滞在しても、私はいつも、いっしょに遊び、話し、笑い、夢を語る相手を見つけることができた。どこに立ち寄っても、友達を見つけ、長続きする関係を作ることができた。私の感情のよりどころは、このような関係性のなかにあると、私は若くして察知したかのように思った。実際、Lと出会うまでは、そうだったのだ。

例の土曜日、ブックフェアの会場を出たとき、私は急いで駅に行き、愛する男性と田舎で合流し、その夜と翌日一日を彼と過ごす予定だった。フランソワは、週末はいつもそうするように、前日にクルセイユに出発していた。彼が私と出会った頃に買ったばかりだった田舎家は、年月を経るにしたがって彼の避難所とも陣地ともなっていた。金曜日の夕方、喜びと安堵のため息をついて、彼が田舎家の敷居をまたぐのを見ると、私は、電気が切れた無線電話の受話器が電話器本体に戻されて、満足げに小さな音をたてるのを連想する。私たちの友人や知人たちは、田舎家が彼のバランスの土台となっていて、彼が週末をこの家で過ごさないことは滅多にないことを知っている。

フランソワは私を待っていた。見渡すかぎりの野原を各駅に止まりながら走る普通列車が、クルセイユの近くまで来たら、私は彼に電話をすることになっていた。

地下鉄がモンパルナス駅に停車したまま動かなくなったとき、私はどうしようか迷った。たぶん、私は立ち上がった、でも、降りなかった。私はあまりにも気がふさぎ、田舎に行く気分になれなかった。ブックフェアでの出来事が、一挙に、私を疲労困憊させ、あの緊張状態、精神の脆弱さをあらわにしたが、それはフランソワがつねづね心配し、私もいやいや認めていたものだった。私はそのまま十一区まで行った。そして彼に、携帯電話のSMSで、家に帰ることにします、あとで電話します、と連絡した。

私は家の近所に着くと、スーパーUに立ち寄った。子供たちは彼らの父親のところで週末を過ごし、フランソワは田舎にいた。私は道を歩きながら、気持ちがはっきりした、静かな夜を、静寂と孤独の夜を過ごそう、それこそ私が必要としているものだ、と。

私は腕に赤いプラスチックのカゴをぶら下げて、スーパーの売り場をぶらついた。そのとき、誰かが私を呼んでいる声がした。ナタリーが楽しそうに、ちょっと驚いた様子で、私の後ろにいた。私たちはこの界隈のスーパーUで、年に何回か顔を合わせる。ついには、この偶発的出会いは、もはや各自が自分の役を演じるしかないギャグの掛け合いのようになり、私たちは大声で笑い、抱擁し合う。それにしてもびっくりしたわ、なんという偶然かしら、私はこの時間に来ることなんてないのに、あら、私もよ。

私たちはヨーグルトの売り場の前で、数分間、おしゃべりした。ナタリーも、今日の午後、ブックフェアでサイン会があり、最新作『私たちは生きていた』に関するインタヴューに応えていた。彼女は私に会いに出版社のブースに行こうかと思ったが、時間が足りず、早々、帰宅したのだった、それというのも、今夜パーティーに招待されているからで、スーパーUに寄ったのは、シャンペンを一瓶買おうと思ったからだ。いったい、三秒足らずのうちに、どうして私もパーティーについて行くことにしたのだろう、ほんの一瞬前には、今夜は一人で過ごそうと、嬉々として考えていたというのに。私は思い出せない。

私は数年前にフランソワと出会ったが、それより以前に、ナタリーともう一人の友人ジュディットと連れ立って、何度か夜のパーティーに出かけて行ったことがある。私たちは三人ともたいがい独り身で、自分たちだって楽しみたいと思ったのだ。私たちはこの夜遊びを、ジュディット（Judith）、デルフィーヌ（Delphine）、ナタリー（Natalie）の頭文字をとって、「JDNの会」と呼んでいた。この会の趣旨は、メンバーそれぞれがさまざまなパーティー（誕生会、新居祝い、クリスマス・イヴや大晦日）に招いてもらい、他の二名をともなって出かけて行く、さらには、誰も招待されていなくても、突拍子もない場所に侵入する、というものだった。こうして私たちは、市民活動の開会式、大衆的なダンスパーティー、企業の送別会、はては新郎新婦が誰かを知らない結婚式にまで、忍び込んだのだ。

私は楽しいことは好きだけれど、いわゆる「レストランでのディナー」（友人同士の夕食ではなく、社交的で気取ったディナー）は、ほとんどいつも避けている。このためらいは、その種の集まりで必要とされるマナー・コードに適応できないことに由来する。そのような場に身を置くと、たちまち昔の臆病さがよみがえり、すぐに顔を赤らめる小さな女の子か娘に逆戻りして、自分は場違いなところにいる、自分は無能だ、という恐ろしい考えにとらわれてしまい、自然な態度で会話に加わることができず、ごくわずかな会食者と言葉を交わす以外、大部分の時間を押し黙って通すことになる。

時がたつにつれて、他者との関係はある程度の親密さがなければ、面白くも何ともない――それともこれは、私の社交嫌いの逃げ口上にすぎないのだろうか――、と考えるようになった。

JDNの会は、なぜか間遠になり、途絶えてしまった。おそらく、単に、私たちそれぞれの生活が変わったからだろう。その土曜日の夜、スーパーUで、私がナタリーに、ええ、行くわ、と言ったのは、最近、滅多にダンスをしなくなったけれど、パーティーでなら踊れるかもしれない、と考えたからだろう（というのも、ディナーで愛想よくしなければならないと考えると、今でも恐怖を覚えるが、それに反して、パーティーで誰も知った人がいなくても、フロアの真ん中で一人で踊るのは平気なのだ）。

このような煩雑な説明をすると、状況や背景を生き生きと描きだすという口実のもとに、話が脇道にそれ、他の話題に脱線している、という印象を与えるかもしれない、そのことを私は十分に自覚している。しかし、これはけっして脱線ではない。さまざまな出来事の連鎖を見ることは、私がどのようにしてＬに出会ったかを理解するために欠かせないことだと思われる。そして、この出会いにおいて、ほんとうは何が問題になっていたかを把握するために、私はおそらく、この語りの流れにしたがって、さらに遠い過去にまで遡らなければならなくなるだろう。

この出会いが私の人生に引き起こした混乱から見ても、何故に、Ｌが私に対してあのような支配力を及ぼすことができたのか、そしてたぶん、私もＬに対してそうできたのか、それを明らかにすることは、私にとって大事なことなのだ。

ところで、Ｌが私の前に出現したとき、私はダンスを踊っていた、そして、私の記憶のなかでは、私たちの手は微かに触れ合った。

私たちはソファに座っていた、Lと私は。音楽が好みの曲ではなくなったときに、最初にフロアを去ったのは私だった。

私のそばで一時間以上も踊っていたLも引き上げて、私の方へやってきた。Lはにっこりと微笑んで、私と隣の男性を隔てるわずかな隙間に座った。男性は、彼女がゆったり座れるように、肘掛け椅子に移動してくれた。私たちは共犯者ね、といわんばかりに、彼女は私に向かって勝利のジェスチャーを投げかけた。

――あなたはダンスをしているとき、とっても美しいわ。彼女は座るや否や、そう言った。あなたが美しいのは、まるで誰も見ていないと思っているかのように、自分以外は誰もいないかのように踊っているからよ。それに、あなたはきっと、こんなふうに、自分の寝室や居間でも、一人で踊っているんでしょうね。

（娘は、思春期の頃、私に言ったことがある。大人になっても、母親が居間の真ん中で楽しそうに踊っていた光景は、忘れられないだろう、と。）

私はLに、お礼は言ったものの、どう応じたらいいか、とまどった。それに彼女は、何か返事を期待している様子はなく、唇に微笑みを浮かべて、フロアを見続けていた。私はこっそり、彼女を観察した。Lは流れるような黒いパンタロンをはき、クリーム色のブラウスを着ていた。その襟は、サテンか革の黒っぽい細いリボンで飾られていたが、材質が何かは見分けられなかった。Lは完璧だった。忘れもしない、ジェラール・ダレルのブランドの広告にあるような着こなし、あのシンプルでモダンな洗練された趣味、クラシックで高級感のある生地と大胆な細部との巧みな組み合わせ、それは、たしかに、ジェラール・ダレルのものだった。

――あなたがどなたか、知っているわ、お会いできて光栄です。と、彼女は、いっときおいて、付け加えた。

たぶん、私は尋ねるべきだっただろう、彼女は何という名前か、誰に招待されたのか、仕事は何をしているのか。でも、私は、この女性に、彼女の落ち着いた物怖じしない態度に、圧倒されていた。

Lは、まさしく、私が幻惑されるタイプの女性だった。Lは、非の打ちどころがなかった、髪はすべすべし、爪には完璧にヤスリをかけ、赤いマニキュアを塗っていて、それは暗いなかで輝いて見えた。

私はいつも、爪にマニキュアをしている女性に感嘆した。マニキュアを塗った爪は、ある種の女性的な洗練を象徴しているように思われ、それはどうあがいても、私の手の届かない代物だと自覚していた。私の手は、ある意味で、あまりにも大きく、幅広く、頑丈すぎて、爪にマニキュアをしようものなら、なおさら大きく見えて、あたかも、女性らしく見せようという虚しい試みが、私の手が男性的であることを強調するかのようだった（とにかく、この作業はいつも根気がいるように思われるし、そのしぐさ自身、私が持ち合わせていない綿密さや我慢強さを要求する）。

こんな女性になるには、いったいどのくらいの時間をかけなければならないのだろう？　私はLを観察しながら、そう考えていた、これまでも地下鉄で、映画館の行列で、レストランのテーブルで、何十人もの女性を観察したように。髪を整え、爪にマニキュアし、しわ一つなく、服にアイロンをかけた女性たち。毎朝、何時間かけてこの完璧さに到達するのだろう？　夕方は、外出する前に、何時間かけて化粧や装いに手を入れ直すのだろう？　ブラッシングして髪を整え、毎日アクセサリーを取り変え、洋服の組み合わせを工夫し、何事も成り行き任せにしないよう、ゆとりを持って行うには、どのような生活を送らなければならないのだろう？

今では、私は分かっている、それは時間があるかどうかの問題ではなく、むしろ、どのような「タイプ」の女性になることを選択するか、仮に選択できるとしての話だが、その「タイプ」の問題だということを。

私は思い出す、ジャコブ通りの小さなオフィスで、担当の編集者にはじめて会ったとき、彼女の洗練された装いに、まず魅惑されたのを。爪はもちろん、その他すべてがシンプルで非の打ちどころのない趣味のよさだった。彼女は幾分クラシックでありながら、抑えのきいた適度な女性らしさを発散し、それがとても印象的だった。私はフランソワと知り合ったとき、彼の好みは、私とは違う「タイプ」の女性で、もっと気取った、もっと洗練された、自制心のある女性なのだ、と思い込んでいた。私は、カフェで、女友達の一人に、この関係はうまくいくわけない、とぼやいたのを思い出す。だって、そうでしょ、フランソワの好みはスベスベ髪の従順な女性よ（私はジェスチャー混じりでしゃべっていた）、それなのに、私ときたら、ボサボサ髪だもの。この不一致はそれだけで、より深く根本的な違いを要約しているように思われた、一般的に言って、私たちの出会いはよくある見込み違いでしかなかった。時間がたつと、そうではなかった、と認めることになったけれど。

いっときたつと、Lは立ち上がり、十人ほどの人たちの真ん中で、また踊りはじめた。彼女はそのなかを縫うようにして進み、私の前まで踊ってきた。この夜、起こったことを、今になって思い返すと、この光景は紛れもなく、誘惑の示唆行為だと解釈できるし、それに実際そうなのだが、あの時は、むしろ、彼女と私の間の一種のゲームであり、暗黙の了解だった。何かが妖しげで、ワクワクさせた。Lはときどき目を閉じた、身体の動きは、それとなく、さりげなく、官能的だった、Lは美人で、男たちの目を惹いた、私は彼女に注がれる男たちの視線をキャッチしようとし、その視線が陶然となる瞬間をとらえようとした。私は女性の美に敏感だが、以前からずっとそうだった。私は女性たちを観察し、眺めるのが好きだ、そして想像してみる、どんな曲線、どんな凹み、どんなエクボ、どんな発音の間違い、どんな不完全さが、彼女たちの内部で欲望を掻き立てるのか、と。

Lは、ほとんど静止して踊っていた、彼女の身体は静かに波打ち、リズムにのり、トーンとニュアンスに共鳴し、足は今では床についたまま、もはや動いていなかった。Lは、音楽の息吹とテンポに身を任せた一本のつる草、一本の葦、それは見ていてとても美しかった。

しばらくすると、今ではこの二つの時間の間をはっきりつなぎ合わせることはできないのだが、Lと私はまた合流して、キッチンのテーブルにウォッカの瓶を前にして座っていた。その間に、ぼんやり覚えていることといえば、私の知らない人たちが話しにきて、いっとき彼らとおしゃべりし、それからLが私に腕を廻してきてダンスに戻り、ナタリーは家に帰ったのか、姿が見えなくなったこと、パーティーには大勢の人がいて、楽しい雰囲気だったこと……。

どういう成り行きでそうなったのか、私はLに、ブックフェアで出会った女性のこと、あの後悔、いつまでも続く後味の悪さについて話していた。あの瞬間、私のリアクション、私はそれについて考えつづけていた、あの光景のなかには、何か腑に落ちない、私らしくないものがあった。私はあの女性を追いかけて行って、謝罪し、彼女の本にサインすることができなかった。それは起こってしまい、行われてしまい、そして後戻りすることはできなかった。

――実のところ、あなたが心配しているのは、あの女性を傷つけたことだけではないわね、彼女はたぶん、あなたに会うために、子供たちを妹に預け、何キロもの道のりをやってきた。彼女は夫と喧嘩をした、なぜなら彼は買い出しに行くつもりだったし、彼女がどうしてそれほどまでにあなたに会いたがるのか理解できなかった。

そうよ、あなたを悩ませているのは、あの女性が、今ではもう、あなたを愛してくれないかもしれないことなのよ。

彼女の声は穏やかで、皮肉はなかった。

——そうかもしれない、と私は認めた。

——あの時、あなたはさぞかし大変な状況にいたのでしょう。コメント、リアクション、突然の脚光。身を滅ぼす危険性だってあったかもしれないわよね。

私は、それほどでもないし、大げさに考えすぎるのもよくない、と言おうとした。

彼女は続けた。

——それでもやっぱり、ときには、自分は一人ぼっちだと感じるはずよ、まるで、道路の真ん中に、車のヘッドライトを浴びて、丸裸でいるみたいに。

私は驚いてLを見た。まさしく、私は「道路の真ん中に丸裸でいる」と、感じていた。この通りの言葉で、私は数日前に表現したのだ。いったい、誰にそれを打ち明けただろうか？　私の編集者に？　それともジャーナリストに？　どのようにしてLは、私が使った言葉をそっくり用いることができたのだろうか？　でも、私はほんとうに、誰かに、それを言っただろうか？

今でもなお、私は分からない、あの夜、Lがあの言葉を使ったのは、どこかで読んだからなのか、誰かに聞いたからなのか、それとも、彼女がほんとうに言い当てたのか。私は早々に気づくべきだった、Lが他者に対するたぐいまれな感覚をもっていることに、ぴったりの言葉を見つけ、人が聞きたいと思っていることをその人に語る才能に恵まれていることに。Lは、間髪をおかず、もっとも的確な質問をし、話し相手に、その人のことを理解し励ますことができるのは自分だけだ、と示すような発言をした。Lは、一目見るなり、混乱の原因を突きとめたばかりか、とりわけ、私たちの誰もが隠し持っている裂け目を、それがどんなに奥深く隠されたものであれ、見つけだすことができた。

私は思い出す、Lに、成功について私が考えていることを、私の言葉が誤解されることはないだろうと思って、ありのままに説明した。まさしく事故だった。私にとって、本の成功は一つの事故だった。再現不可能なさまざまな要因の、無作為な偶然の巡り合わせによって生じた、予期せぬ突然の出来事だった。彼女が、私の言ったことを、まやかしの謙遜だと解釈しなければいいのだが……。本の出来・不出来は、もちろん、成功と関係があるけれど、でもそれは一つの要因にすぎない。他の本も、可能性としては、同じくらいの、あるいはもっと大きな、成功を収めたかもしれない。でも、事情が有利に働かなかった。一つ二つの要因が欠けていたのだ。

Lは、私から目を離さなかった。

——とはいっても、事故は、と彼女はまたしゃべり始めた、「事故」という言葉が彼女のものではないことを示そうと強調しながら。事故は被害を、ときには取り返しのつかない被害を、引き起こすでしょ、そうじゃないこと?

私の前におかれたウォッカのグラス、彼女が何度も注ぎたしたグラスを、私は飲み干した。私は酔っていなかった、それどころか、めったに到達しない醒めた意識レベルに達したようだった。夜も更けて、パーティーは一挙にお開きになり、数分前には人でごった返していたキッチンには、私たち二人しかいなかった。私は微笑んでから、彼女に答えた。

——なるほどね。本の成功は、無事にはすまされない事故というわけね。でも、それを嘆くのは、とんでもないことかもしれない。それは、確かにそう思うわ。

私たちはいっしょにタクシーをつかまえた。Lはしつこく言った、とっても簡単よ、私を途中で下ろしてちょうだい、私は手前に住んでいるから、回り道にもならないわ。

運転手は私の住居の前で車を止めた。

Lは、私の頬に軽く触れた。

私はときどき、あのしぐさを思い出す、それが含んでいた甘美さ、優しさ、そして、たぶん欲望を。あるいは、まったくそうではなかったのかもしれない。なぜなら、結局のところ、私はLについては何も知らないし、彼女についてはまったく何も分からなかったのだから。

私はタクシーから降りた、私は階段を上り、ドレスを着たまま、ベッドの上に丸くなった。

それに続く数日間のはっきりした記憶はない。たぶん、書店やメディア・ライブラリーでの交流会、学校のクラス訪問など、出版記念の行事がいくつか残っていた。私は子供たちのそばにいるために、地方への出張は週に一度だけにし、それも、五月末にはすべて打ち切る予定にした。自分の周囲に静寂を取り戻し、仕事を再開し、自分の軌道に戻らなければならない時が来ていた。私はこの時を待ち望むと同時に恐れてもいたが、この時が来るようにと、五月末以降の招待はことごとく断った。

ある金曜日の夕方、二日間留守にして帰宅すると（私はジュネーヴの読書サークルに招待されていた）、メールボックスのなかに、いくつかの請求書に混じって一通の手紙を見出した。封筒の下の方に、私の氏名と住所が印刷されたラベルが貼ってある。広告のダイレクトメールだろうと思い、危うく中味を確かめないで捨てるところだった。ところが、ある細部が私の注意を引いた。ラベルの上に、太い文字で私のアパルトマンの番号が記されていたが、それは事務的な郵便物には記入されない番号だった。そのうえ、私はそんな番号があることを長いこと知らなかった。実のところ、その番号は、各戸のドアから一メートルほど離れた外廊下の左下の、釘で付けた青銅の小さなプレートに表示されている。その横には、電話回線用の古くなったPTTプレートがいくつか並んでいる。私はそれに気づくのに数年かかった。私のアパルトマンは8番だが、隣人たちは5番で、この論理性の欠如が番号をなおさら不可解なものにしていた。

私はいぶかしく思いながら封を切り、中に入っていた手紙を広げた、それはA4判の紙にタイプで打たれていた。今どき、いったいどんな人物が、タイプライターを保持しているのだろう、と私は考えたが、おもむろに手紙を読みはじめた。

以下に、手紙の全文を引用する。見たところ、構文や語彙から書き手の性別が分からないよう、注意深く書いてある。

デルフィーヌ

おまえは、たぶん、自分は大丈夫だと思っているだろう。おまえは、こうして、うまく切り抜けられる、と思っている。なぜなら、おまえの本は、いわゆる小説で、いくつか名前を変えてあるから。おまえは自分のつましい生活を再開できるだろうと思っている。しかし、もう遅すぎる。おまえは憎しみの種をまいた、その支払いをしなければならない。おまえの周りの偽善者たちは、おまえのことを赦したふりをしているが、そんなことはない、私の言うことを信じるがよい、彼らは激怒し、好機を待っている、時がきたら、おまえを取り逃がしたりはしないだろう。私は、それを知るのに、都合のよい場にいる。おまえは爆弾を仕掛けたのだ、今度はおまえが残骸を数える番だ。おまえの代わりをする者は、誰もいない。

　私の意図を勘違いしないでほしい。私はおまえを苦しめたくはない。おまえの幸運を望んでさえいる。私はおまえが輝かしい成功をおさめ、七五％の高い税金（オランド大統領が二〇一三年～二〇一四年に実施した、富裕層をターゲットにした所得税政策。一〇〇万ユーロ以上の所得に対して七五％の税率を適用した）を納めるよう、願っている。なぜなら、すべてのブルジョワ・インテリ連中と同様、おまえは左翼だろうし、フランソワ・オランドに投票するだろうから。

　おまえは自分の母親を売ったのだ、それは甚大な結果をもたらした。おまえは、たんまり儲けた、そうだろう？　家族の物語は、どうだ、割に合うだろう？　大儲けだろう？

　それなら、我々も儲けのお相伴にあずかりたいものだ。

敬具

私のもとには、当時、毎週、出版社経由の郵便物が、読者からの何十通もの手紙をクラフト紙の封筒に入れたパックが、たくさん送られてきた。編集者のサイトから転送されたメールも届いた。

　しかし、プライベートな住所に宛てた匿名の手紙を受け取ったのは、はじめてだった。しかも、私の作品の一つについて、これほど暴力的な手紙が送られてきたことは、これまでなかった。

　手紙を読み終わるや否や、携帯電話が鳴った。その画面に現れた番号は、私の知らないものだったので、電話にでる前に躊躇した。一瞬、私は、ナンセンスかもしれないが、手紙を書いた人物と電話をかけてきた人物が同一ではないかと考えた。私はあまりにも混乱し（そしてホッとし）たので、それがLのいくぶん柔らかく低い声だと分かったとき、彼女に番号を教えていなかったにもかかわらず、意外だとも思わなかった。

Ｌは私と出会って以来、私のことをしばしば考えたという。そして彼女は、お茶か、コーヒーか、ワインか、何でもあなたの好きなものでいいから、近いうちに、都合のつくときに、いっしょに飲みましょう、と提案してきたのだった。彼女は、自分のアプローチの仕方が少し大胆で、奇妙に思われるかもしれないと、十分に意識していた。彼女は笑ってから、こう付け加えた。

――だって、未来はセンチメンタルな人たちのものなのよ。

私はどう応えたらいいか、分からなかった。そのとき、突然、『センチメンタルなオオカミ』の挿絵が目に浮かんだ。それは、子供たちが小さい頃、何十回も読み聞かせた絵本で、若くて元気のいいオオカミ、主人公のリュカスが、自分自身の人生を生きるために家族のもとを離れるお噺だ。別れのとき、感極まった父親は、食べてもよい食料品のリストをリュカスに渡す、そこには、赤ずきんちゃん、三匹の子ブタ、雌ヤギと子ヤギたちなどが載っている。半ズボンにトックリセーター姿で（私がこのような詳細を記すのは、登場人物の魅力をよく表していると思うからだ）、リュカスは自信満々、気分ワクワクで冒険に出発する。しかし、リストにある獲物に行き合うたびに、彼はうまく丸め込まれ、獲物を食べることができずに、旅路を続ける。素晴らしいご馳走を何度か食べそこなったあと――リュカスは必ず彼らと友好関係を結ぶのだが――、お腹がペコペコのリュカスは、恐ろしい魔法使いにでくわす（私の記憶では、『おやゆび姫』に出てくる魔法使いだ）。彼はこの魔法使いをほとんど一口で飲み込み、こうして、この地方の弱き生き物たちすべてを、魔法使いの脅威から解放する。

実をいえば、これ以外に、センチメンタルな動物たちの幸運を物語る童話を、私は思いつかなかった。それどころか、ほとんどの場合、彼らは邪悪な者や暴君たちのかっこうの餌食となっている。

それはともかく、私はＬの誘いに乗った、いいわよ、よろこんで、とか言って。私たちは、次の金曜日に、Ｌのなじみのカフェで再会することにした。話している途中で、Ｌは私に、順調に行っているかどうか、たびたび尋ねたが、それはあたかも、彼女のいるところから、私のトラブルを察知しているかのようだった。

あとになってから、どのようにして私の電話番号を知ることができたのか問いただすと、Ｌは、自分は「人間関係」が広いので、誰の番号でも手に入れられるのだ、と答えた。

私の手帳には、この初めての待合せの痕跡が残されている。Lの名前の横に、彼女の電話番号とカフェの住所が記入してある。その頃、当分の間はまだ、私は万年筆を持ち歩くことができた、日々の記録はすべて、クォ・ヴァディス社の黒い手帳に、十五年来同じモデルで毎年秋に新しいものが出るこの手帳に、書き留めてあった。そのページを見ながら、私は、Lと再会したときに自分がどのような心理状態にあったかを想い起こし、その状況を再構成しようと試みる。見たところ、同じ週に、私はパリの書店で交流会に出席し、作家とメディアの関係について調査しているフランス国立科学研究センターの女性研究員とホテル・リュテシアで再会し、エドゥアール・ロックロワ通り十二番地（なぜか、その住所にはスタビロ社のグリーンのマーカーで線が引かれている）に出向き、年に一～二回会って仕事や生活の近況報告をしあうセルジュといっしょにパシデルムの店に立ち寄った（その日の話題は理想的な椅子探しで、セルジュは、座り心地がよくて、束の間、夢中になった椅子や、階段の踊り場に山積みに放棄された椅子の法螺話で私を笑わせた）。その他にも、十件ほど人と会う約束をしていたが、ぼんやりとした記憶しかない。つまり、この時期、私は忙しかったのだ。たぶん、少々、気が張りつめていたと思う、人生が私を追い越して駆け抜けて行くときに、いつもそうなるように。その一方で、シモンに英語を習い始めたことが、手帳を見ると分かる。それに、私がLにエクスプレス・バー（サン・モール通りにあるビストロ）で合流したのは、このレッスンが引けてからだった。

私はLのことを、ほとんど知らなかった。なぜなら、彼女と出会った最初の夜、話題になったのは、私のことばかりだったからだ。帰宅してからすぐに、このことに気づき、後味が悪い思いをした。それで、その夜は、席に着くと早速、私は彼女に質問をはじめ、会話の流れを変える暇を与えなかった。彼女が習慣的に、話の流れをリードすることを、私は忘れていなかった。

Lは笑って言った、お見事、参ったわ。

彼女は、まず、自分は他人に代わって書いている、と説明した。それが彼女の仕事だった。彼女は他人の告白や心の遍歴を、まれには平凡な人生を波瀾万丈の叙事詩に変えなければならないこともあるが、語られるに値する特別な人生を、執筆していた。彼女はジャーナリストをしていたこともあったが、何年か前に代筆を自分の仕事とするようになった。編集者から頼まれることも多く、依頼を断ることさえあるという。次第に、Lは主として女性の伝記を専門とするようになった。女優、女性歌手、女性政治家がこぞって彼女に依頼した。Lは、この市場がどのように機能しているか、話してくれた。すなわち、三〜四名の書き手が主要な仕事を分け合っている。とりわけ、彼女は二人の著名な作家とライバル関係にあるが、この二人は表向きの仕事の他に、陰で隠れて書いている。それは一種の闇の文学で、彼女もそこに属している。「ゴーストライター」、と彼女ははっきり言った。なぜなら、彼らの名前も彼女の名前も表紙には記載されず、せいぜい最初のページに「協力者」という名目で出るのがいいところだからだ。しかし実際は、多くの場合、本の内にも外にも、著者とされている人物が一言も書いていないことは、明かされていない。彼女は最近した仕事の書名を挙げたが、そのなかには国際的に活躍したトップモデルの回想録や、何年間も拉致されていた若い女性の体験記が含まれていた。それからLは、何時間も彼らにインタヴューして材料を集めること、彼らと親しくなるためには時間が必要なこと、少しずつ関係ができていき、最初は不確かだが、徐々に親密な信頼関係になること、を語ってくれた。彼女は彼らのことを自分の「患者」と見なしていた。もちろん、いわゆる病人と解釈すべきではないが、この用語はでたらめに選ばれたわけではない。というのも、彼女は彼らの苦悩や葛藤、もっとも内密な思いに耳を傾けるからである。なかには彼女と視線を合わせずに話したがる者や、診療室でカウンセリングを受けるように長椅子に横たわる必要を感じる者さえいた。たいがい、彼女が彼らの家におもむき、テープレコーダーと携帯電話を取り出して思い出を語ってもらった(ある時、インタヴューの途中で電源が切れていたのに気づかずに、一回分を全部、反古にしたことがあり、それ以来、安全のため二重に録音している)。Lは前年の夏、スペインのイビサ島に滞在し、テレビの有名な女性司会者の家で数週間をともにした。Lは彼女の生活リズムに合わせ、彼女の友人たちと知り合い、彼女の環境に溶け込んだ。朝食や夜の散歩をいっしょにするときや、パーティーの翌日のがらんとした家のなかにいるときに、少しずつ打ち明け話を聞かされた。Lは何気ないやり取りをすべて録音し、その合間に時として思わぬ事実が出現することがあった。数カ月の作業のあと、彼女は本を仕上げることができた。手つかずの生きた素材、何か奥深いところにあって「真実」を明かしてくれるもの、Lは自分に与えられたこうした素材の話をするのが好きだった。彼女は「真実」という言葉を何度も繰り返した、なぜなら、結局のところ、「真実」のみが大事なのだから。そして、そのすべては、彼女が彼らと出会い、両者の間に徐々に特別な関係が築かれたおかげなのだ。そのうえ、彼女は一冊の本を仕上げて次の本に取りかかろうとするたびに、浮気で優柔不断な女性がまだ飽きてもいない恋人を振るような心の痛み、恋人を捨て去るような罪悪感を感じて、苦しむのだった。

夜もふける頃、Lは、自分は一人で暮らしている、夫はずっと前に亡くなったのだ、と言った。私は詳しいことは聞かなかったが、この情報には、心の準備ができていないので触れることのできない、Lのもう一つの苦悩が含まれているように思われた。彼女は私に打ち明けた、自分は子供を持たなかった、そのことを後悔はしていない、というより、むしろ、後悔しないようにしているの、毒に当たるといけないから、考えないようにしているのよ。理屈や、正当化が必要かしら？　子供はできなかった、ただそれだけのことよ、と。そのとき、私は彼女が年齢不詳だということに気づいた。三十五歳かもしれないし、四十五歳かもしれない、大人の女のような雰囲気をした若い女性かもしれないし、永遠の若さを保っている大人の女かもしれない。Lは、私がフランソワといっしょに住んでいるのかどうか（彼女が名前で呼んだことを思い出す）、尋ねた。子供たちが私といっしょに生活している間は、私たちはそれぞれの住居に留まることを選択していた、その理由を私は彼女に説明した。そう、たぶん、私は、愛し合う者同士が何年かいっしょに暮らすと、習慣や慣れ、日々の苛立ちや妥協など、つまらない日常性が生れることを危惧していた、しかし、とりわけ私が心配したのは、バランスが崩れないか、という問題だった。それに、私たちの年齢になると、それぞれが挫折や幻滅の経験を引きずっている。このように日常性を共有しない生き方をすれば、たがいの最良のものを与えあい、甘受しあえるだろう、と思えたのだ。

私は、ある種の人たちとは共有できる、率直な言葉の交換や、すぐに問題の核心に入っていくやり方が好きだ。私は、たとえ年に一～二回しか会わない友人とでも、本質的なことや感情にかかわることを話すのが好きだ。私は他者のなかにある（しばしば、女性のなかにある）、慎みを欠くことなしに親密になれる能力が好きだ。

私たちは、こうして、このカフェでずっと向き合っていた。Lはパーティーで出会ったときのような、いくらか挑発的な誘惑のポーズはとらず、彼女のなかの何かがもっと穏和に見えた。私たちは、知り合い、いくつかの共通の関心事をもち、すぐに、どのような親和性でつながっているかを察知する、二人の女性同士だった。それはいつも、私には、月並みであると同時に、奇跡的なことのように思える。会話は軽い話題に戻った。Lがさっそく、私の女性の友人たちについて聞きたがったのを、私は思い出す。彼女たちって、誰なの？　どこの出身なの？　あなたは彼女たちと頻繁にコンタクトをとるの？　それはとりわけ私が好む話題で、何時間でも話せるだろう。私は幼稚園でも、小学校でも、中学校でも、高等学校でも、受験特別クラスでも、どこでも、同性の友達に恵まれた。私は働いたことのある数社の企業でも同性の友人を作ったが、そのうちの二人とは文学サロンやフェスティバルで出会った。私は明らかに、かなり執着するタイプで、友人関係は長続きする。私の女友達のある者はずっと前にパリを離れ、ある者はパリに戻ってきた。新しい友人にも出会った。私は彼女たちをみな、さまざまな理由で素晴らしい女性だと感嘆し、それぞれ多忙な生活を送ってはいるけれど、彼女たちがどうなったか、何を経験したか、どんなことに感動したか、知りたいと思う。私はまた、私の友人たちが知り合いになるのも歓迎する、なかには彼女たち同士で友情を深め、今では私ぬきで付き合っている者もいるほどだ。

こんなことを私はLに説明し、各々が私には特別で、大事な友人だと言ったとき、彼女が問いただした。

――でも、あなたに毎日電話してくる女友達は、誰もいないの？　誰もあなたと日常性を共有していないの？

そう、毎日定期的に連絡し合う女友達はいなかった。しかし、それは当然の成り行きだ、と私には思えた。時間とともに、私たちの関係は変わっていった。関係は間遠になっても、親しい友人であることに変わりはなかった。私たちはいつも、気兼ねなく会った。私たちはそれぞれ生活がある。私たちは再会できる時にはいつも、気兼ねなく会った。それは、どの友人についても、古い友人も、ごく最近の友人も、同じだった。それに、何週間も、何カ月も会わないでいたのに、会えばたちまち親しさを取り戻すことができる能力は、私をいつも驚嘆させるのだった。二人が熱く融合していた若い頃の友人関係は、もっと風通しがよい関係となり、排他的ではなくなり、他の諸々の関係で構成される人生において共存できるものになっていた。

Lはびっくりしたようだった。彼女によれば、大人になって何人もの同性の友人を持つことは、何人もの「真実の」友人を持つことは、ありえなかった。彼女が言っているのは、気の合う仲間ではなく、すべてを共有できる「親友」のことだ。唯一無二の親友。すべてを聴き、すべてを理解し、裁いたりはしない親友。私には数人いるわ、と私は言った。それぞれの友人関係には、独自の色調、リズム、会う頻度、好みの話題とタブーがあった。私の友人たちはそれぞれが独自で、私は彼女たちとそれぞれ違うものを共有していた。それぞれがユニークで、大事だった。Lはもっと知りたがった。彼女たちは何という名前？　彼女たちの職業は何なの？　独身、それともカップルで暮らしているの？　子供はいるの？

　今、あの会話を再現しようとすると、Lはテリトリーを手探りし、征服のチャンスを狙っていたのだ、と考えたくなる。しかし、実際には、ことがそれほどはっきりしていたかどうか、確信はもてない。Lのなかには本物の好奇心、つねに新たにされる強い関心があり、それを私が疑う道理はまったくない。

　真実の質問、ほんとうに大事な質問をする者は、まれにしかいない。

　夜がふけて、給仕がそれぞれのテーブルにローソクを灯した。私は子供たちにSMSを送り、少し帰宅が遅くなるから、待っていないで夕食をするように、と伝えた。

　すべてはシンプルだった。

　しばらくして、バッグから万年筆を取り出し、紙に住所か店の名前か何かを書こうとすると、Lは私に微笑んだ。

——私も左利きよ。ねぇ、左利きはおたがいに分かるんだって、知ってる？

　その日、Lは私の本のことも、次の仕事のことも、話題にしなかった。

　Lは足音をたてずに歩を進めた、彼女にはたっぷり時間の余裕があった。

Lと出会った頃、私はテレビのリアリティー番組を背景とした小説、あるいはリアリティー番組を発端として展開する小説を書こう、というアイディアを暖めていた。私は前々からこの現象に関心を持ち、過去十年間の資料をたくさん集めた。二〇〇一年、大当たりした『ロフト・ストーリー』が登場する数カ月前に、TF6で放映された番組『ネットでアヴァンチュール』を見て、私はその新趣向の制作方針に夢中になった（今の番組に比べると物足りないが）。それは、三人の若者からなる三つのチームが、別々に、三つのがらんどうのアパルトマンに閉じ込められる、というものだった。出演者はいくつかの試練を競い合い、それにしたがって彼らが使用できるインターネットの接続時間が算定され、家具を整えたり、必需品を調達したりすることができた。フランスで初めて、出演者が二十四時間、数台のカメラで撮影されたのだ。私が知るかぎり、『ネットでアヴァンチュール』はフランスで放映された最初のリアリティー番組だ。どのような偶然だったか、私はこの番組の出演者の一人に——たしか、友人の息子の友達だった——会うことができた。彼はアパルトマンから出るとすぐに、体験談を話してくれた。あの若者たちが数週間の閉塞のあとで、どのようにしてもとの生活に戻るのか、私は興味をそそられた。当時はテレビの表現手段が変化しはじめる時期にあったと思うが、それがいかに大規模なものかは、私の想像をはるかに越えていた。それから、『ロフト・ストーリー』がテレビ界にセンセーショナルなデビューをはたし、数カ月の間、私たちはその話題で持ち切りになった。最初のシリーズがプライム・タイムに放映された夜は、一回も見逃さなかった。そして、ついに私は、何か書きたい、という思いにとらわれたのだ。

何年かたち、リアリティー番組が内容空疎なのぞき趣味に際限なく堕していくにつれ、私の興味は他に移っていった。番組出演者たちや彼らの心理的変遷よりも、こうしたプログラムがどのようにして登場人物たちの性格を特徴づけていくのか、視聴者にはリアリティーだと錯覚させながら、多少とも脚本化された人間関係やシチュエーションを、彼らにどのように生きさせるのか（あるいは、編集で作り直すのか）、私は番組の制作方法に関心をもつようになった。出演者たちの協調、緊張、葛藤——姿の見えないプロデューサーによって作られ、効果的に演出される——は、いかにして「真実」の外見をまとうのだろうか？

私はある友人の仲介で、主要なリアリティー番組の一つで何シリーズか続けて仕事をした女性プロデューサーと、コンタクトをとることができた。彼女は雇われていた制作会社を辞めたので、裏話などを自由に語ってくれるだろうと、私は期待した。電話では、彼女はかなり機嫌がよさそうで、迷わずに、こう答えた。

――もちろん、登場人物は作られるのよ！　でも、極めつけは、本人が意識しないで登場人物を演じている、という点でしょうね。

私はLと出会った頃、しばらく前から、このようなテーマか、それに類する問題を扱う小説を書くことを計画し、手帳にメモをとっていた。私は題材を探していた。私はいつも、まず探し、それから書く（もちろん、書きながら、さらに探さなければならないが）、という手順で仕事を進める。水面下に沈潜している段階、それを通じて、私は発火点を集めているのだ。この資料収集の段階で、私がとりわけ探し求めているのは創作欲を掻き立てる内的衝動であり、それが毎朝、パソコンのワード文書の前に私を導き、やがてそれがよりどころとなり、強迫観念となるのだった。

すべては閃きの問題だった。それから執筆が、パソコンに向かう孤独な数カ月が、素手での戦いが、やってくる、そこでは忍耐だけが勝利を導くのだ。

私が仕事を始めるのに必要な精神状態と時間を見出すまでに、あと数週間の猶予があった。ルイーズとポールは二人とも大学入学資格試験《バカロレア》を受けるので、私は何も予定を入れずに、子供たちのそばにいてやりたかった。私は夏が終わったら、新しい本に取りかかる予定にしていた。その頃には、秋の気配のなかで、みんながそれぞれの仕事に戻っているだろう。

もちろん、私はそれが簡単ではないことは予感していた。仕事のリズムや道筋を、テキストとテキストを結ぶ見えない糸を、見つけたと思うとすぐに逃れてしまう脈絡を、取り戻さなければならなかった。私が聞き取ったこと、言われたり書かれたりしたこと、疑惑や不安を、すべて考慮に入れなければならなかった。私はこのようなことをすべて学習ずみだった。これからは、こうしたすべてが、いくつもの未知数を含む方程式を構成するのであり、私はそれに従わなければならないが、少なくとも、その方程式の解析法の最初の一項は分かっていた、すなわち、静けさを取り戻し、精神を集中し、自分の流儀を再構築すること。

まだ数週間の猶予があり、私は忙しくもなければ、疲れてもいなかった。子供たちと自宅で過ごし、フランソワに会いに行ける時には行き、あるいはフランソワが私に会いに来た。物ごとは流れのままに進んでいた。私は中間期にいたのだろう、一つの時期が終わり、次の時期に場を譲る移行期、待ち伏せの時期に。短絡的になることを恐れ、出来事が重なり合わないように、衝突しないようにと気を配り、そうなるべきことは実現されるようにと見守っている時期に。

　私は早く静寂を取り戻したかった。


　手帳を見ると、この時期に私は何度もLと会っている。どのようにして私たちが再び連絡を取るようになったのか、はっきりしたことは覚えていない。たぶん、エクスプレス・バーで会ったあと、どちらともなく電話をかけたのだろう。Lは私たちが話題にした人物のアドレスを一つ、二つ、メールで送ってくれたように思う。彼女は、いっしょに劇を見に行こう、と私を誘った。その劇は数週間前から上演されていたが、チケットは完売で、私は手に入れられなかったのだ。またある時は、私の住む建物の下から電話をしてきて、セルヴァン通りのカフェでコーヒーを飲んだのを覚えている、彼女は、私の住む界隈で打ち合わせがあり、それが終わったところだった。

Lは、私たちの最初の出会い以来、さらに親しくなりたいという気持ちを、さまざまな機会をとらえて示した。

　五月初めのこと、Lは映画を見に行こう、と提案してきた。それより少し前に、私は昼下がりに映画を見るのが大好きだ、と話したことがあった。それは私が会社を辞めて以来、取り戻した学生時代の娯楽であり、仕事机を離れて暗闇に二時間も座るという、規則違反の楽しみだった。私は誰かといっしょに映画館に行き、上映後の揺れ動くような時間のなかで、しばしば感動に浸りながら、見たばかりの作品についておしゃべりするのが好きだったが、たった一人で行くのも悪くなかった。そうすれば、最初の印象を損なうことがないし、館内に明かりが点いてクレジット・タイトルが映し出されるときに、何ものにも邪魔されずに余韻に浸っていられる。一人だと、この時間帯が引き伸ばされ、映画の雰囲気のなかに座って、その気分に心ゆくまで没頭できる。私たちは、二人でいっしょに外出した最初の頃に、こんな会話を交わしたが、するとLは、映画館に一人で行くと、みんなから見られているようで堪えられない、と打ち明けたのだった。そのうえ、それが嫌で、彼女は、『十七人の少女たち』に同行してほしいと、私に声をかけてきたのだ。それはデルフィーヌ・クーランとミュリエル・クーランが監督した長編映画の第一作で、ちょうどクリスマス前に封切りになったが、Lは仕上げなければならない急ぎの仕事があって、まだ見ていなかった。ところが運良く、カルティエ・ラタンの映画館で、まだ数日間、上映していた。私はデルフィーヌ・クーランの文学作品について は知っていたし、クーラン姉妹がこの映画の脚本を書い て監督したことは、どこかで読んだことがあった。私は 姉妹による創作というアイディアに興味があり、見たい と思った。

手帳には、映画に行った記録は何も残っていない。おそらく、その日に急遽、行くことになり、記入する間がなかったのだろう。私たちは映画館の前で落ち合った、Lは先に着いて、座席を確保していた。

映画は、同じ高校の十七人の少女の物語で、彼女たちは、同じ時期に妊娠することを決意する。これはアメリカのグロスターで二〇〇八年に起きた出来事に着想を得た作品で、クーラン姉妹はブルターニュの小都市に場所を移し変えている。映画は美しく、そこはかとない倦怠感と、どこへ逃れたらよいのか分からない彼方への脱出願望が漂う。それぞれの部屋でじっと動かない少女たちの映像は、メランコリックな絵画のごとく、悲劇的な結末へ向かってカウントダウンするようなリズムを与えている。この映像はそれだけで、子供ではないが、さりとて大人でもない、不確かで不安にみちた思春期を表象している。少女たちにとって、妊娠は自由を求める行為であり、別の人生への期待なのだ。連鎖して起きる少女たちの妊娠もさることながら、この映画はまた、影響力の物語をも語っている。というのは、最初に妊娠するカミーユは、高校のスター的存在だからだ。みんなが彼女のあとを盲目的に追いかけ、彼女のようになりたいと熱望する、そんな少女の一人なのだ。誰もが知っている思春期のアイドルたち、そしてその後どうなったか分からないまま姿を消してしまうアイドルたち、その一人なのだ。映画館の照明が灯ったとき、私はLの方を振り向いた。彼女は少し緊張して見えた。私はすぐに、彼女の顎が痙攣しているのに気づいた。ゆっくりとした脈動で頬が持ち上げられ、耳の下あたりがへこんだり、瘤のように隆起したりしていたが、顔の他の部分は無表情のままだった。映画館を出たとき、彼女は、車で送ってあげるわ、と言った。彼女が車で来たのは、この時だけだった。Lはパリの町中では普段、車を運転しなかったが、その日は車で郊外の打ち合わせに出かけた帰路で、自宅の駐車場に置きにいく時間がなかったのだ。

Lは、映画館のそばに駐車スペースを見つけていた。私たちは黙って、並んで歩いた。

車の座席に座り、シートベルトを締めると、Lは運転席のガラス窓を開けた。最初は半分くらいで止めて、それから下まで下ろした。外気が車内に流れ込んだ。彼女は前を見つめたまま、しばし、じっとしていた。ブラウスが呼吸に合わせて上下していた。しばらくして、彼女はやっと話しはじめた。

――ごめんなさいね、発進できなくて。

ハンドルに両手をおいて、深く息を吸い込もうとしていたが、彼女の呼吸はハァハァと短かった。

――映画のせいなの？

――そう、映画のせい、でも心配しないで、大丈夫だから。

私たちは待った。Lはまるで時速一五〇キロで高速を走らせているかのように、道路をじっと見つめていた。

私は緊張を和らげようとした。私もまた、この種の影響を受けやすかった。遅ればせに、クレジット・タイトルが映し出される頃になって、感動が炸裂する映画。私はこの感覚を何度も経験している、動けなくなって道路の端に座り込んだこともあるし（ジェリー・シャッツバーグ監督の『スケアクロウ』）、言葉を発することができなくなったこともある（セリーヌ・シアマ監督の『水の中のつぼみ』）。私はよく理解できた。しばしば、映画は私たちのなかに深い感動を呼び起こす。私はLの気を紛らわせようと、マイケル・カニンガム原作の映画『めぐりあう時間たち』を初めて見た時のことを語った。上映中は涙を流さなかったのに、映画が終わるや否や、私は倒れ込んでしまった。こんなふうに、感動は何の前触れもなくやってきた、私は熱い涙を流し、映画館から出ることもできず、説明することもできずに、子供たちの父親だった男性の腕のなかに崩れ落ちた。

私の体内防御装置のなかの何かが、明らかに作動しなかったのだ。

私はこんなふうに自分を笑い者にして、彼女の気をそらせようと試みた。Lは注意深く私の話を聞いていたが、笑うことも相槌を打つこともできずに、自制心を取り戻そうと全身が総動員されているかのようだった。

沈黙のうちに数分が過ぎた、それから彼女はエンジンをかけ、さらに数分たって、車は動きだした。

私たちは道中、何も話さなかった。私は映画の感動的だったシーンを思い浮かべ、何が彼女をあんなに動揺させたのか、その手がかりになるものを探した。私はインパクトを与えた点が何かが分かるほど、Lのことをよく知っているわけではなかった。とはいえ、私はフロランスという登場人物について考えたのを思い出す、他の少女たちからは距離をおいて、最初の方に登場する、さえない赤毛の娘である。彼女は少々不器用で愚かなので、みんなからバカにされているが、自分のどこが調子はずれでみんなから疎まれるのか、よくは分からない。カミーユに、自分も妊娠したと、最初に告げるのはフロランスだ。母性は、彼女を拒絶していたグループの扉を開き、意図せず、みんなは彼女の後を追うことになる。そして、次々と少女たちが妊娠する。その後、きわめて残酷なシーンにおいて、フロランスの妊娠が見せかけに過ぎないことを少女たちは発見する、すべては、有無をいわせず彼女を仲間はずれにするサークルに所属するための嘘だということを。

Lは、私の住む建物の前で車を止めた。彼女は微笑み、礼を言った。たぶん、「いっしょに来てくれて、ありがとう」というフレーズにすぎなかったが、まるで病院に、辛い検査を受けるか、重病の宣告を聞きに行くために、付き添ってもらったかのような口調だった。

私は、彼女に飛びつき、抱きしめたいような衝動を感じた。

私は奇妙な直感によって、Lは、私が目にしているような、つねに魅力的で洗練された女性ではないのではないか、と考えたことを思い出す。彼女のなかの何かが、ほとんど知覚できない隠れた何かが、Lが遠くの暗い堕落した領域から立ち直ったことを、驚くべき人格変容を経験したことを、暗示していた。

この日を境にして、私たちは頻繁に会うようになった。

Lは、私のアパルトマンのすぐそばに住んでいた。彼女は自宅で仕事をし、スケジュールや時間の使い方を自由に決めていた。Lは、私の窓の下を通りかかったから、最近読んだ本の話をしたいから、お茶を飲む静かな場所を見つけたから、と言っては電話をしてきた。彼女は私の生活に溶け込んだ、なぜなら、気ままに行き来ができたから、即興と突然の行動を自分に許していたから、まるで十五歳のときのように平気で、こう言えたから、私ね、今、下にいるの、交差点で待ってるわ、パン屋の前で待合せね、スーパー・モノプリでね、レオミュール・セバストポル駅でね、今日の午後、ジャケットを買わなきゃならないの、仕事机のランプを選ぶのに付き合って……。Lは、物ごとを最後の瞬間に決めるのが好きだった、計画を変更したり、約束をキャンセルして楽しい出会いの時間を長引かせたり、デザートを注文したり、あるいは単に、興味ある会話を遮らないようにした。Lは、その瞬間における自由裁量を大切にし、それが私には個性的に見えた。というのも、私はずいぶん前から、多少とも前もって予定をたてることで不安を和らげようと、試みていたから。

Lの束縛を拒否する勇気、短いスパンでしか先のことを考えない能力に、私は感嘆した。彼女には現在とその次の瞬間しかなかった、それ以上に重要なものも、緊急なものもなかった。Lは時計をもたず、時間を確かめるために携帯を見ることもしなかった。彼女はその場に、全面的に、在り、いかなる状況でも、そのように行動した。それは一つの選択であり、世界に存在する仕方であり、あらゆる形態の分散や散漫の拒否だった。私は彼女と午後の時間をずっとしゃべって過ごしたことが何回もあるが、一度として彼女が時間を気にしたことはなかったし、この二年間で、彼女の携帯が鳴ったのを聞いたこともなかったと思う。

Lは、どんな約束も延期したことはなかった。物ごとはその時に起きるか、起きないか、だった。Lは「今」を生きていた、あたかも、すべてはその日に終わるかもしれないかのように。「また電話して待合せを決めましょう」とか、「月末までには会うようにしましょう」とか、Lはけっして言わなかった。Lはただちに、待たずに、決めた。決めたことは、もう決まったことだった。

私は彼女の決断力に感嘆した、このような、その瞬間におけるプレゼンスを、他の誰にも見たことがなかったように思う。Lは以前から、自分にとって大事なことは何か、自分が必要としているものは何か、何から身を守らなければならないか、知っていた。彼女は一種の選別作業を行った、それで、優先すべきことは何かを速やかに明らかにし、混乱の要因を自分の周囲から断固として排除することができた。

彼女の生き方は――私が察知できたところでは――、わずかの人しか持っていない内的な力の表現であるように見えた。

ある日、Lは、口述用デジタル・テープレコーダーが故障したのに気づいたの、と言って、朝の七時に電話してきた。彼女は、いっしょに仕事を始めた女性政治家と、八時半に会う約束があった。こんな時間じゃ、開いている店を見つけることはできないし、あなたのテープレコーダーを貸してもらえないかしら？ というのだった。私たちは三〇分後に、ブラッスリーのカウンターで会うことにした。私は彼女が道を横切るのを見た、ハイヒールを履いていたにもかかわらず、しっかりとして自信に満ちた足取りだった。ブロンドの髪はヘアピンで持ち上げられ、長い首とエレガントな形の良い頭を際立たせていた。彼女は考え事に没頭しているように見えたが、一方の足をもう一方の足の前に出してさっさと歩くことは（それは、私にはしばしばとても難しいのだが）、何ら問題なかった。店に入って来たとき、みんなの顔が彼女の方に向いた。彼女は嫌でも人目を惹く容姿をしていた。この瞬間のことは、とてもよく覚えている。それは、こう思ったからだ、早朝七時半だというのに、彼女には何もはみ出たところがない、と。しわ一つなく、乱れ一つなく、それぞれの要素がピッタリと決まっていた、だからといって、こわばったところも、わざとらしいところもなかった。頬は寒さのためか、それとも自然色の頬紅のためか、かすかにバラ色に染まり、まつげは軽くマスカラがつけられていた。Lは私に微笑んだ。彼女からは、ほんとうの官能性が、余裕か自在さのようなものが、立ちのぼっていた。Lは、行動力と華麗さのミステリアスな混合を体現しているように、私の目には映った。

私は、自分がなりたいと夢見た非の打ちどころのない完璧な女性の一人ではない、という事実を、ずいぶん前から受け入れていた。私のなかでは、いつも何かがはみでたり、はねかえったり、あるいは崩れていた。私の髪の毛は、ごわごわし、縮れていてみっともなかった、口紅は一時間もしないうちにはがれ落ちた、夜遅く、マスカラを塗っていたことを忘れて目をこすることは、しょっちゅうだった。よほど注意していないと、家具にぶつかったり、階段や段差を踏み外したり、自宅に帰るのに階段を間違えたりした。私はそれもこれも甘受した。そんなことは笑ってやり過ごした方がましだった。

ところが、その朝、Lがやって来るのを見て、私は彼女から見倣うことがたくさんある、と思ったのだ。時間をかけて彼女のことを観察すれば、私に欠けているものが何か、分かるのではないか。身近に接すれば、彼女がいかにして優雅さと自信と女性らしさを同時に持つことができるようになったか、理解できるかもしれない。

私は、まっすぐな姿勢を保てるようになるのに十年かかり、ハイヒールが履けるようになるのに、ほとんど同じくらいの年月がかかったが、いつかは、あのような完璧な女性になれるだろう。

その朝、Lは私のそばのスツールに座った。かなりピッタリとしたタイトスカートをはいていて、布地の下の太ももの筋肉がくっきり浮かび上がっていた。ストッキングは黒っぽくサテンのようなつやがあった。私は彼女が絶妙なポーズをとるのに目を見張った、それはブラウスの下に隠れて見えない胸の丸みを際立たせ、肩の開き具合は申し分なく、自然で、ほとんど無頓着に見えた。私もこのような姿勢を学ばなければ、と思った。それに、タイトスカートにもかかわらず、片方の脚をもう片方の脚の上にのせて脚を組んでいても、Lの身体はカウンターのスツールの上でバランスを崩すことはなかった。それは、音楽なしでも視線を呼び集める、不動の振り付けだった。私は素質に恵まれていないけれど、こんなポーズを見倣うことはできるだろうか?

朝の七時半。私はシャワーを浴び、ジーンズをはいてカーディガンを羽織り、ブーツに足を突っ込み、指で髪をといた、という出で立ちだった。Lは私を見て、また微笑んだ。

——あなたが何を考えているか、分かるわ。でも、あなたは間違っている。あなたがどう感じるか、あなたが自分についてどう自覚するか、その自己イメージと、あなたが人に与えるイメージとの間には、大きな違いがあるのよ。私たちはみな、子供か少女だった頃に、私たちに注がれた視線の痕跡をとどめている。私たちはそれを、そう、ある人たちだけが見ることのできるシミのように、身につけている。あなたを見ると、私には見えるの、あなたの皮膚の上に、からかいや揶揄の刻印が入れ墨のように残されているのが。あなたの上にどんな視線が注がれたか、分かるのよ。憎しみと疑惑の視線。研ぎすまされた情け容赦ない視線。そんな視線を浴びたら、自己構築するのは難しいわ。そうよ、私にはそれが見えるの、それがどこに由来するのか分かるの。でも、信じて、それが分かる人は少ししかいないわ。ほんの少しの人しか、それを見抜けない。だって、デルフィーヌ、あなたはそれを上手に、自分で思っているよりずっと上手に、隠しているんですもの。

Lが言うことは、たいてい、図星だった。たとえ彼女が物ごとを実際よりもドラマチックに表現したとしても、たとえすべてを混同する傾向があったとしても、つねに真実の核心があった。

Lは、私が何も言わなくても、私のすべてを知っているように見えた。


私がどのようにしてLに執着するようになったかを説明しようとし、その執着を段階的に解明しようとするときに、ほぼ同じ時期のことが記憶によみがえる。

私たちは、夜間に開催されている展覧会を見に行き、それから美術館近くのカフェでクロック・ムッシュを注文した。雨がザァザァ降っていて、私たちは雨が止むのを待った。地下鉄に乗ったのは、かなり夜も遅くなっていた。私たちはドア付近の補助椅子に並んで座った。車両はかなり混んでいたが、補助椅子をたたんで立つほどではなかった。一組の男女が乗ってきた。女性はすぐに、私たちの前にある中央のポールにしがみついた。文字通り、しがみついた。彼女は立っているのが困難に見えた。男は彼女より年配だった。彼はすぐに、プラットホームで始めたらしい独り言を再開した。大声でしゃべり、車両中の乗客に聞こえるほどだった。女性は頭を垂れ、背中を少し丸めていた。顔は見えなかったが、言葉の攻撃を浴びて、身体を折り曲げているのは見えた。彼らは夕食をすませたところで、男は、夕食中の彼女の態度が気にくわないと、難癖をつけていた。激高し、口をとがらせ、スローガンを叫ぶように一語一語はっきり発音した、おまえは貧乏人のように振る舞う、おまえは貧乏人のように食う、おまえは貧乏人のようにしゃべる、おまえはなんて恥ずかしいやつだ（私は一語も違わず、漏らさずに記しておく、私はこの男の暴力と、女性に公然と投げられた侮辱に、呆然となった）。乗客たちは脇により、なかには席を替えた者もいた。男はおとなしくなるどころか、なおも続けた。

——気がつかないのは、マガリ、おまえだけだ。みんな嘆いてたぞ、そうとも、みんな言ってたぞ、あの女、どうしてくれよう、ってな。おまえは不快感をまき散らす、そうとしか言いようがないな、恐ろしいこった。おまえの仕事の話なんかしやがって、幼稚園の先公のつまらない生活なんて、くそ面白くもない、みんな、うんざりだぜ、おまえ、分かってるのか？

Lは男を見た。他の人たちはみな、こっそり、目を合わせないように盗み見たが、彼女は違った。Lは、これみよがしに、劇場でするように彼の方に顔を上げて、男を注視した。彼女の顎は緊張し、痙攣し、頬には小さな凹みが断続的にうがたれた。

——おい、おい、なんて無様なかっこうしてやがるんだ、あきれたな、まるでせむしだぜ。あぁ、そうだった、忘れてたぜ、おまえだな、マガリ、世界の悲惨を背負っているってやつは。そうとも、マダムはこの世の苦悩を背負っておられる、そんな輩がいるかどうかは神のみぞ知る、両親が不法滞在者のガキども、両親が失業したガキども、両親が頭のいかれたガキども、あとは省略しとくが、ご用心、マダムは毎日おやつのあと、一六時三〇分になるとのんきにしておられる！　だけど、おまえは自分の姿を見たことあるだろう、マガリ、おまえに欠けてるのはトロワ・スイス製の上っ張りだけじゃない、おまえはまるで、女中だぜ。

地下鉄はちょうど、アール・エ・メチエ駅に停車した。Lは立ち上がった、彼女はとても冷静だった、彼女の動作の一つ一つは、あらかじめ、一ミリも違わずに計算されていたように見えた、彼女は男の前に、正面に、立った、無言で、男の目をまっすぐ注視した。男は中断し、周囲のつぶやき声は聞こえなくなった。奇妙な静けさが車内に浸透した。Lは男に面と向き合い、目を離さなかった、その間に、数人の乗客が乗り降りした。男は、このバカ女はどうしたんだ、と言った、発車のベルが鳴った。

するとそのとき、断固とした動作で、一瞬のうちに、Lは男をプラットホームに突き落とした。男は後ろに倒れ、手でしがみついたが、ドアは何が起こったのか男が理解できないでいるうちに閉まった。窓越しに、茫然自失した男の顔が見えた。彼は、この売女め、と唸ったが、彼のシルエットは見えなくなった。

Lはそれから、若い女性の方に向き、言葉をかけた、その言葉を私はけっして忘れることができない。

――あんなことを我慢してはいけないわ、誰も、我慢すべきじゃない。

それは懇願でもなければ、慰めの言葉でもなかった。それは命令だった。女性は少し離れたところに座った、ホッとした様子だった。数分後、私は彼女が物思いに沈み、微笑んでいるのを見た、それから、短く、乾いた、ほとんどよこしまな、小さな笑い声をたてた。彼女の背中は少し、まっすぐになったように見えた。


今でもなお、どのようにして私たちの関係があれほど急速に進展したのか、どのような方法でLが数カ月の間に私の生活のなかであれほどの位置を占めるようになったのか、説明するのは難しい。

Lは、私をほんとうに呪縛したのだ。

Lは私を驚かせ、おもしろがらせ、いぶかしがらせた。そして私を怖じ気づかせた。

Lは笑い方も、話し方も、歩き方も独特だった。Lは私の気を惹こうとしているようには見えなかったし、駆け引きのゲームをしているようにも見えなかった。それどころか、彼女は自分自身であろうとする能力によって、私に鮮烈な印象を与えた（この数行を書きながら、私は、そのうぶさ加減を自覚する、ごく短期間で、Lが何者かを、どうして知ることができただろうか?）。彼女にあっては、すべてがシンプルな様相を呈していた、あたかも手拍子をとるだけで、あのように作為を感じさせない自然な姿で現れることができるかのようだった。いっときいっしょに過ごしたあと、あるいは電話で長話をしたあと、Lのもとを離れると、しばらくその影響下にあることがしばしばあった。Lは、甘美で、内密で、心をかき乱す支配力を私に対して及ぼしたが、その原因と影響範囲について、私は無知だった。

出会いから数週間たつと、Lは、私と頻繁にコンタクトを取り合う仲になったが、それは私がもはや他の女友達の誰とも持っていない関係だった。彼女は、一日のうちに少なくとも一度は、何らかの形で私にサインを送ってきた。朝の一言、夕方考えたこと、私のために特別にしたためたお噺（Lは体験した逸話を短文でつづり、出会った人物像を描く才能があった）。Lはあちこちで撮った写真を送ってきたが、それは突飛で奇抜なウィンクで、私たちが交わした会話やいっしょに経験した状況と多かれ少なかれ関連があった。たとえば、中国語に翻訳された私の最新作に読みふける電車の中の男性、私がラ・グランド・ソフィーのシャンソンを好きだと言えば彼女のコンサートのポスター、私が贔屓にするブランドがブラック・チョコレートを新発売するとなると、その広告など。Lは私と親しくなりたいという希望を単刀直入に表現した。私の親友になりたいという願望を。

気がつかないうちに、私は彼女から送られてくるサインを心待ちにするようになった。そして彼女の電話を。私は彼女に前よりも頻繁に電話し、何気ない話をした。メールを交換し合うようにもなった。

私はすぐには気づかなかったが、Lはさかんに、十六〜十八歳の思春期後半だった頃のノスタルジーを掻き立てようとした。それは大人の仲間入りをした年頃で、自分自身の生命力《エラン・ヴイタル》の衝動を意識した時期だった。Lは、十七歳の若いエネルギーに溢れていた頃の私を、想い起こさせようとした、その信じられないほどの若いエネルギーは、数カ月の間、私を突き動かしたが、その後、私は怖れと不安、そして罪悪感にとらわれたのだった。Lは、私が父のもとで四年間過ごしたあとにパリに戻ってきた、ちょうどその時期のことを想い起こさせようとした、ローマ通りのカフェで交わした女学生同士の親しい会話、カルチエ・ラタンでの映画館通い、コリーヌとの出会い、私たちが地下鉄でいたずらをしたこと、二人でスラヴ語系の子音の響きを持つ言語をでっち上げたこと、そして授業中に手紙で無言の会話を交わしたこと、その手紙はミシェル・トゥルニエ原作の映画『ハンノキの王』の登場人物、アベル・ティフォージュに敬意を表して、右から左に書かれ、透かして見るか、鏡に映すと判読できるのだった。消えずに続いた関係の糸。怖れも欲望も、すべてを分かち合った青春時代の友情。

Lが、想い起こさせようとしたのはそれだった、排他的で絶対的な他者との関係、十七歳の時に経験することができる友情。

とはいえ、Lと私との間にできた頻繁に行き来する緊密な関係は、私の私生活の大人の女性としての要因とも、むしろうまく適合した。たとえば、フランソワについて、Lはあまり質問しなかったが、私たちがカップルとしてどのような生き方をしているか、どのようなリズムで会っているか、彼女は完全に把握していた。彼女は私のスケジュールを知っていて、どの日が彼のために空けてあるかを周知していた。そのうえ、Lは私の子供たちに対して、すぐさま関心を示した。おそらく、そのような態度は私と親密になるための特権的なアクセスになると、つまり私たちの関係が深まるための必須条件だと、推測したのだろう。Lはしばしば、ルイーズとポールについて質問し、彼らがどんな性格をしているのか、子供時代にはどんなことがあったのか、知りたがった。私は、Lが失われた時間を、彼女が知らなかった過去の時間を、取り戻したいのだろうと考えることがあった。とはいえ、Lは、子供たちが目下、経験していることにも、同じように興味をもった、たとえば、バカロレアの試験が近づくと、こう尋ねるのだった。彼らは自信があるの？　将来の進路希望は、はっきりしているのかしら？

Lは私に、ポールが興味をもっている仕事についての文献を一つ二つ教えてくれたり、ルイーズが受験準備をしている国立民間航空学院《エコール・ノルマル・ド・ラヴィアシオン・シヴィル》に関する書類を郵送してくれたりした。後には、工芸・応用美術などのアート系バカロレアや理工系バカロレアの受験準備クラスに関する詳細なオリエンテーション資料をメールで送ってくれた。

Lが子供たちに対して見せた関心に、最初は驚いたことを認めなければならない。それから私は、この当惑は愚かな偏見によるものだと思い直した、子供を持っていない女性が、他人の子供に興味をもってもいいではないか、と。事実、Lは、私の母親としての心配事に、とても熱心に耳を傾けてくれた。ルイーズとポールは双子の姉弟で、離れればなれになるという考えに不安を抱いていたが、同時に、別離を経ることが必要だと、おそらく感じていた。それぞれの選択、事務的な手続き、作成すべき関連書類、志望理由書、バカロレア合格後にパソコンで行わなければならない進路希望についての煩雑なデータ入力、そして結果を待つ時間……こうしたさまざまな段階を、Lは私と共有してくれた、まるで、それが彼女の最大の関心事であるかのように。

Lは質問をしたり、近況を尋ねたり、ときには意見を述べたりした。

今となっては、Ｌが関心を持ったのはルイーズとポールではなく、彼らが私の人生で占めている空間だった、と言いたい誘惑にかられる、なぜなら、彼らの影響は明らかに、私の気分や睡眠に及び、私の自由になる時間を左右したから。今となっては、Ｌが母親としての私に興味をもったのは、ただ単に、作家としての私に興味をもったからに過ぎないと、私は迷わず書けるだろう。Ｌが、私のこの二つの側面が切り離せないことを理解するのに、長くはかからなかったから。ルイーズとポールがどの程度、私の執筆を麻痺させたり、混乱させたり、妨げたりできるか、あるいは反対に、私の執筆に有利に働きうるか、それがおそらく、Ｌが知りたかったことだろう。そのうえ、それぞれが選んだ勉強のために、彼らはパリを離れることになった、ルイーズは地方都市へ、ポールは外国へと。今となっては、夏の終わりに子供たちが旅立つことになったことを、Ｌが喜んだ、と考えるのは容易だろう。しかし、そう考えるのは公正ではない、それほど単純ではないと、私は分かっている。実は、ことＬに関しては、単純なことは何一つなかった。後になって考えると、Ｌが私の子供たちに示した関心は、見かけ以上に深刻で複雑だったように思われる。Ｌは母親一般に対して、とりわけ私という母親に対して、ほんとうに魅了されていた。Ｌは、私が子供たちについて話すのを聞くのが好きだった、それは確かだ、子供たちの幼児期の思い出、彼らの成長過程、思春期だった頃の関心事。Ｌは詳しいことを知りたがり、私たち家族のささやかな神話をおもしろがった。距離をおいてみると、Ｌは子供たちのことを驚くほど理解していた、と言うべきだろう。私は彼女に、幾度となく、心配事や争いごと、姉弟間の無理解、あるいは子供たちと私との理解不能について話した、すると彼女はすぐに何が問題かを見抜き、私がどう対応したらよいか助言してくれた。ところが、Ｌは、彼らに会いたいとは、けっして言わなかった。むしろ、彼らと会うよい機会があっても避けようとさえした。私が子供たちと映画に行くときは、いっしょに来なかった、私がどこかで会おうと提案すると、私が一人かどうかを尋ねた。同様に、子供たちがいると分かっているときは、けっして家に立ち寄らなかったし、確信がもてないときは、リスクはおかさなかった。

私がそのことに気づくには、少し時間がかかった。

私は結局、それは彼女にとって遠慮の問題なのだろうと、あるいは、ある感情から身を守る処し方で、彼女はその感情と面と向き合うことを怖れているのだろうと、考えるようになった。母性という問題は、彼女にとって、そうと認めている以上に辛いことなのだと、考えるようになった。

数カ月の間に、Lは私の暮らし方のかなり正確な全体像を、すなわち、私の優先事項、それぞれの事柄に割く時間、私の睡眠の不安定さなどを、把握できたと思う。

考えてみると、Lは早くから、頼りになる人物という位置を手に入れたのだ、信頼できる人、時間が自由にできるまれな人、あてにしてもよい人。私のことを心配してくれる人、私が知っている大人の誰よりも時間を捧げてくれる人。

Lは、私がパーティーで出会った、親切で、おかしくて、個性的な女性だった。私はこう言って、フランソワに初めて彼女のことを話したのだった。

フランソワは知っていた、私が、友人を失うのに耐えられず、すれ違うだけの関係には満足できないこと、彼らがどうなったか消息を知りたがり、彼らとまったく疎遠になることは我慢できないことを。それで、彼はこう皮肉った。

――まるで、君は友達欠乏症みたいだね。

六月のある夕方、Lは私に、赤と黒の巨大な落書きの写真を送ってきた、それは彼女が十三区の汚い壁に見つけたもので、目の高さに、英語でなぐり書きされていた。

「自分自身のことを書け、そうすれば生き延びられるだろう（WRITE YOUSELF, YOU WILL SURVIVE)。」

私はいつでも、女性を観察するのが好きだった。地下鉄のなかで、店内で、道で。映画やテレビで女性を見るのも、女性たちが遊んだりダンスをしたりするのを見るのも、女性たちが笑ったり歌ったりするのを聞くのも好きだった。

この関心は子供時代に遡り、その頃の思い出と密接に結びついているのだと思う。それは、私が幼い少女時代に、何人かの女の子たちと夢中になって遊んだロール・プレイの延長にあり、その頃は、新しい名前をつけるだけで変身できたのだ。あなたはサブリナという名前よ、私はヨハンナね、というように。あるいは逆でもよい。私は魅力的な王女様に変身し、キャンディ・キャンディがつけているようなリングや素敵なエクボをつけ、『ダウンタウン物語』のジョディ・フォスターのような才能あふれる少女スターになり、青い眼と陶器のような肌をもち、イエール小学校の学年末の劇『ベリンダ』で踊ったクリスティーヌ・ロザンタールになったかと思うと、レーグル高校のスターだった茶髪で魅惑的なクリステル・ポルテルやイザベル・フランソワになり、あるいはまた男子グループの憧れの的の女の子となって、つややかな長い髪とビロードのような柔らかい胸をした、素晴らしい美女に変身するのだった。

私は他者になれるかもしれない。

もっと美しく、もっと素敵になりたい、もっと自信を持ちたい、つまり誰か他の人になりたいという、満たされなかったあの願望を、Lはよみがえらせたのだ。思春期に繰り返し聞いたカトリーヌ・ララの、あのシャンソンのように。「ファタル、ファタル、ファム・ファタル、そんな女になれたらいいのに、みんなが熱をあげ、夢中になり、熱狂する女に……」

今日でもなお、たとえ時間とともに、自分自身に徐々に適応していったとしても、たとえ私という人間と平穏に調和を保って生きているように見えたとしても、たとえ私自身のすべて、あるいは部分を、もっと魅力的なモデルと交換したいという止みがたい欲望をもはや感じないとしても、私は、女性に対するあの視線を持ち続けていたと思う、すなわち、私のなかに長いこと棲みついていた、他者になりたいという願望の、無意識の記憶《レミニサンス》を。すれ違うひとりひとりの女性のなかに、何かもっと美しく、もっと妖しげで、もっと輝かしいものを探そうとする視線を。とはいっても、私の性的欲望は、目下のところ、男性にしか発揮されなかった。波うつような、身を震わすような、熱をおびた、下腹部や太もものうずき、喘ぐような息、感応する肉体、電気をおびた皮膚、そのようなことは異性との接触によってしか生じなかった。

ところが、数年前のこと、女性に対しても、何かが血のなかを駆けめぐり、皮膚を通り抜けたように感じたことがあった。私は、作品の一つが翻訳されたので、外国のフェスティバルに招待された。外は猛烈な暑さだったが、冷房がきいて薄暗い会場で、私は読者の質問に答えた。自分の出番の後、私は、ある女性作家が最新作の小説について語るのを聞いた。私は彼女の作品をいくつか読んだことはあったが、それまで会ったことはなかった。彼女は優秀で、面白く、才気にあふれていた。その講演は、冗談と逸脱と余談の連続で、私はもちろんのこと、会場中が魅了された。彼女は言葉と戯れ、言葉のもつ多義性を楽しんでいた。聴衆も、笑い声も、彼女に向けられた注目も、すべてがゲームのようで、実のところ、この講演会（聴衆と向き合う作家）は見かけだけの口実で、何も真面目にとるべきではないかのようだった。彼女は男性的な美人だった、それは顔立ちとは関係なく、むしろ立ち居振る舞いによるものだったが、私に及ぼす奇妙な魅力が具体的にどこにあるのかは、突き止めることができなかった。彼女は、男性性を受け入れ、男性のコードを自分のものとして取り入れ、それをねじ曲げているのだが、そのやり方にはきわめて女性的なものがあった。

その夜、私たち二人は、港の近くで飲んだ。

それに先立つパーティーで、私たちがまだグループ（十人ほどの作家と、フェスティバルの主催者からなる）といっしょにいたとき、彼女は自分について語り、車とスピードへの情熱、ワインの好み、大学で受け持っている授業について語った。私は突然、私に関心をもってほしい、二人で逃げ出そうと提案してほしい、他の人のなかから私を識別してほしい、という欲望を感じた。私を選んでほしい、と。そしてまさに、その通りになったのだ。

暑い夜だった、私は彼女と向き合って座っていた、私たちはほぼ同年齢だったけれど、私は自分が不器用な女の子のように感じた、彼女はあらゆる点で私より優れていた。その才気、言語、声、すべてが私を魅了した。私は思い出す、私たちが、彼女の住んでいる街や空港の美しさについて話したことを、本が忘却に抗して記憶のなかでいかに生き続けるかについて話したことを。私は思い出す、母が数カ月前に自殺したこと、私がまだ疑惑に取り憑かれていることを、彼女に語ったのを。

初めて私は、女性のそばに身を横たえたい、その肌に触れたい、と欲した。彼女の腕のなかで眠りたい、と。初めて私は想像した、女性の身体を欲望することが可能かもしれない、それは私にも起こりうる、と。

私たちは夜遅く、歩いてホテルまで帰った。廊下で、私たちは躊躇することなく別れ、それぞれの部屋に入った、それは明快だった。私はしばしば彼女のことを考えたが、再び会ったことはない。

Lは、私にとって、欲望の対象だったのだろうか？私たちが出会った状況と、彼女が私の生活のなかで急速に重要な場を占めていったことを考え合わせると、私はこのような問いを発したくなる。答えは、ウィ。そうなのだ、今でもなお、私はLの身体を正確に描写できるだろう、彼女の手の長さ、耳の後ろに挟んだ髪の毛、肌のきめを。彼女の髪のしなやかさ、その微笑みを。私はLになりたかった、彼女のようになりたかった。私は彼女に似たいと望んだ。彼女の頬を撫でたいと思い、抱きしめたいと思った。私は彼女の匂いが好きだった。

このなかのどの部分が性的欲望なのだろうか、私には分からない、たぶん、そんなことはまったく意識にのぼらなかった。

バカロレアの結果が発表される日、Lは誰よりも先に電話をかけてきて、ルイーズとポールが合格したかどうか尋ねた。私たちは子供たちの合格祝いを、その日の夕方、友人たちとともに我が家ですることにした、きっと内輪の陽気なパーティーになるだろう、その後、彼らは街に繰り出して、たぶん夜がふけるまで楽しむだろう。私はLに、あなたも来ない？　と誘った、そうすれば、ようやく子供たちに会えるだろうし、まだ会ったことがないフランソワにも会えるだろう。一瞬、迷ってから、Lは大喜びした、もちろんよ、グッド・アイディアね、何を持っていったらいいかしら？　ワイン？　それともアペリティフ用の前菜盛り合わせ？　あるいはデザートがいい？

パーティーの最中に、Lは音声メッセージを残していた。残念だけど、行けなくなったわ、腰痛がひどくて、腎疝痛発作の前症状じゃないかと心配なの、ときどきやるのよ、家で休んでいたほうがよさそう。

私は翌朝、彼女に電話して体調を尋ねた。発作は免れたと思うけれど、疲労感があるの、と彼女は言った。それから、いつものようにいろいろ質問しはじめた、パーティーはどうだった？　ルイーズとポールはホッとして、幸せそうだった？　誇らしげだった？　それから彼らは友達と外出したの？　で、あなたはどう感じているの？

彼女は、母親にとって、それは大きな試練だろうと気づかったのだ。子供たちのバカロレア合格を祝い、引き続き十八歳の誕生日を祝う、彼らの出発を準備し、彼らのために成功を喜び、彼らが希望する大学に入学できたことを喜ぶ、それは同時に、私が間もなく一人になることを意味していた。私はこの時期を、いったいどう生きたらよいのだろう？　この時期は、早く来すぎたのではないか？　子供たちの誕生から十八年が経過したとはいえ、別れは予告なしに、一挙に来たように思えるのではないか？　ただただ、びっくり仰天じゃないのか？

今度もまた、Lは、私自身が言ったかもしれない、その通りのことを述べたのだ。時を引き止めたいという思い、時を刻む装置が一瞬、止まってくれないか、時間がほんの少し引き延ばされないかと望む虚しい戦い、とんだことになった、という信じられない気持ち。

Lの言う通りだった。それは辛く、そして素晴らしかった。それは一挙にやってきた。目眩がしそうだった。

私に残されたのは、失いたくない何百ものイマージュと感覚、すでに変質しはじめた壊れやすい思い出、私は今、それらを保護しなければならない。

それから、二つのイマージュを結びつけようとすると頭に浮かぶ、あの問いがあった、生まれた時のルイーズとポール（帝王切開によって三分間隔で生まれた小さな生き物、二人合わせてわずか五キロだった）、そして現在のルイーズとポール（しっかりした体格の二人の若者、身長一・七八メートルと一・九五メートル）、朝、キッチンで二人をしげしげ眺め、私がしばしば大きな声で発したあの問い、私の驚きを表すあの問い、そう、この二つのイマージュを隔てる時間は存在しなかったかのように、発せられた言葉。

——いったい、何が起こったの？

Lが初めて、私が次に何を書こうと準備しているのかを尋ねたとき、やっと本題に入ったな、と思った。どうしてそう思ったのか分からないが、すぐに思ったのだ、これまで彼女と私のあいだに起こったことはすべて、そこに、まさにこの点に私たちを導くためだったのだ、と。そしてLは、今や私に手の内をさらし、彼女のゲームを見せたところなのだ、と。

私はカウンターに座り、彼女は私の前に立っていた、キッチンは居間に向けて開放され、ソースをかけた肉料理の匂いがあたりに漂っていった。Lは野菜を刻み、私たちはアペリティフの赤ワインを味わった。

彼女はそれまで話していたこととは何の関連もなしに、だしぬけに質問した、私たちはまったく別のことを話していたのに、突然、こう尋ねた。

――で、今は、あなた、何を書こうとしているの?

数カ月前から、読者も、友人も、あちこちで出会う人々も、私に次作のことを尋ねた。たいてい、こういう質問だった、「〈あの後〉で、あなたは何をお書きになるのですか?」。質問がもっと一般的な形をとることもあった、「いったい、〈あの後〉では、〈作家〉は何が書けるでしょうか?」。この場合は、質問はそのなかに答えを含んでいるように思われた、「あの後」は、何もない、それははじめから分かりきっていた、と。私はブラック・ボックスを開けてしまった、ストックを使い果たした、私の倉庫は空っぽだった。何はともあれ、この質問はニュートラルではなかった。そこには、漠然とした脅迫か、警告が隠されているように思えた。

おそらく、みんなが知っていることを、私一人が知らなかったのだろう。あの本は帰結であり、それ自体で一つの終わりだったのだ。あるいはむしろ、乗り越えがたい敷居であり、その向こう側には、「作家」は、少なくとも私は、行くことのできない地点だったのだ。後は、何もないだろう。例のガラスの天井の話のように、越えられない敷居。それが、質問の意味するところだった。しかし、それは私の誤った解釈、偏執狂的な珍説、だったかもしれない。質問はその通りのシンプルなもので、いかなる言外の意味も、当てこすりも含んではいなかったのかもしれない。ところが、この質問が繰り返されると、だんだん私は、そうとは知らずに最後の作品を書いてしまったのだという、恐ろしい考えにとらわれていった。その後には何もない本、その後には何も書けない本。あの本は留め金を閉め、錬金術をぶちこわし、内的衝動に終止符を打ったのだ。

読者との交流会で、そこには私の編集者もときどき参加したが、彼女はこの質問の反復で私がいかに平常心を失っているかに気づいた。何度も、彼女の前で、私はパニックを起こしそうになり、返答しそうになった、何も、何もありません、マダム、あの後では、「作家」はもう何も書けません、一行も、一言も、金輪際、留め金が閉められたのです、あなたのおっしゃる通りです、ムッシュウ、私は電球のように切れたのです、薬莢を焼き尽くしたのです、あなたの足下に灰が積もっているのをご覧なさい、私は死んだのです、燃え尽きて。

Lの質問は、まったく同じというわけではなかった。彼女は「後」とは言わず、「今」と言った。

私は今、何を書こうとしているのか。

大きな飛躍、天使の飛翔、虚空への跳躍、真実の時(このような表現が突風のように私の頭をよぎった、一方、Lは不気味なほど決然と野菜を刻んでいた)、「今」が、その時なのだ。

フランソワはアメリカの作家たちについてのドキュメンタリー・シリーズを撮影するために、アメリカに出発したところだった。一方、ルイーズとポールは彼らの父親のところで週末を過ごしていた。Lは、彼女のうちで夕食をしよう、と私を招待してくれた。私たちがそれぞれの自宅に、前もって計画し、きちんと招き入れたのは、初めてだった。私が彼女の自宅を訪問するのも初めてで、アパルトマンに入ったときに、映画の背景に入り込むような、奇妙な印象を受けた。すべてが新しく、その日の朝に配達されたように見受けられた。私はそんなことを考えていたが、Lが私にワインを注ぐと、その印象は消し飛んだ。

私はグラスを飲みほし、Lに、リアリティー番組をめぐる作品の構想について話しはじめた。構想はだんだんはっきりとなり、数週間前からひとりの女性人物が頭に浮かび、彼女について、かなり沢山のメモを取っていた(私は手帳の最初のページに彼女のデッサンをし、その手帳をバッグの奥に入れていつも持ち歩いていた)。私の次作の主人公は、高視聴率番組の女優で、二十五歳の若い女性、あらゆる部品の寄せ集めからなり、ちやほやもてはやされ、世間に過剰に姿をさらしている女性。『ロフト・ストーリー』に出演して一躍有名になった女性、ロアナと、アメリカ映画『トゥルーマン・ショー』の主人公のトゥルーマン・バーバンクを足して二で割ったような人物設定だった。

私はしゃべり構想を説明しながら、まもなくLの失望に、というよりむしろ苛立ちに気づいた。私はそれを彼女の野菜の刻み方から感じた、彼女は野菜を刻むスピードを上げ、ネギの次に今やニンジンに取りかかり、まな板の上に顔を傾け、その動作は迅速かつ正確、私の話を注意深く聞いてはいたが、顔を向けようとはしなかった。

私がアイディアの大筋を説明し終わると、彼女は一息ついてから、話しだした。

私はLと交わした会話をここに再現する。私はその夜、帰宅するとすぐに、それを書き留めた。私は眠れなかった。文房具箱のなかに見つけた小学生用のノートに、その夜の会話を細部まで再構成しようと試みた、たぶん、距離をおき、客観的に見ようとしたのだろう。おそらく、この会話が固有の影響力を持ち、後々、波及しかねないと予感していたのだろう。私はそれを忘れるのを怖れ、自分の知らないうちに動きだすのではないかと怖れたことを思い出す。

私たちが付き合いだして最初の数カ月間は、私はこのノートに、私たちの会話やLの独白を書き続けた。私がまったく書けなくなる日まで。でも、その日のことは、また後で立ち戻ることにしよう。

Lは私の方に目を上げた、彼女は声の響きを抑え、さらに口調を抑えようとしているようだった。

――あなたがその種のものを書こうと思っているなんて、私はまったく想像もしていなかった。『ル・モンド』紙の文芸特集に載っていた記事を読んだけれど、そのなかで、あなたは、もっとプライベートな、まだ実在しない、幻の本のことを話していたわよね、でもたぶん、書き上げることができるだろう、って。あの本のなかに隠されている、埋もれた本のことよ。

私は彼女がどのインタヴューのことを言っているのか、はっきりと分かった。でも私は、おぼろげな記憶しかないふりをした。

――あら、そう？　私、そんなこと言ったかしら？

――そうよ、あなたは、軌道はさまざまな地点を通過するけれど、今後は、フィクションに戻るのは難しいだろう、と言っていた。私はあなたの例の最新作を、この考え方に照らして読んだのよ、あの本は、来たるべき、もっと重要で、もっと危険な本を含んでいる、ってね。

私は暑くなってきた。

私はLに弁解した、私は間違っていた、と。あのインタヴューに答えたのは八月初めで、本が出版される数週間前のことだ。私は何が起こるか、本が何を引き起こすか、まったく想像していなかった。ある程度、結果を予測してはいたが、ひどい計算違いだった。私は力不足だった。私には荷が重すぎた。それだけのこと。だからこそ、今、私は逆に、フィクションに戻り、事実にまったく関係なしに、物語を語り、登場人物を作りたかった。

――つまり、安易な解決法ってわけね？

彼女は苛立ちを隠さなかった。私は不意をつかれた。

――安易な解決法、ある意味ではそうかもしれない、私にとっても、他の人たちにとってもね。許容できる位置、堪えられる状況、そうすれば……

――一般の人には、そんなこと関係ないわ。彼らはもう十分、作り話も登場人物も持っている、波瀾万丈や新展開をたらふく詰め込まれている。一般の人は、円滑な筋立て、巧みなキャッチフレーズ、大団円には、うんざりしている。退屈な砂売りのおじさんも、まずい料理を出すレストランの主人も、もう、うんざりだわ。彼らときたら、小さなパンのようにお話を増やして、本や車やヨーグルトを売りつける。無限に語尾変化し、大量に生産される物語。読者はね、いいこと、文学から他のものを期待しているのよ、そして彼らは正しいわ、彼らは「真実」を、本物を、待っている、彼らは真実を語ってほしいと望んでいる、分かるでしょう？　文学はテリトリーを間違えてはいけないわ。

私はちょっと考えて、彼女に答えた。

――本のなかで語られる人生が真実にしろ、虚構にしろ、それはそんなに大事なことかしら？

――ええ、大事よ。真実であることは大事なことよ。

――でも、誰が、それを知りたいって主張しているの？　一般の人が必要としているのは、あなたが言うように、調子外れにならずに、うまく語られていることだけかもしれない、音楽の音色のようにね。それに、たぶん、エクリチュールの神秘は、そこだと思うの、つまり、調子が合っているか、外れているか、ね。彼らは分かっていると思うわ、私たちが書くことのなかで、私たちにまったく無関係なことはない、ということを。彼らは知っている、いつも、一本の糸、一つのモチーフ、一つの裂け目があって、それが私たちとテキストを結んでいる、ということを。でも、彼らは、私たちが移調したり、凝縮したり、配置転換したり、粉飾したりすることを受け入れている。そして私たちが物語を作ることもね。

それは私が考えていたことだった。あるいは、私がそうだと信じたいことだった。一般の人、少なくともある種の読者が、どんなに「真実」が好きか、作り話のなかから真実を見分けようとし、本から本へと真実探しをしたがるか、私はそれをよく知る立場におかれていた。彼らのなんと多くの者が知りたがったことか！　私の以前の作品のなかで自伝に属するものは何か、実際に体験したのはどの部分かを。彼らのなんと多くの者が私に尋ねたことか！　私が本当に路上生活をしたことがあるのか、自己中心主義者で作り話をでっち上げるテレビの司会者にのぼせ上がったのは本当か、私がモラル・ハラスメントの犠牲者だったのかどうかを。彼らのなんと多くの者が、私の最新作を読んで、質問したことか、「〈すべて〉、事実なのですか？」と。

しかし、私は他のことを信じたかった、本との出会い――内密で、奥深く、情動的で、美的な、本との出会い――は、書かれたことが事実かどうかとは別の次元で起こるのだ、ということを。

私は、Lが激しく内にこもった怒りにとらわれたのを感じた。

――じゃあ、あなたの最新作の小説は、他の作品と同様、ただの物語だってわけ？　あれは取るに足らないものなの？　真実が語られるのはもう結構、と思っているの？　そして今や、あなたは一歩、脇にそれて、あやうく足を捻挫しそうになったものだから、自分は安易なゾーンに戻ってもよいのだ、と感じているってわけね？

私は、彼女の怒りの視線が、武器のように、私に注がれるのを感じた。私はまだ最初の一行すら書いていない、存在しないものに対して、理不尽にも罪障感を感じた。

――でも、真実なんてないわ。真実は存在しない。私のこの前の小説は、理解できない何かに近づきたいという、不器用で未熟な試みに過ぎないわ。形が歪んで見えるプリズム、苦悩と悔恨と否認のプリズムを通して物語を語る、一つの方法なのよ。それから、愛のプリズムもね。あなたは、よく分かっているでしょう。文章を省略し、引き伸ばし、圧縮し、穴埋めをする、そうするや否や、もう、フィクションなのよ。私は真実を探した、あなたが言うとおりよ。私は、物ごとの根源、視点、語り《レシ》と向き合った。でも、自己についてのエクリチュールはすべて、小説《ロマン》なのよ。語りは一つの幻想《イリュージョン》よ。それは実在しない。いかなる本も、そんなことをあれこれ言われる筋合いはないわ。

Lは、もはや何も言わなかった。

私は、一瞬、ジュール・ルナールの例のフレーズ（「真実は五行を越えるや否や、小説になる」）を引用しようかと思ったが、止めておいた。彼女は、背景となる文脈から切り離された引用文に感銘を受けるタイプではなかった。彼女は私たちのワイン・グラスを満たし、私に近づいてきた。

――私が話しているのは、結果ではないの。意図について話しているのよ。書く衝動についてね。エクリチュールは真実の追求でなければならない、さもないと、価値がない。もし、あなたが書くことを通して、自分を知り、自分に棲みついているものや自分を構成するものを掘り下げ、古傷を再び開き、引っ掻き、まさぐろうとするのでなければ、もし、あなたが自分の人間性、出生、環境を問い直すのでなければ、それは意味をなさないわ。自己について書いたもの以外は、エクリチュールではない。その他はつまらないものよ。あなたの本があれほどの反響を呼んだのは、それ故なのよ。あなたはロマネスクの分野を去り、技巧、嘘、見せかけを捨てた。あなたは「真実」に立ち返った、そしてあなたの読者たちは誤らなかった。彼らはあなたが根気よく続けることを、もっと先に行くことを、期待しているのよ。彼らは、隠されたこと、はぐらかされていたことを、知りたがっている。あなたが迂回してきたことを、言えるようになるよう望んでいるわ。彼らは、あなたが何から創られ、どこから来たかを知りたがっている。どんな暴力が、あなたという作家を生んだのか。彼らは騙されたりはしないわ。あなたがベールの裾を持ち上げるだけで、彼らには分かるのよ。もし、あなたが、路上生活者や鬱病のエリート管理職のつまらない話をまた書くつもりなら、マーケティング会社に残っていた方がましでしょうね。

私はびっくり仰天した。

この対立に、私はなす術を失い、呼吸は早くなり、頭は酸欠状態で、首尾一貫した論理を展開できなくなった。私はバカげたやり方で自己弁護し、枝葉末節を本質的なことであるかのように訂正した。

——私が働いていたのは、企業の内部監査をする会社で、マーケティング会社ではないわ。まったく関係ないわよ。

私は彼女の気をそらせようと、どんな仕事をしていたか説明しようかと思ったが、Lは包丁をおいて、そっと立ち去った。彼女は数分間、姿を消し、浴室で水が流れる音がした。

彼女が戻ってきた時、私は彼女が泣いていたのだろうと思った。

しかし、なぜ、Lは、私の次作にあれほどこだわるのだろうか？　それはまったく意味不明だった。彼女は少し頬紅をつけ直し、髪の毛を束ねていた。ブラウスの上には上着を羽織っていた。私は気を落ち着かせようと、ゆっくりと話した。

——ねぇ、いいこと、フィクション（虚構）も、オートフィクション（自伝的小説）も、オートビオグラフィ（自伝）も、私にとっては、あらかじめ決めておくべき方針でも主張でもないし、ましてや意図していることでもないの。それは偶然にそうなった結果にすぎない。実際、私は、それほど明確に境界をつけているわけではないの。私のフィクション作品は、他の作品と同じくらい私的で、内密でしょ。私たちは時には、題材を探求する野菜を拭いているあいだに、私は彼女を観察した。彼女が努めて動作をゆっくりとし、リズムを取り戻し、自分が落ち着いていることを、すべては大して重要ではないことを示そうとしているのが、感じられた。私はLを眺めた、比較的狭い空間のなかをせわしなく移動する様子、カウンターの周りを動き回り、戸棚を開け、いろいろな物を触り、片隅や縁に手を触れる動作、理由もなく急ぎ、イライラする様子。Lは、中華鍋の熱した油の中に、野菜を投げ入れた。

彼女は、野菜を切るのに使った包丁を取って水に入れ、洗剤の泡立つスポンジで用心深く刃を洗い、それから布巾でていねいに拭いた。彼女はそれを引き出しにしまい、カシューナッツの袋を取り出して小さなボールに入れた。私を見ないで、彼女は続けた。

——あなたの隠された本、私はそれが何かを知っているわ。私は最初から、それを知っている。あなたに初めて会ったとき、私にはそれが分かったの。あなたはその本を、あなたのなかに持っている。私たちはそれを、私たちのなかに持っている。あなたと私。もし、あなたがその本を書かないと、その本があなたをとらえるでしょうよ。

ために歪曲する必要があるわ。大事なことは、その行為が真摯なものであること、つまり、必然的であること、打算がないことなのよ。

私は適切な表現を見つけることができなかった。Lと向き合って、嘆かわしいうぶさ加減を暴露しているのを自覚していた。私は動転していた。私は一歩先に進んで、自己弁護したかった。しかし、この対決で、何かが作動し、私はうまく対処できなかった。

——私は、そんなこと言ってやしないわ。それを言っているのは、あなたでしょ。私はコードや、約束事や、レッテルは、どうでもいいの。私があなたに言いたいのは、書く行為のこと。あなたを机に向かわせるのは何か、ということよ。私が言っているのは、誰から強制されたわけでもないのに、あなたはどんな理由で、まるで犬のように、来る日も来る日も、椅子に縛り付けられているのか、ということなのよ。

——それが、どうしたの？

——つまりね、もう、知らんぷりはいい加減にしてよ。

私はもう、何を言ったらよいか、分からなかった。私はもう、私たちが何を話していたのかも、どこからそんな話になったのかも、分からなかった。

Lは、再び食事の準備にかかった。彼女が水洗いしたこの夕食の翌日、Lからは何の連絡もなかった。

数日の間、Lは私の人生から姿を消し、こうしてある種の断絶、空白が作られたが、それに対して私は準備ができていなかった。

Lがいなくて寂しかった。こう考えるのはバカげていたが、彼女は私を罰しているのだ、と考えたように思う。私は彼女に何回か電話をしようとし、一つか二つのメッセージを残したが、彼女は応えてくれなかった。

次の週末、ルイーズとポールは、それぞれの友人とヴァカンスに旅立った。ポールはブルターニュでキャンプをし、ルイーズは南フランスに招かれていた。まさにその夜、素晴らしい花束が届けられ、そこにはLからの言葉がそえられていた。正確な言い回しは覚えていないが、彼女は興奮したことを詫び、激しく言い争ったことを後悔していた。私はSMSを送り、彼女を安心させた。

私はパリで一人だった、フランソワの帰りを心待ちにしていた。彼は二週間、フランスで過ごし、その後、再びアメリカに長期滞在するために旅立つことになっていた。私はこのドキュメンタリー・シリーズが彼にとっていかに大事か、彼がどんなに夢見た企画かを知っていた。私たちはいっしょに、別れ別れになる長い期間のことを考えた。そして私は彼に出発するようにと励ましたのだ。フランソワは、私が書くことにどんなに時間を費やそうと気にしなかったし、私の生き方についてもとやかく言わなかった。

彼が戻ってきた時、私たちはすぐに田舎に向かった。

ここ数年間、フランソワにはさまざまな仕事の誘いが増えたが、それに反比例するように、彼はこの地に退却するようになっていた。彼はここを、世間から隔絶された停泊地として選んだのだ。

フランソワと知り会った日、地方都市のナイトクラブのカウンターで肘をつきながらマルガリータを飲んでいたとき、彼は私に、パリからほど近く、ちょうど工事の最中だった、この家のことを話した。そして、雑踏から離れ、静寂のなかに身を置けることが、どれほど必要不可欠になってきたかを熱く語った。私は、それに対して、田舎なんて大嫌い！　と容赦なく答えた。それは自然とは関係なく、自然が嫌いというわけではなく、別の理由からだった。田舎は、私にとっては孤立と同義語で、危険の概念を含んでいた。田舎は、恐怖と閉鎖とに観念連合していたのだった。

　私はこの会話をすっかり忘れていたが、フランソワはずっと後になって、私の発言にいかに面喰らったかを語った。私たちは当時、明らかに誘惑のプロセスに入っていた、それなのに、のっけから、こんなふうに自分の足もとに弾を撃ち込む相手に、恋愛作法に従わず、共通点を探すどころか相違点や不一致を強調する相手に、彼はお目にかかったことがなかったのだ。にもかかわらず、ラジオで「ヒットFM」が全盛だった頃、二人とも聞いていた歌に話題が及んだとき、私たちは相互理解の領域を見つけることができたのだった（私たちはヒット曲をいくつかリストアップし、この共通文化に大喜びした）。

　この最初の会話から三年後に、私が初めてクルセイユに行った時のことを、そして私をこの男性のもとへ（そして彼を私のもとへ）最終的に導いた奇妙な道程のことを、私は語ってもよいだろう。ちょうど、私がLに出会って間もない頃、彼女の求めに応じて語ったように。Lは、私たちの「取り合わせ《アソシアシオン》」が彼女には奇妙に見えることを、けっして隠さなかった。それに、「取り合わせ」という言葉は彼女が使ったものだと思う（彼女は、「あなたたちカップル」とか、「あなたたちが形作っているカップル」とか、「あなたたちの恋愛関係」などとは言わなかった）。Lに言わせると、彼と私は、見るからに水と油だった。Lはいつも、フランソワと私の関係をいぶかしがり、当惑を隠さなかった。彼女だけではない。私は、自分自身の抱く先入観を払拭して、私たちが多くの共通点を持っていることを認め、理解するのに時間がかかった。私は当初、私たちを区別し対立させるものを数え上げようとし、私たちの世界には一致点がない――一致点があったとしても、それは偶発的で一時的なものだ――という考えに凝り固まっていた。しばらくして、彼の人間性に近づくことができたとき、彼がどんな人物か、彼を鼓舞しているのは何か、彼のエネルギーと弱点はどこから来るのかを理解したとき、あるときは愛想よく開かれ、あるときは尊大で近づきがたい仮面の後ろに、彼が世界に対峙しているのを見ることができたとき、私はどのような愛が私たちの出会いから生まれうるかを理解し、危惧するのを止めたのだった。


　私がクルセイユに滞在していたときに、Lはようやく電話をしてきた。彼女の声を聞いて、私は嬉しかった。彼女は、私たちの間には何ら諍いがなかったかのごとく振る舞い、私の近況を知りたがり、私がほんとうに休養できたかどうか気にかけた。この数カ月というもの、いろいろな不安や心配があったのだから、あなたが時間をとって一息つくのは当然だし、望ましいことだ、と。私はかなり長電話をした。私がそれを覚えているのは、風向きが悪かったので庭の奥をウロウロと移動しなければならず、北風が吹くと、ネットのアクセスがコンスタントにできる唯一の場所、すなわち小高くなったところに上らなければならなかったからだ。私はこの電話にホロリとなり、またホッとしたのを思い出す。Lは私のことを考えてくれたのだ。この時もまた、Lは他の誰にもまして、この一年が私にとってどんな年だったかを理解しているように見えた。この一年が、体力・気力を必要とし、疑惑が広がり、私の感情の両義性、充足感と空虚感がないまぜになった年だったことを。今回もまた、Lだけが、離れていても、私がどのような状態でいるかを分かっているように思えた。というのも、Lは二つの出来事の時期が不思議なことに一致しているのを知っていたからだ、すなわち、私の最新作が、本来の意味でも比喩的意味でも私を乗り越えて、今や私の手の届かないところに行ってしまったこと、そして、私の子供たちが、まさに旅立とうとしていたことを。

Lは私に言った、この夏はずっとパリにいると思うわ、原稿を仕上げて、夏休み明けに編集者に渡さなければならないから。それって、最近の三面記事をめぐる証言なの、今のところ、それ以上のことは明かせないわ、私にとっては大きな仕事なのよ、私の命運が賭かっているの。

いいえ、怖くなんかないわ、一人でパリに残っていても平気よ、観光客に明け渡された、のんびりしたパリが好きだもの、ヴァカンスに出発するのは、その後ね。彼女は私に、八月の予定を尋ねた。私は、子供たちが小さかった頃にそう名づけた、「ヴァカンスの家」について話したことを思い出す、この名称は場所ではなく、時期を示しており、何年も繰り返されてきた夏の行事だった。毎年、ヴァカンスに、私は二十歳の頃に出会った友人たちと、二〜三週間、大きな家を借りる、同じ家を二度、借りることはないし、同じところに二度、行くこともない。最初の頃は、子供たちはまだいなかったので、みんなはいっしょに出発した。今では、子供たちは、私たちがスペインの大西洋岸の小さな海水浴場でバーのはしごをして夜を過ごした頃の年齢になっている。今では、「ヴァカンスの家」は子供たちも含め、年によって十八〜二十五人の大所帯だ、グループは中核メンバーの周囲に広がっていき、そこには、関係のある人物がメンバーから推薦されて仲間入りすることもあった。

自分の人生を変えてしまった、と思えるほどの友人は滅多にいない。彼らがいなければ、自分の人生は同じではなかっただろうと、なぜか確信できる友人、その交際範囲が、何回かディナーやパーティーやヴァカンスをいっしょにしたのにとどまらず、それ以上に広がり、自分の人生の大きな選択に影響を及ぼし、自分の在り方を根底から変え、自分の生き方を確立する助けとなったと、心から確信できる友人、そんな友人はまれである。「ヴァカンスの家」の友人たちは、そのようなとても大事な友人たちなのだ。私にとっては残念なことに（彼らにとっては幸いなことに、かもしれない）、彼らはずっと前にパリを離れてしまったが。

実は、私の友人たちの大部分はパリを去っていた。彼らは今、ナント、アンジェ、ヴァレンス、ロクバロン、カーン、エヴェックモン、モンペリエなどで暮らしている。

クルセイユの庭の奥の小山に登って、空気が冷たくなりはじめたとき（セーターを取りに行って電話がまた通じなくなり、会話が中断した）、どういういきさつでそうなったのか、私はLに、友人たちが相次いでパリを去り、私は孤児のように取り残されたこと、新しい人たちと付き合うことができると感じるまでに数年かかったこと、を話していた。私はLに、友人たちが、まるでペストが街を占領したかのように、いかに次々と、荷物をまとめ子供たちを連れて行ってしまったか、彼らが引き潮のように去って行った少なくとも五年のあいだ、いかに私は喪失感、つまり捨てられたという理不尽な感情にとらわれたかを語った。

Lは、よく分かるわ、と言った。彼女はこの感情を知っていた、彼女自身も経験したことがあったから。彼女の友人たちは、地方都市へと立ち去ったのではなかった、彼らは、ただ単に、彼女の夫の死後、去って行ったのだ。彼女は、いつか話すわ、と約束した。よい夏休みをね、とも言った、彼女は私のことを思っていてくれたのだ。

八月、フランソワはワイオミングに向けて飛び立ち、私はルイーズとポールとともに列車に乗って、「ヴァカンスの家」に向かった。

ようやく、久々に、物ごとが元の鞘に納まったように、私は感じた。あたかも、あのすべてのことが――数カ月前に発売されたあの小説、波のうねりのように広がった反響、それは同心円を描いて広がる波紋のように計り知れないほどの範囲に及び、私の親族の何人かと私との関係を根底から変えてしまった――あたかも、あのすべてのことが、存在しなかったかのように。

以前と変わらず、冷静で曇りのない眼差しをした友人たち、あのくだらない興奮から距離をおき、私の身近にとどまった友人たち、彼らのなかにいると、私は心身ともにリラックスするのを感じた。

私たちは笑い、眠り、飲み、踊り、何時間もしゃべったり、散歩したりした。私は、いつか、彼らのことを書バスのなかはラッシュアワーの混雑で、三人とも身動きできない状態だった、そのとき、突然、私は感極まって涙が出てきた。何かが終わり、他の何かが始まろうとしていた、私は信じられないほど幸運だった、最初からずっと、幸運は私から去らなかったのだ。穏やかで活動的な一年が始まろうとしていた、私はまた執筆に取りかかろう、ときどき、子供たちがいるところに会いに行こう。私は新しい態勢のなかで、新しい人生を始めよう、私はそれに適応できるだろう、郷愁に溺れずに、現在を生きよう。何も恐れるべきことはなかった。

きたいと思った、あちこちに散り散りになった友人たち、子供時代の友達、大人になってからの友達のことを、そして二十五年、あるいは四十年の歳月のことを、その間に私たちは成長し、親になり、生き方を変え、仕事を変え、家を変え、ときには愛する人を変えたのだった。

この間、Lから連絡はなかった。私は友人たちに彼女のことを話したとは思わない。

三週間後、私たちは列車で帰路についた、ルイーズとポール、そして私の三人は上機嫌でTGVの家族用の四人がけの席を占め、すっかりくつろいでいた。突然、私は自分が生きている、と強く感じた、私は子供たちとランド地方からパリに戻る列車のなかにいた、私は子供たちが好きなサンドウィッチを、バター付きとバターなし、サラダ付きとサラダなしで用意していた、私たちは素晴らしいヴァカンスを過ごした、私は車窓から田園風景が飛ぶように流れて行くのを眺めていた、子供たちは旅立ち、自分たちの人生を生き始めようとしていた、私は彼らのことが誇らしく、二人がひとかどの若者に成長してよかったと安堵した、私は、家族が傷つき苦しんだかもしれないが、それにもまして、生きる喜びを子供たちに伝えることができた、と思った。

デルフィーヌ

うんざりだ。おまえの親族の一員であること、おまえと同じ名前を持つこと、それは今ではまったくもってうざったい。この名前を、おまえは我が物とし、それを汚し、その上にくそをした。我々一族はみな、おまえのせいで迷惑をこうむり、あの苛立たしい質問に耳を殴打されている。「あなたは著者の親族ですか?」そうとも、私は著者の親族だ、くそくらえ! 私も、他の親族も、迷惑千万。今や、この質問を受けずに生きることは、著者の親族だという以外の身分証明書をもつことは、できるだろうか? まったく、とんでもないお荷物だ。

おまえは自分が病気なのを忘れたらしい。そうとも、病気だよ。おまえは重病人だ。そのうえ、それは伝染性なのだ。おまえは治ったと思っているが、後遺症のことを忘れている。医者は全員、こう言うだろう、あの病気は転移する、けっして完治しない、とね。それは遺伝する、それはおまえの内部にある。噂によると、おまえは子供たちを厄介払いしたそうだな。完全なる母親が、ついに、化けの皮をはがされて現れるってわけだ! うまくやった。やりたい放題だ、そうじゃないか? おまえはハメを外してもいいわけだ、おまえの有り金をすべて使い果たそうと、VIPなパーティーで若い男をハントしようと、いいわけだ。私は知っている、おまえがひどい母親で、自分のガキどもが勉強することを選んだのをいいことに、最初の機会を逃さず、やつらをできるだけ遠くに追い払った、ということを。

おまえの子供たちは、メディアで超話題のでっちあげ作家を母親に持ったというわけだ。

子供たちに同情するよ。

私は手紙を手に持ったまま、立ちつくした。

私は最初、名づけがたい直感的な違和感をもった、それから前にも経験したことのある、抑えがたい胸騒ぎがふつふつと膨れあがった。指が少し震えた。私はまだ、旅行カバンを解いておらず、中の荷物もそのままだった、私はメールボックスから回収した手紙類の束をテーブルの上に置いた、私はお茶を準備し、手紙とパンフレットの仕分けをすることから取りかかり、次に封筒を一つずつ開いていった、そのとき、この手紙にぶちあたったのだ、前日の日付だった。ルイーズとポールはそれぞれ、自分の部屋に引き上げていた、彼らはほどなく部屋から出てくるかもしれない、私は泣くわけにはいかなかった。フランソワに電話をかけようかと考えたが、時差があるので話すのは難しいだろう。

私は手紙をもとのようにたたんだ。深く息を吸い込んで、次の封書に移った。ちょうどその時、携帯が鳴った。Lからだった。彼女は、私がヴァカンスから帰っている頃だと考え、近況を聞きたいと思ったのだ。一瞬、私がアパルトマンに入るのを見ていたのではないか、という考えが頭をかすめ、反射的に窓から外を見た。何も動くものはなかった、ほとんどの窓はカーテンが閉められ、ブラインドが下ろされていたが、下の方に、窓が一つ開いていていて、低いテーブルの前に座ってタバコを吸っている男女のカップルが見えた。

Lが私の様子がおかしいことに気づくのに、数秒もかからなかった。私の気分は、声を聞いただけでばれてしまう。状況に応じて声の抑揚を調節できるように、コントロールできるように、練習してはみたものの、どうしようもない、私の声は私の性格を、語彙数が増えたにもかかわらず、相変わらず「感受性が強い」人間であることを、暴露してしまうのだ。Lはすぐに、いっしょに飲みましょうよ、と提案した、彼女はその日の朝、懸案の原稿を書き上げたところで、彼女もまた息抜きをする必要があった。私はスーパーに行って冷蔵庫の食料品買出しをすませてから、彼女と会うことにした。そして、彼女に見せようと、手紙をバッグに入れた。

カフェの奥の席につき、Lは私の目の前で手紙を開いた。彼女の目が行を追うあいだ、私は彼女を観察した、髪は束ねておらず、瞼に塗られたメタリック・グレーのシャドーが顔色をさらに青白く見せ、唇は微かにローズ色で、とても美しかった。ゆっくり読みながら、彼女は怒りのために顔つきが変わっていった。

——誰の仕業か、分かる?

——いいえ。

——あなたの親族のなかの誰か、だと思う?

——さぁ、どうかしら。

Lが目に見えて動揺し、手紙を読み直しているあいだに、私は数週間前に受け取ったもう一通の手紙のことを話した。私の記憶では、その手紙は今度のほど辛辣ではなかった。Lは数秒間、考え込んでいるようだった、それから私をまた見た。

——あなたは、「その後」について、本を書こうと考えたことはまったくないの? 例の小説が刊行され、その結果、何が引き起こされたか、何が明らかになったかを語る本を書かないの？　あの小説が、後になって、どのように作用したかを語る本よ。

　そう、確かに、私はそれについて考えたことがあった。そのアイディアが頭をよぎったことがあった。本がどのように受け取られたか、予想もしなかった支持や心を動揺させる手紙について語ること。ある人々がテキストを受け入れるために払った努力、そのために持ちつづけた強い意志について語ること。文学に対する尊敬。いったん本が刊行されてから、後になって囁かれた告白や、よみがえった思い出について語ること。自己擁護のための策略、沈黙の非難。確かに、それを書くのは気をそそった。なぜなら、混乱は、「地震危険度」が高いと見なされていた地域に及んだだけではなかったからだ。危険度の高い地域はすでに震源地を囲いこみ、それを同化し、それを甘受していた。それよりもっと破壊的な地震が、他の領域から、私がわずかに言及するにとどめ、迂回した領域、意図的に語りの場から排除した領域から、わき起こったのだ。

　自伝的小説（あるいは家族の物語）を書いたことのある作家なら誰でも、ある日、「その後」について書きたいという誘惑にかられたことがあるだろう。心の傷、苦しい胸の内、執筆意図を勘ぐっての非難、親族との絶縁、そうしたことについて語りたいと思ったことがあるだろう。ある作家は、その後を書いた。おそらく、その影響はすぐには現れないから。なぜなら本は、長期にわたって発散され、ゆっくりと拡散する、放射性物質のようなものに他ならないから。そして私たちは、作家である故に、ぞっとするような力をもつ人間爆弾と見なされるのが落ちなのだ、というのも、私たちがその力をどう使うか、誰も知らないからだ。私は黙っていたけれど、そんなことを考えていた。

　私が答えないものだから、Ｌは質問を、別の言い方で繰り返した。

　――そうねぇ、この手紙を書いた人物には、こんなふうに応じたらどうかしら？　これまでに受け取った手紙をそのまま、一語一句変えずに発表してやるのよ。そして、そいつに分からせてやればいいわ、あなたが自分で選んだのではない名前をもつことが、彼または彼女にとって迷惑かどうかなど、あなたには関係ないってことを。この名前を名のる方法はいくらでもあるわけだし、彼または彼女は、好き勝手にすればいいのだって……。

　――だけど、私は関係ないとは思っていないのよ。

　――いいえ、関係ないわ。あなたはそんなこと無視すべきよ！　あなたはすべてを書くべきだと思うわ、私たちが知り合ってから、私に話してくれたことを、あなたが望んだわけでもないのに、ある人たちとの関係が変化し、悪化したことを、書くべきよ。あなたが元気かどうか、もう気にもかけなくなった人たち、あなたもこれで「有名人」の仲間入りだとばかりに――私たちが生きている世界では、どんな作家にとっても、それが価値あるかのように――喜んでいる人たち、あなたの文学的変遷においてあの作品が転機を表していることよりも、あなたの小切手のゼロの数が増えることに興味を示す人たち、あなたに直接、質問するくらいなら死んだ方がましだと考える人たち、あなたが変わってしまったと、あなたがよそよそしくなり、遠くなり、近づきがたく、付き合いにくくなったと主張する人たち、あなたがとても忙しいと一方的に思い込み、あなたのことをもう金輪際、誘ってくれない人たち、突然、日曜日ごとにあなたを招待するようになった人たち、あなたが夜な夜なセレブなディナーやカクテル・パーティーで過ごすと想像している人たち、あなたは子供たちをほったらかしにしていると想像している人たち、あなたがこっそり飲んでいるのではないか、瞼の美容整形手術をしているのではないかと勘ぐる人たちのことを、書くべきよ。そうでしょ、デルフィーヌ、このあいだ、笑いながら話してくれたじゃない？ さぁ、この手紙を、いま一度、よく読み直してみて。これは冗談なんかじゃない、これは憎しみよ、あなたを傷つけようとしているのよ。

彼女が話すにつれて、Lの怒りと憤慨が大きくなるのを感じ、私は妙にうれしかった、誰かが、こんなふうに、全面的に、無条件に、私の味方をしてくれるなんて、と。

もちろん、こういったことすべては書けるかもしれないが、そんなことをしても何の役にも立たないだろう。起こったことの責任は私にあった、望んだわけではないが、それを引き起こしたのは私だ、それを引き受けるか、少なくとも、それと折り合い、甘受しなければならないだろう。それに、私たちに対して他人が勝手に抱くファンタスムは、何を持ってしても止めることはできない。私には分かっていた。「その後」についての本を書けば、溝をうがち、無理解を広げることになるだろう。もっとよい方法があるのではないか。私はLに、数カ月前から他のアイディア、「本物のフィクション」について考えていることを想い起こさせた、私はヴァカンスのあいだもメモを取り続け、計画は形をなし、筋立てが明確になっていた。

Lは私をさえぎった。

――筋立てですって？ 本気で言っているの？ あなたには筋立てなんて必要ないわ、デルフィーヌ、新展開もね。あなたはそんなものを越えている、今、必要なのは、あなたがそれに気づくってことなのよ。

彼女は、今回はとても穏やかに話した。彼女の声には攻撃的なものは何もなかった。Lは、たった今、聞いたことを本気にしていないと、私に悟らせようとした。あなたはほんとうに筋立てを考えたり、練り上げたりしたの？　彼女は続けた。

——あなたは、何はともあれ、でっち上げる必要はないのよ。あなたの人生、あなたの物の見方、それがあなたの唯一の題材となるべきなのよ。筋立ては、罠、落し穴よ、あなたはたぶん、筋立ては避難所か支柱を与えてくれると思っているのでしょうけど、それは誤りよ。筋立てはあなたのことを守ってくれない、それはすぐに、あなたの足もとで萎えたり、頭上で崩れてしまったりする。筋立ては凡庸な騙し絵で、いかなるスプリングボードにも、いかなる支えにもならないことは、明らかだわ。そんなものは、あなたにはもう必要ない。あなたは、もう、そんなところにはいないのよ、分かるでしょ？　あなたは自分の読者を過小評価しているわ。あなたの読者は、穏やかに眠ったり心慰められたりするために、物語が語られるのを期待しているわけじゃない。彼らは、一冊の本から他の本へ移し替えができるような、相互に交換できるような登場人物のことはバカにしている、彼らは、巧みに作られているけれど、もう二十回も読んだことがあるような、もっともらしいシチュエーションをバカにしているわ。そんなものは、てんで問題にしていないのよ。あなたは、他のことができると、現実をつかみ取り、現実と互角に戦えると、彼らに対して証明したのよ、彼らは、あなたがもう一つの真実を探求していることを、そしてあなたがもはや怖れてはいないことを、理解したのよ。

私たちは、何週間か前に彼女のキッチンで感じたような、緊迫した雰囲気のなかにはいなかった。私たちは、私の仕事について、そしてそれがもたらした結果について、話している二人の女友達だった、Lがこの問題にこれほど関心を持っていることに、私は心を動かされた。

Lは、「あの小説の後」に私が何か書けるかどうかを心配していたのではない、彼女は私が書けると確信し、今後とるべき方向性についてはっきりした考えをもっていた。

私はふざけて、あなたは言葉遊びをし、私が言ったことを戯画化しているわ、と言った。私は「筋立て」と言ったけれど、それはものの言い方で、私の作品はどれも、彼女が言った意味での筋立ても結末も、読者に提示したことはなかった。少なくとも、私が考えていたことを説明する時間を、与えてほしかった。現実に起こったことを使って描ける小説に関心をもっているL、もし私がその手の本を書けば、彼女としては大いに割が合うのだろうが。

Lは給仕に、モヒートを二つ、お代わり、と身振りで頼んだ、それは時間がたっぷりあって、もし必要なら一晩中でも付き合うわよと、私に示すようなしぐさだった。彼女は椅子の背にもたれかかったが、そのポーズは、私にこう言っていた、さぁ、話して、聞いてるわよ、あなたが書くのを拒否する本に、そしてあなたが構想中だと主張する本に、乾杯！　私はグラスを飲み干し、話し始めた。

——ヒロインは……つまり……主人公は……若い女性で、リアリティー番組に出演して、優勝したところなのよ。番組が放映されるや否や、視聴者が彼女に熱を上げ、ネットは炎上した。彼女は大衆誌やテレビ番組にも取り上げられた。何週間かのうちに、まだリアリティー番組に出演中に——それは、出演者が部屋に閉じ込められるっていうジャンルなのよ——、その女の子はスターになった。

私は、Lの励ましの言葉を期待していた、しかし、彼女の顔に表れたのは、警戒心だけだった。私は続けた。

——実は、私はリアリティー番組にも、部屋に閉じ込められることにも、それほど関心をもっているわけではないの、私が関心を持つのは、むしろ、その後、彼女が番組を終了する時点、つまり、彼女自身とは関係のない、彼女のイメージと対峙しなければならない、その瞬間なのよ。

Lは、身動き一つせず、私を見つめていた。彼女は何も表に現さなかった。彼女はやや執拗とも思える注意深さで私の言うことを聞いていた。今度もまた、私は言葉が足りず、言いたいことを十分に伝えられなかった。今度もまた、クラスの前で顔を赤らめて、ただただ泣き出さないように我慢している、あの小学生に逆戻りしたかのように感じた。しかし、私は続けた。

——数週間のあいだ、彼女のちょっとした仕草、何でもない言葉が、コメントの対象になった。全知全能の視聴者の声が、彼女のリアクションを解読し続けた。徐々に、この声は、これ以後、みんなの目に映る姿を、彼女のパーソナリティーとして描くようになった。つまり、もはや彼女とは大して関係のないフィクションとしてね。番組を終了するとき、彼女は、自分のあずかり知らないその登場人物を演じている、それは一種の等身大に複写されたコピーのようなもので、目に見えない獰猛なヒルのごとく、彼女を糧とし、彼女を食い尽くし続ける。メディアは、彼女の人生は視聴者を感動させるべく作り直された、彼女が子供時代を過ごした場所を取材に訪れた、そしてそれは、大部分、彼女が会ったこともない人々の証言に基づいている。実は、この若い女性は、これほど自分が傷つきやすいと感じたことは今までなかった、にもかかわらず、戦う女としての肖像を見出すことになるってわけよ。

Lは仏頂面を隠さなかったが、その先を続けて、と私を促した。地面にねじ伏せられでもしないかぎり負けたことを自覚しない、そんな傲慢さのせいだろうか、私は続けた。

――さて、それから、もう一人の登場人物がいるのよ、映像編集係の若い男性で、放映されているあいだ、ずっと、この番組で仕事をしていた。実は、彼は映像やシークェンスを選択することで制作にかかわり、彼女が見出す肖像を作りだした。この青年は、彼女と近づきになろうとし、再会したいと願う……。

私は、夢中になって話をしているふりをするのが、妙に居心地悪くなりだした。突然、すべてが滑稽に思えた。

――実は（どうして私は、フレーズごとに、「実は」と繰り返したのだろう？）、彼自身、彼女が何者か、もう分からなくなっている。彼は虚構の女性、創りだすのに一役かった女性、実在しない女性に、支配されているのよ。

Lは動かなかった。私のアイディアが、今や、強烈なライトを浴びて姿を現したようだった。そのことごとくが、いかにも予想可能で、いかにも……不自然だった。すべてが、私が言葉にしたとたんに、いかにも空虚に見えた。

給仕が私たちの間に割り込み、グラスをテーブルの上においた。

Lはバッグからティッシュの袋を取りだした。彼女は時間稼ぎをしていた。

彼女はカクテルをストローで一口吸い込み、グラスのなかのミントの葉を機械的に動かしていた、彼女はまだ迷っていたが、話しだした。

――その種のことは、ずっと前に、あなたが本を書きだすよりもずっと前に、私たちは考えたでしょ、デルフィーヌ。私たちはロラン・バルトやジェラール・ジュネット、ルネ・ジラールやジョルジュ・プーレを読んで、カードを作り、四色の鉛筆で鍵となる概念に下線を引いたわよね、私たちは新しい観念や言葉を、アメリカ大陸を発見するかのように学んだわよね、私たちは新しい崇拝の対象を探し、何時間もかけて定義しようとしたわよね、自伝、告白、フィクション、ほんとうの嘘、それから「ほんとうの嘘をつく」とは、何かを。

私は彼女が何を言おうとしているのか、よく分かった、しかし、「私たち」の意味が分からなかった。Lは、たぶん、私と同じ頃に、文学部の学生だったのだろう。たぶん、彼女は構造主義やヌーヴォー・ロマンやヌーヴェル・クリティックについて勉強したのだろう。「私たち」というのは、同じ思想家たちによって育まれた世代、私たちの世代、を指すのだろう。

彼女は言葉を継いだ。

――私たちは、語りの形態の変化について学んだわよね、ある作家たちの意志について、生の躍動に到達しよう、真の生命力を掻き立てる原動力に到達しようとする意志について、学んだわよね。

私は同意した。

Lは続けた。彼女の声のトーンは、突然、もっと親密になった。

――心の彷徨や精神の変遷、エマ・ボヴァリーの変化する目の色、ロル・V・シュタインの恍惚、ナジャ、それはみな、結局、ある心の軌跡を描いていて、私たちに道を示し、あの探求を理解させる、で、あなた方、作家は、今、その探求を託されているのよ。

今度は、Lが何をほのめかしているか、明確だった。クレビヨン、フロベール、デュラス、ブルトン、それは私が高等師範学校《エコール・ノルマル・シュペリウール》の試験を準備していた年に、受験準備クラス《カーニュ》のカリキュラムに載っていた作家たちだった。このカリキュラムは毎年変わった。

Lは、私と同じ年に、自分も受験準備クラスにいた、と言うのだった。Lはこうして、共通の学生時代があったことを示そうとしていた。彼女は勢いに乗って続けたが、私はもう聞いていなかった。私は彼女が十八歳だった頃を、思い浮かべようとした。私の目の前に座っている女性――自信に満ち、自己抑制ができる女性――から、時間を遡り、しっかりとした目鼻立ちを引き出そうとしたが、どんな顔も浮かんで来なかった。

私はついに、さえぎった。

――だけど、あなたはどの高校に通っていたの？

彼女は微笑んだ。

彼女は、さらに数秒間、黙っていた。

――あなた、私のこと、覚えていないの？

そう、私は覚えていなかった。私はクラスの女子学生たちの、多少おぼろげになった顔を呼び戻そうとし、大急ぎでこの昔のイマージュを思い浮かべた、が、あまり記憶になく、Lに似た顔は見つからなかった。

――悪いけど、覚えていないわ。でも、どうして、あなたは何も言ってくれなかったの？

――だって、あなたは私に見覚えがないんだって、分かったからよ。私、悲しかったわ。あなたは私のことをまったく覚えていないって。ねぇ、一つ、学んだことがあるの。この世を二分する一つの不公平、つまり、人生には記憶に残る者と、忘却される者がいる、ってこと。

どこに行こうとも足跡を残す者と、気づかれずに通り過ぎ、何も痕跡を残さない者。彼らは記憶に像を残さない。それは彼らの後ろで消え去ってしまう。あなたはきっと、幼稚園とか、中学校とか、スキー学校とかであなたといっしょだった人たち、頭の片隅にあなたの名前と顔を忘れられない思い出として刻んだ人たちから、手紙を受け取るでしょ。あなたのことを覚えている人たちね。あなたは最初のカテゴリーに属し、私は二番目のカテゴリーに属している。そういうことなのよ、仕方ないわね。分かるでしょ、私は、あなたのこと、よく覚えているわ。あなたの長いスカート、おかしな髪の毛、あなたが一年中着ていた黒い革ジャンパー。

私は抗議した。

——そんなことないわよ、そんなに単純じゃないわ、私たちは全員、二つのカテゴリーに属しているのよ。

自分の見解を正当化するために、私はLに、アニェス・デザルトとの出会いについて話した。私たちと同じ受験準備クラスにいたアニェス・デザルトのことを、あなたは覚えているかしら？　もちろん、Lはとてもよく覚えていた。

アニェスが二作目の小説を発表した時、私は三十歳くらいだった。ブックフェアで、ある晩、彼女は出版社のサイン会のブースにいた。当時、私は何かを出版する意図など毛頭なく、企業で働いていた。私の人生がある日、それとは別の方向を取るかもしれないとは、思ってもいなかった。私は人生を思い描き、安定させようと努力していた、生活の基盤を固めようとしていた、そうして私自身から、私の性格のはみ出た部分から、身を守ろうとしていたのだ。とはいえ、私は、許容できそうな範囲で、自分自身のために日記のようなものをつけていた。他の書き方、読まれるために書くという考えは、当時は危険が大きすぎるように思われた。私は十分に強くなかったし、それを自覚していた。その種の作業に堪えうるほど、しっかりした精神構造をしていなかった。

私はアニェスに会いに行った、もし彼女が歌手かダンサーになったとしても、そうしていただろう、達成不可能に思われることを成し遂げた者に対する感嘆の気持ちで、彼女に会いに行ったのだ。アニェスは私が誰か分からなかった。彼女は私のことを、名前も、顔も、覚えていなかった。私の方は、彼女のことを覚えていた、結婚前の名前も、彼女や家族についての噂も覚えていた、私は彼女がどんな女の子だったかを覚えていた。彼女が付き合っていた生徒たちの名前を、彼女に思い出させることもできただろう、ナタリー・アズレとアドリアン・ラロシュ（二人とも同様に、小説を出版していた）、私は彼らのことを、まるで私がそこにいるかのように思い出した。そしてナタリー・ムジュレ、彼女の明るい肌、赤い口紅は、私を魅惑したものだった。彼らはクラスのエリートだった(今なら、私の子供たちはフレッシュ・トリオと言うだろう)、彼らは美しく、にこやかで、場を得ていて、自然体だった、彼らは客観的にも統計的にも、そこにいて当然だった、彼らの立ち居振る舞いのなかの何かが、疑いを挟ませなかった、彼らの両親は子供たちを誇りに思い、彼らのことを支えた、彼らは、私が知るようになった、パリの教養ある知的世界に属していた——今、私はこれを書きながら、それが私の劣等感の単なる投影でしかなかったことを意識している——、しかし、彼らの態度はいかにも様になっていて、これこそ正統派だと、私の目には見えたのだ。

私はアニェス・デザルトのことを覚えていたが、彼女は私のことをほとんど忘れていた。それが、Lに言いたかったことだった、つまり、私たちはみな、誰か他の人にとっては姿を消した行方不明者、遭難者だった、覚えていようが、忘れていようが、それは何も意味しなかった、ナンセンスだったのだ。

私はLに、クラス写真を持っていることを話した(それに、あの夜、ブックフェアで、アニェスは私に、クラス写真をコピーしてもらえるかと尋ね、私は数週間後に、コピーを彼女に郵送した)。Lは、とても驚いた。

——あなた、あの写真をまだ持っているの?

——もちろんよ。私は手に入った写真はすべて、とっておくの、私は写真マニアなのよ、一つも失したりしないし、一つも捨てたりしないわ。よかったら、写真、見せるわよ。あなた、ほんとうに写真に写っているかどうか、確かめたらいいでしょ!

Lは、いっとき考えて、こう答えた。

——私は写っていないと思うわ。ええ、確かよ。あの日、私は病気だったもの。

Lは悲しげに見え、私は悪いことをしたと感じた。私たちは一年間、同じクラスにいたのに、私は彼女に見覚えがなかった。見慣れた彼女のなかには、若い頃に知っていたかもしれないと思わせる面影は何もなかった。今でもなお、彼女だったかもしれないと思えるシルエットを、想い起こすことはできない。もちろん、彼女は結婚し、今では夫の姓を名乗っている(彼は何年も前に亡くなってはいたが)、しかし、彼女の顔が、私のなかに、何かおぼろげな記憶や既視感のようなものを呼び起こしたことは、一度もなかった。

私たちはしばらくのあいだ黙って、モヒートをちびちびと飲んだ。昔の、ひ弱な子供時代のイマージュがよみがえった。長いこと忘れていた思い出を呼び戻すのは、奇妙なことだった。

Lは私に近づき、突然、真面目になった。

――あなたのアイディアは悪くないわ、デルフィーヌ。でも、あなたの登場人物たちには魂がないわね。今ではもう、この種のものは、書いてはいけない。あのような形ではね。読者がバカにするでしょうよ。あなたは、何かもっと個人的で、読者を巻き込むようなもの、何か、あなた自身に、あなたの物語に、由来するものを見つけるべきだわ。あなたの登場人物たちは、人生とつながりを持つべきなのよ。彼らは本の外に実在していなければならないわ、それこそ読者が望むことなのよ、それが実在し、ピクピクと生命に打ち震えていることをね。「ほんとうに」って、子供たちが言うようにね。作り物や、技巧や、欺瞞では、そうはいかないわ。さもないと、あなたの登場人物たちはティッシュペーパーみたいに、使用後はさっさとゴミ箱にポイ捨てされるのがおちよ。そして、忘れられる。だって、彼らが現実とのつながりを持たないならば、虚構の登場人物からは何も残らないもの。

私は動揺したが、彼女の講釈に賛同することはできなかった。登場人物たちは、停泊地を持たずに、どこから生まれてもいいし、純然たる作り物だってかまわないではないか？　釈明する必要があるだろうか？　いや、ありはしないだろう。なぜなら、読者はそれで満足しているのだから。読者はいつだって、喜んで幻想・錯覚に身を任せ、虚構を現実と見なしてくれた。読者は、それが実在しないと知りつつも、信じることができる。それは作り事だと意識しながら、あたかも真実のように信じることができる。読者は、実在しない人物の死や転落を泣くことができる。そして、それは欺瞞とはまったく逆のことなのだ。

読者はそれぞれ、そのことを証言できるだろう。Lは間違っていた。彼女は物語の半分しか理解しようとしなかった。時には、フィクションはあまりにも強く、現実のなかに入り込んでくることもある。私は、ルイーズとポールとともにロンドンに行ったとき、シャーロック・ホームズの家を訪れた。世界中からやってきた観光客が、この家を見にきていた。しかし、シャーロック・ホームズは実在したことはない。ところが、人々は、コナン・ドイルの小説に基づいて作られた光景のなかに設置された、シャーロック・ホームズのタイプライターやルーペ、ツィードのハンチングや家具、あるいは室内を見にくる。観光客はそれを知っている。それなのに、フィクションを念入りに再現しただけの家を見るために、彼らは行列を作り、見物料を払うのだ。

Lは、それはそうね、と認めた。そして、素敵よね、とも。

しかし、彼女を夢中にさせるもの、彼女を眠らせずに読書させるもの、それは単に、本当らしく見えることではなかった。実際に起こったかどうか、だった。何かが起こり、作家がそれから何週間も、何カ月も、何年もかけて、その素材を文学に昇華することだった。

私は、モヒートを一息で飲み干した。

Lは、私に微笑んだ。

彼女は、何も心配していない様子だった、自分の時が来る、と知っているようだった。時が彼女の有利になるように作用し、自分が正しいことを示すだろうと、確信しているようだった。


ルイーズとポールが生まれた時、私は何年もつけていた日記を中断した。

数カ月後、ドアから追い出したエクリチュールは、窓から戻ってきた、そうして私は小説のエクリチュールを始めた。この願望がどのようにして頭をもたげたのかは分からない、今日でも、どんな出来事、どんな事件、どんな出会いがあって、行動に移したのかを述べることはできない。何年ものあいだ、ほぼ毎日、フィルターを通さずに書いた内面的なエクリチュールは、自分を知り、自己構築することを助けてくれた。それは文学とは無関係だった。そして、日記をつけないで生きることを身につけた今、私は日記以外のものが書けそうな気がした、それが何かは分からなかったし、どのような形をとるのかも分からなかったが。

そこで、少し時間があったので、私はあの物語を書いた。

私は大人の年齢になる前に、数カ月間、病院で過ごしたことがあり、そこから着想して書いた原稿を、ある日、出版社に郵送した。それは三人称で書かれた自伝的小説で、そのなかで私は部分的に虚構を用いていた。

パリの編集者が、彼のオフィスに、困った様子で私を迎えた、というのは、彼が言うには、テキストは現実味に欠けていたからだ。

第一、「現実味」とは何か、私は知っていただろうか？

私が答える前に、彼は現実味とは何かを、私に思い出させてくれた、すなわち、ロラン・バルトが定義したように、それはテキストが現実世界を描写しようとしていることを読者に明らかに示す要素であり、テキストとリアリティーのあいだに密接な関連があることを明言する機能をもつ要素である、と。

さて、と彼は続けた、それが欠けているのだよ。顔を隠してはいけないね、このテキストが自伝的次元のものであることは明らかだ、それなら、なぜ、小さな指の後ろに隠れているの？　この本は証言だ、期待を裏切らないような細部を付け加えること、読者に商品について安心させること、この物語を第一人称で書いて引き受けること、それが必要だね。それから、テレビのプロデューサーのジャン＝リュック・ドラリュのところへ行って、話をしなさい。おまけに、拒食症はブームになっているからね。私はティッシュペーパーを手にもって、震え声で応えた、テキストが自伝以上のものではなく、ほかに興味深いものはないとお考えになるなら、出版してくださらなくて結構です。私は付け加えた（私の声は、意に反して、しだいに鋭さを増した）、私の親友の一人が、十年来、ジャン＝リュック・ドラリュさんのところで仕事をしています。もし、このテキストが、テレビのスタジオ・セットでする証言程度のものでしかないなら、私は本を書く必要などありません。私は泣きそうだった、泣く寸前だった。出版社に足を踏み入れたことはそれまでなかった。私はその日の午後、休暇を取って、この面接に出向いてきたのだ。このような場合には何を着ていったらよいか、二〜三日考えなければならなかった、おそらく、スカートかブラウスをわざわざ買ったと思う。一瞬、駆け出して逃げようか、という考えがよぎったが、そんな失礼なことは出来ない。私は育ちが良すぎた。階段の上で、私たちは神妙に挨拶を交わした。

私は何ら、「現実味」に反対しない、私は現実味が大好きだ、現実味に無我夢中だ、しかし、編集者が語ったのは、それとは別のことだ。彼は、私が「真実」のなかでテキストを書くことを要求したのだ。彼は、私が読者にこう言うのを望んだのだ、マダム、ムッシュー、ご覧あれ、私がお話しすることはすべからく事実そのもの、これぞ実話、一〇〇％の自伝的書物、本物の真実、人生そのもの、掛値なしの保証付き、添加物いっさいなし、とくに文学的加工なしの作品です。

そんなことを考えながら、私は少し酔って、歩いてうちに帰った、Lと私は三杯目のグラスを空けて、バーの前で別れたあとだった。私たちはバーの奥の席で、多いに笑った、というのも、会話は最後には横道にそれて、思春期の情熱の話になったからだ、それはロラン・バルトや文学批評にのぼせるより以前で、その頃、私たちは部屋にポスターを貼りまくっていた。

私はLに、十六歳の頃、チェコのテニス選手イワン・レンドルに、最初は胸がキュンとなり、それからスタンダール流の「愛の結晶作用」を発展させて、二年間というもの熱を上げた話をした。彼は見た目こそ悪いが、はっとするほど謎めいた美を感じた私は、『テニス・マガジン』(生涯で一度も、ラケットに触ったことがない私が)を予約講読し、バカロレアの試験勉強を放りだして、テレビの前で何時間も、全仏オープン、ローラン・ギャロス・トーナメントの中継を、それからウィンブルドン選手権の中継を見て過ごした。Lは、びっくり仰天した。彼女も彼のことが大好きだった。私はイワン・レンドルのファンに会ったのは初めてだった、彼はテニスの歴史のなかで、もっとも嫌われた選手の一人だろう、それはおそらく、何ものも陽気にできない厳めしい顔つきと、理路整然として無愛想なストロークのせいだった。それに、それ故にこそ、長身で、痩せて、理解されない選手だったからこそ、私は彼のことをあれほど気に入ったのだ。同じ頃、まさしく同じ頃に、Lはイワン・レンドルの試合をすべて追い、それを完璧に覚えていた、なかでも、全仏オープンの、ジョン・マッケンローと戦った決勝戦で、接戦の末、大逆転で勝利を奪った、あのドラマチックな試合を。そのとき、テレビには、疲労で顔を歪めながらも勝ち誇った表情のレンドルが映しだされ、世界中がはじめて、彼の笑顔を発見したのだった。Lは何でも知っていた、イワン・レンドルの経歴や人生の詳細を、私が忘れていたことでも、すべて覚えていた。私たちがテレビの前で夢心地で、彼女はパリ郊外で、私はノルマンディーの田舎町で、二人とも同じ熱意で東欧男性の勝利を祈っていたことを、二十年以上もたってから想い起こすなんて、信じられないことだった。Lはまた、イワン・レンドルがその後、どうなったかも知っていた、彼女は、彼のキャリアも個人生活も仔細に追跡していた、彼が結婚し、四人の子供の父となり、アメリカで暮らしたこと、若いテニス・プレイヤーたちを育成したこと、そして歯の治療をしたこと。彼女はこの最後の点について、チェコの微笑み(歯並びが悪く、一部は重なって見えた）が、アメリカ流の微笑み（白く輝く完璧な歯並びの義歯）のために台無しになったと嘆いた、彼女によれば、それで彼の魅力はすべて失われたという。私はインターネットで検索してみたが、そうは思わなかった。

　これは奇妙な一致点だった。さまざまな共通点のなかの、私たちを近づけた共通点。

　しかし、もう一つ別のことが、記憶によみがえった。


　私は受験準備の勉強を始めるためにパリに戻ってきたとき、各種の見本市や展示会の受付嬢を募集していた代理店に登録した。しかし、まもなく、私には受付嬢としての適性がないことが明らかになった、何かが私には欠けていたのだ。そして、毎週、優秀な女子たちが国際会議場やモーターショーに派遣されるのに、代理店が私をはじめ残りの女子たちに提案したのは、パリと周辺地域を結ぶ鉄道ＲＥＲを使わないとアクセスできない、郊外にある大型スーパーマーケットでの任務だった。私は売り場の前やゴンドラケースの先頭で、香水やハンバーグや洗剤の実演販売をしたり、乾燥クレープやおつまみ用ビスケット、あるいは柔らかいチーズを注意深く切り分けたものを試食してもらったりした。ローラースケートで滑りながらチラシを配ったり、田舎風のレースのエプロン姿をしたり、販売促進用のスカーフやＴシャツを身につけたりした。母の日や復活祭の前日には、楽しげなスローガンを、夜には夢に見るほど、繰り返したりもした。数カ月間、真面目に働いて、不意に巡回してくる点検でよい評価を得ると、私たちはパリ市内にある店舗に配置転換してもらえるかもしれなかった。

　こうして、高校で受験準備クラスにいたとき、私は二日間、ボン・マルシェ百貨店に派遣された。これは予期せぬご褒美であり、驚くべき出世だった。早朝のＲＥＲ線の電車からも、オレンジ色の壁でネオンが点滅するカフェテリアからも、解放されたのだ。今回の仕事は、エスカレーターの上方に立ち、化粧品会社がデパートで売り出そうとしている新しい種類の商品の割引券を、一日中、配ることだった。私は代理店が用意したコスチュームを着たが、生地はしわくちゃで、仕立ては雑だった。しかし、何より滑稽だったのは、私たちが首に巻かなければならないレーヨンのスカーフだった、それはエルメスのスカーフの、似て非なるイミテーションで、商標のロゴがモチーフになっていた。一七時近くになり、私は足がむくんでいるのを感じた（友達が貸してくれたパンプスが、少し小さすぎたのだ）。そのとき、エスカレーターの真ん中にかたまっている一群が、上って来るのが見えた。土曜日に、七区の中心街で、高校の同級生たちとでくわす可能性があるとは、私は予想だにしていなかだった。私はもはや、彼らの顔もはっきりとは思い出せず、名前も分からず、自分のクラスの生徒か、それとも別の受験準備クラスの生徒かさえ見分けられなかった。彼らは肘をつつき合いながら私の前を通り過ぎた、彼らはかなりの大所帯だった、ある者は立ち止まってから引き返してきた、彼らの笑い声が聞こえた、女子はぷっと吹き出し、男子は冗談を飛ばした、一人は私には目もくれず、私が配っていた割引券を奪い取った。彼はそこに書かれていたことを大声で皮肉り、女の子たちはさらに激しく笑った。彼女たちは美しかった、私はそれを覚えている、そして私ときたら、二流品のスーツに身を固め、スペードのエースのようにみっともない身なりをしていたが、それはスチュワーデスの制服を連想させずにはいなかった。私は、彼らが私の真後ろに陣取っているのに気づかぬ振りをして、同じ台詞を繰り返した、いらっしゃいませ、どうぞ割引券をお取りください、当社のシャンプーでございます、コンディショナーでございます、美顔パックでございます、髪のお手入れの新製品でございます、売り出しキャンペーン中の商品を一目ご覧になってください、すぐそこです、最初の売り場を右にどうぞ。一人の婦人が、割引券を二枚もらえないかしら、と尋ねた、私は彼女にもう一枚、差し出した。彼女は製品がフケ防止の薬用かどうか知りたがった、私の後ろでどっと笑い声がしたようだった、それから突然、女の子の声が聞こえた、それは彼らのグループの方から聞こえてきた、憤慨と軽蔑でいっぱいの声だった。

――まったく、あなたたちったら、愚の骨頂よ。これが国のエリートなの、自分のベッドを作るのがせいぜいで、何もできない青二才のガキじゃないの。土曜日にあくせくアルバイトする女の子を笑い者にして。いったい、自分たちが何をしてるか、分かってるの？

私はエスカレーターの上方で、何ものにも動作を邪魔されないロボットのように、クーポン券を配り続けた。息をするのがやっとだった、全身を緊張させ、彼らを見ずに、その動向をうかがっていた。みんな立ち去ればいい、消えてしまえばいい、と願った。声が遠ざかって行くのが聞こえた、私は少し待って、振り向いた。彼らの背中が見えた、彼らは肘をつつき合っていた。私の拷問に終止符を打ってくれた女の子が誰かは、分からなかった。

そう、あの晩、カフェから出て、一人で道を歩いていたとき、もう何年も忘れていたあの光景をよみがえらせながら、私の耳に響いたのは、Lの声だった。

その二つの声が重なり合って、私は確信した、グループプを遠ざけたあの女の子、私が見ることのできなかった女の子、それはＬだったのだ、と。

九月になると、私は子供たちが新しいところに落ち着く手伝いをするために、たびたび外出した。ポールは大学の寄宿舎に部屋が確保できた、ルイーズは同じ大学に通うことになった二人の友人と、ルームシェアすることにした。家具量販店のイケアとホームセンターのカストラマに行き来し、トゥルネーそれからリヨンに数日滞在するうちに、エクリチュールの問題について考える暇もないまま、九月上旬が過ぎ去った。私は子供たちとこうした時間を過ごし、別離の時を先延ばしにするのがうれしかった。

執筆に取りかかるには、気持ちの余裕がなくてね、Ｌがある夜、電話で仕事が進んでいるかどうか尋ねたとき、私はそう説明した。彼女は和らいだ声で、何も断言せずに尋ねた、そうしたことすべてが（往復、子供たちの引越、書類の記入、買い出し）、腰を落ち着けて書くことができないでいる、格好の口実になっているのではないか、書けない理由は状況にあるのではなく、構想そのものにあるのではないか、と。かつては、週に四日も遠い郊外で働いていたのに、あの頃は、書くのに必要な時間も空間も見つけることができたじゃない？　彼女によればこうだった、あなたは自分のアイディアがよくないって認めるのを拒否しているのよ、あなたは数カ月来、自分のものではない領分に、これまでの仕事の方向とは相容れない領分に、侵入しているわ。書くことを妨げているのは、あなたが虚しくしがみついている、この不連続性にあるんじゃないの？　彼女はこういって、よく考えてみるように、手がかりを示してくれた。彼女にとっては本質的に思える問いかけ、それを私に指摘してくれた、今や私たちは友達なのだから。彼女は何ら確信をもっていたわけではなく、ただ直感だった。

私は彼女に反論する論拠を見つけることができなかった。

確かに、今よりもっと時間が束縛されていた頃、私は書く時間を見つけていた。

しかし、私はもう若くはないし、もはや気力もない、それだけだ。

Lは、私がどのような仕方で仕事をするかに強い関心を示したので（彼女以外にそんな人はいなかった）、私は同じサイズで、スベスベした柔らかいカバーの、三〜四冊の手帳を見せた。それはエドワード・ホッパーの展覧会を見に行ったとき、フランソワがプレゼントしてくれたものだった。それぞれのカバーには、ホッパーの絵がプリントされていた。

私はこの小さな手帳にメモを取っている。それは薄くて軽く、線が入っていて、カバーは滑らかで、気に入っている。私はそれをバッグの奥にしまい、どこへ行くにも、旅行にも、ヴァカンスにも、持ち歩き、そのうちの一冊を、夜になるとナイト・テーブルの上に置く。私はそこに、構想中の作品のためのアイディアやフレーズのみならず、諸々の言葉や将来の本の題名、物語の冒頭部分などを書き込む。ときには、用途別に使い分ける、すなわち、数週間のあいだ、こちらの手帳は進行中の本に関するアイディア用、あちらは後に回した題材のため、と。それぞれが異なるテーマに対応する、五〜六冊の書きかけの手帳をもつこともあった。そして、最後にはいつも、すべてを混ぜ合わせるのだ。

担当の編集者には、すべて順調に進んでいる、と思わせておいた、私は曖昧な言い方でごまかした、補足の調べ物をしているとか、下準備をしているとか、構想を強化しているとか……。

何も心配する理由はなかった。

私は、「再び書きはじめるところ」だった。

実際は、私は気が散漫になり、言い逃れをし、一日、一週間、と時間稼ぎをし、何かが壊れ、失われ、もはや作用しないことを認めるのを先延ばしにしていた。

実際は、パソコンの電源を入れ、考えはじめるや否や、検閲の声が上ってきた。嘲笑的で情け容赦ない、フロイトが言うところの超自我のようなものが、私の精神を支配した。それはくすくす笑いをし、公然とバカにし、せせら笑うのだった。過剰な自意識に追いつめられて、フレーズが形をなしたとしても、爆笑をさそっただろう。私の額には両眼の上に第三の目が付け加わった。たとえ私が何か書こうとしても、その目には私が大きな木靴をはいてやって来るのが見えた。第三の目は私を曲がり角で待ち伏せし、最初の試みをことごとく打ち砕き、欺瞞を暴くのだった。

私は、何かすさまじく恐ろしいことを理解した、すなわち、これからは私の最悪の敵は自分なのだ、と。私は自分自身の暴君なのだ、と。

時折、私は暗く堪え難い考えに襲われた、Lが正しかった、と。Lは私に警戒を促した、なぜなら、彼女には破綻が来るのが見えていたから、そして私は破綻に向かって歩んでいたから。

私は道を誤った。

Lは私に危険を知らせようとした、それなのに、私は聞こえないふりをしたのだ。

ルイーズとポールは新学年が始まり、私は自宅に一人になった。私はこんなふうになることを想像していなかったし、ある意味で、準備もしていなかった。つまり、この静寂を、アパルトマンが突然、陥った不可解な停滞状態を、予感することはできなかったのだ。

とはいえ、私は、彼らが旅立つ前に、人気のない空間で一人きりになることを前もって感じようとした。空虚のなかにいる自分を、これから始まる新しい生活を、思い描こうとした。しかし、まったく思いが及ばなかった。今や、それは考察すべき未来ではなく、耐え忍ばなければならない現実だった。私は何か失われたものを探し求めて、部屋から部屋へとうろついた。私の人生の一つの時代が終わったところだった、それは自然に、陽気に、何の問題もなく訪れた、ごく当然の成り行きだった。ところが、私は腹部に穴を開けられたように打ちのめされた。空っぽの部屋では、ベッドが整えられ、本はきちんと並び、戸棚は閉まっていた。が、一つ、二つのものの位置が変わり、椅子の背に服が一つ、掛けられたままになっていた。私は住人がいないのに散らかった部屋をじっと眺めた、それは家具のカタログや室内装飾の雑誌で見る散らかり方に似ていたが、見た目が似ているに過ぎなかった、なぜなら、それは滑稽な偽装であり、作られた生活臭だから。私は泣きたくなった。

Lは、私の精神状態を心配し、定期的に電話をかけてきた。

Lは私のことを心にとめ、寄り添ってくれた、そして徐々に、私が感じていることを理解できる唯一の人物のように思えてきた。思い出がいっぱいつまったアパルトマンに、今や私一人で住まなければならなかった、家族で過ごした時間を、どのように使ったらよいのか分からなかった。

とはいえ、私には書くべき本があり、仕事に取りかかるべき時が来ていた。

毎日、私はパソコンを起動させ、椅子の位置を合わせた。画面が目の高さになるようにし、ワード文書を開く、そこに私は、数週間前から、冒頭部分を書いては書き直すということを繰り返していたが、二ページを越えることはなかった。私は題名を探した。時として、創作欲をそそる題名が浮かんだ。しかし、いっとき夢中になるが、熱はすぐに冷め、そのあとはぐったりとなり、疲労感におそわれた、結局は、椅子から転げ落ちたり、キーボードにうつ伏せになって居眠りしたりするのを恐れて、仕事机を離れることになった（ポールが八〜十カ月の頃のことが思い浮かんだ、ある日、私たちは辻公園の散歩から戻るのが遅くなり、昼寝の時間を過ぎてしまった、ベビー椅子に座ったポールは、おやつのお皿に鼻を突っ込んで眠ってしまった）。

あるいは、遠くから、あのバカにしたようなせせら笑いが聞こえてくるのだった。

それでも毎日、私はお決まりのウォーミング・アップを繰り返した、あたかも邪魔するものはないかのように、私を怖れさせるものはないかのように。

邪魔するものがなくなり、必要な空間が解放され、すべてがしかるべき場にあり、秩序立ち、整理され、鮮明になる時がある。静寂が戻り、クッションは椅子の具合良い位置におかれ、あとはパソコンのキーボードを指で叩くだけでよい。

それに没頭して、リズムを、内的衝動を、決意を、取り戻さなければならない時がある。しかし、それはやって来ない。

それは規律の問題だと考え、無理にでも始めるしかない、と考える時がある。そこで、やってみる、朝早く決まった時間にスイッチ・オンし、机に向かって座る、そこに居る、居続ける、ずっとそうしている。しかし、何も書けない。

こんな状態がずっと続くはずはない、と思う時がある、それがさほど辛くなくても、辛くても、その辛さには喜びもあるはずだ、と思う時がある。でも、ちがうのだ、あるのは敗北だけ。パソコンの前の虚ろな私の目。

しばらくすると、言い訳の余地も、弁解の余地もなくなった。すべて準備が整っていたが、何も書けなかった。私は怖かった。私はもう、書けなかった。

私がLに説明した登場人物たちは、実体がなかった、彼らは私が気づかないうちに遠ざかり、ついには視野から消えた。小説のアイディアそのものがしぼんでしまい、空気の抜けたふいごのようになった。

調子はずれの音。

物語、シチュエーション、本のアイディア、アイディアのアイディア。

もう、何も意味がなかった。

十月のある日の夕方、私は編集者に、以前、彼女に話した本の計画を断念する、と告げた。計画はうまくいかず、何かが空回りしていた。彼女は私が書いたものを、書きかけでも、下書きでもいいから、送るようにと言った、冒頭だけでも、数行でもいい、そうすれば、行間を読むことができるだろうから。私は、まったく、一行も書いていない、と答え、電話を切った。

私が陥っていた閉塞感を、すべてに対する嫌悪感を、すべてを失ったという感情を、どう説明したらよいのだろうか。

私は、Lと交わした会話の内容が、本の計画の断念と何か関係があると考えたことは、まったくなかった。これまで、いかなる見解も、言説も、説得も、私の仕事の性質に影響を及ぼしたことはなかった。本を書くことが私の生き甲斐だった、それは議論するまでもなく、交渉の余地もなかった、それは選択ではなく、一つの道で、他の道はなかった。

わずか一〜二回の会話が、私の息の根を止めたなどと、どうして想像できただろうか？

夜中に、私は目を大きく見開いた。何も見えなかった、どんな煌めき、どんな閃きも、見えなかった。

ある早朝、フランソワのところに泊まって自宅に帰る途中で、私は街角でLにでくわした。私の住む建物の前ではなく、数百メートル離れたところだった。なぜ彼女がそこにいるのか、理由は分らなかった。その道は狭くて、物売りは通らない、夜が明けたばかりで、あたりのカフェはまだ閉まっていた。寒かったので、私は頭を下げて、かなり早足で歩いていた。しかし、向かいの歩道の白く長いシルエットが私の目を引いた、たぶん、彼女が凍ったように動かなかったからだろう。Lは長いオーバーに身を包み、襟を立てていた。彼女は静止し、どこかからやって来たようにも、誰かを待っているようにも、見えなかった。少しすると、彼女はちらちらと私の住む建物の入口をうかがっているように思われた。私に気づくと、彼女は顔を輝かせた。その目には、困った様子も、驚いた様子もなかった、まるで、冬のさなか、朝七時に、そこにいるのがごく当然であるかのようだった。あなたに会いたいと思ったのに、入口の扉が閉まっていたのよ、と彼女は言った。何であれ、彼女はでっちあげようとはしなかった、この率直さが私を感動させた、なぜなら、この告白には、私が知らなかったLの子供っぽさが表現されていたからだ。

彼女は私にぴったりついてきて、私の後からアパルトマンに入った。出かける前に暖房の温度を下げたので、室温は夜の間に下がっていた。私はショールを貸そうとしたが、彼女は断った。彼女はオーバーを脱いだ、セーターではなく、サテンのブラウスのようなものを着ていた、流れるような生地で、彼女の腹部、肩や腕のラインとぴったり合っていた。それはむしろ、夜のパーティーか、ややフォーマルなディナーに着るシックな装いだった。彼女はどこから来たのだろう、夜は眠ったのだろうか、と私はいぶかしく思った。私はイタリア製のコーヒーポットを火にかけ、私たちはソファに腰掛けた。私は寒くて凍えていた。私の隣で、Lは体内燃料を燃やして寒さから身を守っているかのように見えた。彼女の身体には、何か奇妙に淫らな、弛緩したものがあった。

私たちはしばらくの間、黙っていた、それから彼女は私に近づいた。彼女の声は、一晩中、歌っていたか、煙草を吸っていたかのように、幾分、しわがれていた。

——あなた、これまで、家に帰れなくなったこと、ある？

——ええ、もちろんよ。でも、最近はないけど。

——昨夜はね、私、ホテルの一室である男性と寝たの。朝の五時か六時頃に服を着て、タクシーに乗って、私のアパルトマンの下で降りた。階段の下に着くと、上る気がしなかった、眠りたくもなければ、横になりたくもなかった。私のなかの何かが降伏することを拒否しているみたいに。あなた、この感覚、分かる？　それで、行き当たりばったりに歩いたのよ。ここまでね。

コーヒーポットがシューシュー音を立てていた、私は立ち上がって、火を止めに行った。女友達の誰に対しても、私はコーヒーを入れ、すぐにソファに戻っただろう、そして笑いながら、矢継ぎ早に質問したことだろう、その男性って、誰のこと？　いつから付き合っているの？　どこで会うの？　彼にまた会いに行くの？

しかし、彼女の前にコーヒー茶碗と砂糖をおいて、私は立ちつくしていた。

私はまったく質問することができなかった。

私はLを眺めた、彼女の皮膚の下で熱気が脈打っているのを感じることができた、そう、私がいるところから、彼女の血管のなかを血が駆けめぐるのを、はっきりと感じた。

私は彼女から離れて、食洗機に背をもたせかけていた。私は初めて、Lが私には理解できない何かを秘めていると思った。私は初めて、理由の分からない恐怖を、形やイマージュで表現できない恐怖を、感じたように思う。

Lはコーヒーを飲んで、立ち上がった。私にありがとう、と言った。

日が昇っていた。彼女はもう帰らなくては、と感じた、彼女は疲れはてていた。


私はLのパーソナリティーを、それがいかに矛盾にみちたものであったとしても、あらゆる角度から検討してみたいと思う。

Lは、さまざまな光のもとで自分を見せていた、ある時は真面目で自制心があり、ある時は冗談好きで、何をするか予想不可能だった。それが彼女という人物をあれほど複雑に見せているのだろう、自己抑制の最中の突飛な行動、威厳と真剣さの混淆、それとは相反するユーモアとファンタジーの突然の発作、その激しさたるや、風圧を受けて窓が大きな音を立てて開くときの予期せぬ通気を想い起こさせた。

Lは、他者の心の状態を一瞬のうちにとらえ、そこに自分を合わせる能力によって、私に強い印象をあたえ続けた。彼女は、カフェの給仕の苛立ちや、パン屋の売り子の疲労を、吹き飛ばすことができた、まるで、店の敷居をまたいだとたんに、彼らの気分を察したかのように。彼女はいつも、機転がきいた。公共の場で、ものの数分で、誰とでも会話を始めることができた、人の恨みつらみを聞き、打ち明け話に耳を傾けた。Ｌは自分が寛容で話の分かる人物であることを示し、批判をせずにすべてを理解してくれそうな印象を与えた。

Ｌは、人を慰めたり、なだめたりする言葉を見つけるのがうまかった。

Ｌは、人が道を聞いたり、何かを教えてもらいたいときに、直感的に声をかける、そんな人種に属していた。

しかし、時として、スベスベした表面が一挙に引き裂かれ、Ｌが自ら、驚くべき面を暴露することがあった。ときどき、自分の安定した性格を否定しようという明らかな意図のもとに、Ｌは激しく度外れな怒りを爆発させた、たとえば、道ですれ違った人が身をよけなかった時などがそうだった（二人の人物が道で向き合ってすれ違う時は、両者とも一歩譲るべきである、少なくとも、相手に対する敬意と好意を動作によって示すべきである、と彼女は考えていた）。地下鉄のなかでのエピソードの一つを、私は思い出す、ある日、五分以上も、一人の女性が携帯電話でわめいていた、すると、Ｌは平然と大声で応えた、知らなかったのはその女性だけ、その場の乗客は爆笑したのだった。

また、Ｌと待ち合わせたマルタン・ナドー広場に向かっていたときのこと、彼女が真っ赤に激怒して一人の男にののしりの言葉を浴びせているのが見えた。男は彼女より大きな声で叫んでいたが、その語彙たるや彼女に比べるといかにも舌足らず。Ｌは低く、断固とした口調で、一枚上だった。彼女はようやく、その場を離れることに同意し、私にこう説明した、あいつは、ショートパンツ姿で通りかかった二人の若い女の子に向かって、低俗で暴力的な態度をとったのよ、と。

Ｌの会話は、話題が多岐にわたっていた。パリの下層民、街の小ボス、あらゆる種類の与太者や冷血漢、ストレスによるさまざまな形の身体症状と現代社会との関連、人間の瞬間移動《テレポート》、などが彼女の好みのテーマだった。人間はまさしく原子がたがいに結合して構成された総体である、という原理から出発するなら、物理学のいかなる根本的な法則も、私たちが相互の周辺地帯を尊重しながら共存することを妨げることはできない。また、物理学のいかなる根本的な法則も、私たちが現在、一枚の写真や音楽の一部をほとんど瞬時に、地球の反対側に送ることができるように、今から何百年、何千年後には、人間がA地点からB地点へ瞬間移動するのを妨げることはできないだろう。

Ｌはまた、こう考えていた、左利きは異人種で、おたがいに瞬時に見分けがつき、仲間同士で結びつき、目に見えない特権階級《カースト》を形成している、この階級は長いこと排斥されてきたが、その目立たない優越さはもはや証明されるまでもなく明らかだ、と。

　私はまもなく、Lが本能的に嫌悪するものがあることを発見した。ある日、二人で、近所のブラッスリーで昼食をしていたとき、私はネズミがカウンターのカーブにそって、ちょうど彼女の後ろにいるのを見つけた。パリのレストランにネズミがいるのは珍しいことではないし、なかには可愛いヤツもいるが、とはいえ、昼食の最中に見かけるのは、めったにあることではない。おまけに、そのネズミたるや屈託なく、ちょろちょろしていた。私たちの会話を中断するに値する光景だった。

　Lは凍りついて、振り返ることができなかった。

――本物のネズミなの？　冗談でしょ？

私は、おかしくて、いいぇ冗談じゃないわ、と頭を振った。

　Lが大げさに驚いているのではないことは一目瞭然だった、彼女は青ざめ、額は冷や汗の薄い膜で覆われていた。彼女がこんなに青くなったのを見るのは初めてだった。

　私は彼女を安心させようとして言った、ネズミはいなくなったわ、心配はいらない、また出て来たりはしないから。でも、もう、まっぴらごめん、だった。彼女は食べ始めたばかりのサラダを、もはや一口も口にしなかった、彼女は勘定を求め、私たちは店を出た。

　後になって、Lは齧歯動物が大の苦手だということを、私は発見した。ハツカネズミが登場するあなたの中編小説ね、あれは最後まで読めなかったわ、と彼女は打ち明けた。

　さまざまな会話を重ねるうちに、私は徐々に、私が書き、出版した「すべて」の作品を、長編小説《ロマン》も、中編小説《ヌーヴェル》も、共著の本に寄稿したものも、途中で読むのを放棄したその作品以外は「すべて」、彼女は読んでいることが分かった。

　その一方で、Lにはマニアックなこだわりがあって、他人のそれにも興味をもっていた。彼女はこの問題について、自説をもっていた。本人が意識しているにせよ、いないにせよ、現代社会を生き延びることができる者は、必ずいくつかのお決まりの習慣をもっているものだ、と。たとえば、私たちは誰でも食物周期をもっていると、Lは確信していた。彼女が何を言っているのか、いったい私は分かっていただろうか？　よく考えてみると、年代がたつにつれて、私の食べるものは変化し、年齢と受けた影響にしたがって、さまざまな段階と期間があった、つまり、ある食物は食べなくなり、その一方で、それまで食べなかった他の食物が突然、必要不可欠なものとなった、それを確認できるのではないだろうか？　彼女は、たとえば、朝食のことを考えてみて、と私を促した。朝食は、いつも同じだった？　確かに、何回か朝食メニューの定番が変わったことを、私は認めた。ある時期はバターないしはジャム付きのパン＋ヨーグルト、ある時期はシリアル＋バターないしはジャム付きのパン、ある時期はシリアル＋ヨーグルト、ある時期はブリオーシュだけ……といった具合に。二十歳の時は紅茶、三十歳ではコーヒー、四十歳ではお湯を飲んだ。それを聞いて、彼女は微笑んだ。Lは、ちょうど思春期になった頃、いわゆる色彩別食物周期を経験した、と打ち明けた、すなわち、オレンジ期にはオレンジ色の食物（オレンジ、アプリコット、ニンジン、ミモレット・チーズ、カボチャ、メロン、料理したエビ）しか食べず、その少し後には緑色期（ホウレンソウ、インゲン、キュウリ、ブロッコリー……）になったが、結婚したときに終止符を打ったという。

同様に、Lは、日常生活のいくつかの動作は、あらためて検討したり決定したりしないで、決まった順序で行われる、と考えていた。彼女によれば、このような一連の動作は、私たちが生き延びるために、多かれ少なかれ意識して実行している戦略に属していた。また、私たちの言語上の癖は、偶然によるものではなく、私たちが周囲の大きな束縛に、その時点で、どのように適応する（あるいは抵抗する）ことができるかを、どんな言説よりもよく示すものだった。Lによれば、私たちが集団的に用いる日常的表現は、私たちの生活や時間の使い方についてのあらゆる詳細な分析以上に、私たちのもっとも強度の混乱を表していた。かくして、何事もうまくいっていない時代、社会全体が硬直化し宙ぶらりんに見える時代には、人々は何かにつけ、「うまくいっている」と繰り返す。同様に、パーティーや映画、人々についても、もはや「とても」――とても素敵、とても面倒、とても早い、とても遅い――ではなく、「超」――超素敵、超面倒、超早い、超遅い――になったが、それは、実は、私たちがこの種の現代生活に追いまくられているからなのだった。

戦略といえば、Lは、生活に不可欠な空間や会話の親密さを確保するために、実に効果的な手を使った。昼食の時間帯にカフェに着いたとき、彼女はいつも、私たちは二人なのに、三人用のテーブルを要求した。この戦略のおかげで、周りではみな肘と肘をつき合わせているのに、私たちは大きなテーブル（あるいは二つの丸テーブルをつなげた席）に着くことができた。二十分ほどたつと、彼女はうんざりした様子をして、私たち、三人目を待たずに注文をしなきゃならないわねぇ、と給仕に言うのだが、三人目が来るかもしれないので、席は相変わらず取っておいた。食事が終わる頃、店内が人もまばらになると、Lは給仕に謝るのだった、ごめんなさいね、三人目が約束をすっぽかしちゃって。

彼女といっしょだと、退屈することがなかった、と私は言わねばならない。

Lはあらゆることをおおっぴらに自問した、というよりむしろ、たぶん多くの女性が（いずれにしろ、私が）自問する問題を、声に出して表現した。たとえば、何歳まで、スリム・ジーンズを身につけてもよいだろうか？ ミニスカートは？ デコルテは？ 自分自身で、もうそんな歳じゃない、とか、みっともない、と判断できるだろうか？ それとも、誰か身近な人に（まだ、間に合ううちに）、その時が来たら警告して、と頼むべきだろうか？ もう手遅れで、私たちは気づかないうちにレッド・ラインを越えてしまったのだろうか？

私はびっくりした。Lと出会った頃、彼女は自分に自信をもち、自分の選択を確信し、自分のオーラを意識しているように見えた、それなのに、そのLが、私が心配するようなことを——ユーモアたっぷりに——言ってのけたからだ。

これは、すぐに、私たちのお気に入りの話題の一つになった、つまり、年齢に適応する努力は、あるがままの自分の姿を見るために必要であり、年齢に見合ったところに我が身をおき、どこでよしとするかを心得るために、私たちは定期的に、正確なピント合わせをしなければならないのだ。

新しくできたシワの発見、衰退に向かってまた一歩前進したという自覚、消しがたい目の周りの隈、こうしたことすべては、共有されて、危機的かつ滑稽な分析の対象となった。

Lは、三十歳以上の人とすれ違う時は、その人がいったい何歳だろうと、考えずにいられない、というのだった。数年前から、男性でも女性でも、すれ違ったり出会ったりするあらゆる人物について、彼女にとって第一の関心事は、その人物の年齢だった、あたかも、それが力関係、誘惑の関係、共犯関係を推測するための、無視できない基本データのように。私の方は、自分が歳をとるにつれ、しばしば若い人たちが実年齢以上に若く見えるようになった。彼女に言わせると、二十歳の人物と三十歳の人物を区別できないのは、まさに、歳をとった証拠で、一方、若者同士は、おたがいに年齢を見分け、識別することが、まったく問題なくできるのだ。

Lのなかで私を魅了したのは、このような内的な問題が、彼女の生き方にまったく現れていないことだった。外見からも行動からも、彼女が自分自身について不安や心配をかかえていることは、まったくうかがい知れなかった。それどころか、その装い方、身のこなし方、笑い方は、彼女が全面的に自分という女性を引き受けていることの、輝かしい証しのように見えた。

おそらく、Lが私に及ぼした呪縛力の強さは、それだった、私は、世の中に対する、また彼女自身に対する、彼女の明晰さに感嘆したが、それればかりでなく、「一杯食わせる」才能にも、慣習に従って行動できる能力にも、感嘆したのだった。

ある日の夕方、並んでリシャール＝ルノワール大通りの土手の上を歩いていたとき、Lは、九〇年代の初めに、パスカル・バイイ監督の『人々はどのようにしているのだろうか』という題名の映画を見た話をした。題名だけで、彼女には自分の精神状態を要約しているように思えた。それは、他の人たちについて問い続け、解決できずにいた問題だった、すなわち、彼らはどのようにするのか、どのようなリズムで、どのようなエネルギーで、どのような信念に従ってそうするのか、という問い。どのようにして、「人々」はしっかり立っていられるのか？というのも、当時、彼女には、人々を観察すると、みな自分よりずっとうまく切り抜けているように見えたからだ。あなた、この映画を見た？　私が答えずにいたので、Lは勢いにのって、同じ時代に遡るもう一つの長編映画、ローランス・フェレイラ・バルボサ監督の映画の話をはじめた。その題名、『普通の人々には何も特別なところがない』は、最初、面白そうでも何でもなかった。話の主要部分は、精神病院の中で展開する、でも彼女は、この映画のことが大好きだった。

私は歩みを止めた。

私は何も言わずに、数秒間、そのままでいた、彼女は何を言いたいのだろうと、彼女の顔をうかがった。

Lは狼狽して、私を見た。夜の帳が下り、窓に明かりが灯った、風が吹き抜け、枯れ葉を舞い上げ、カサコソと音を立てた。

私はこのとき、歓びとも恐怖ともつかない、目眩のようなものを感じたように思う。

それは初めてではなかった。

そうなのだ、私はこの二つの映画を、かなり個人的な理由から見た、それは私の心の霊廟《パンテオン》ともいうべき領域に属していた。Lがまさに、この二作品、むしろ内容の二つの映画について私に語ったこと、彼女がこの二作品を結び合わせたこと、それは当惑させ、唖然とさせる、偶然の一致だった。そして、私が心にしまってい る大事な思い出を、彼女がどこかで読んだり、聞いたりしたのではないか、という考えが頭をよぎった。しかし、私たちに共通の知り合いはいなかったし、私はこの映画について出版界で語った記憶はまったくなかった。

そうなのだ、私自身もしばしば考えたことがあった、人々はどのようにしているのだろうか？　実をいえば、この疑問が形を変えても、止むことはけっしてなかった。人々はどのようにするのだろうか、書くために、愛するために、一気に眠るために、子供たちの献立に変化をつけるために、子供たちを成長させるために、子供たちにつきまとわずに独り立ちさせるために、年に一回、歯医者に行くために、スポーツをするために、浮気をしないために、禁煙を続けるために、本＋マンガ＋雑誌＋新聞を読むために、音楽において流行遅れにならないために、呼吸法を学ぶために、防御なしに太陽に身をさらさないために、週に一回、忘れ物なしに買い出しをするために、いったい人々はどのようにしているのだろうか？

今度こそ、気持ちをすっきりさせたかった。私はLの目をまっすぐに見て尋ねた。どうしてこの映画の話を私にしたの？　私はこの映画について、何か言ったことがあったかしら？　彼女は驚いたようだった。この映画がとても印象に残っていたから、その話をしたのよ。それに、実は、この種の問題について、まだ問い続けているわ。それだけよ。それで、映画のことを考えたのよ。

私たちは、黙って、また歩きだした。

彼女もまた、どのように世の中で生きたらよいのか、時にはためらいがちな、時には極端な、我が身の処し方について、つねに問いかけていたのだろうか？　リズムが狂っているのではないか、調子はずれになっているのではないか、というあの怖れ。物ごとに執心しすぎるのではないか、適切な安全距離を保っていないのではないか、というあの感情。

あるいは、Lは、急いで変装するかのように、私の心配事を我が物とし、私に鏡を差し出し、私自身の姿を認めさせようとしたのだろうか？

このような疑問が生じたとき、私はいつも結局、こう考えた、私たちが似た者同士であることを疑って、この類似が私にもたらす慰めを放棄するのは道理に合わない、と。

Lは、他人を観察した。

道で、公園で、地下鉄で。

Lは、ためらわずに自分自身を研究テーマとし、驚くべき勘の良さでやってのけた。

Lは、疑問を述べることに満足せず、解答を提案した。

Lは、自分自身を嘲笑することもできた。

Lは、すべてのことについて自説をもっていた、年齢と服装の一致、ジャーナリズムの近い将来における再生、昔の野菜の再登場、しゃっくりを止める最良の方法、テレパシー、ファンデーションの塗り方、家事をするロボットの出現、言語の変遷と辞書の役割、出会い系サイトが恋愛関係へおよぼす影響。


ある朝、出かけようと準備をしていたとき、ラジオからジル・ドゥルーズの声が聞こえた。この短い音声記録が放送された直後に、私が記憶で書きとめた文章を、ここに再現する。

「もし、君が誰かある人のなかに狂気の小さな粒をとらえなければ、君はその人を愛することはできない。もし、君が彼の狂気の一点をとらえなければ、君は脇を通り過ぎてしまう。ある人の狂気の一点、それこそ彼の魅力の源泉である。」

私はすぐに、Lのことを考えた。

Lは、私の狂気の一点を感知したのだ、と私は考えた、そしてそれはおたがいにそうだった、と。

それに、出会いとは、恋愛にしろ、友情にしろ、たぶん、それなのだろう、二つの狂気が、たがいに認め合い、魅了し合うのだろう。

Lは、フランソワとぶつからないことが確かな日には、私のところにやって来て夕食やお茶をした。

秋は長引いた、私は書けなかったので、ただ生きているだけだった。私は決まった時間にパソコンの前に座るのを止め、一種の休戦を宣言した、他の本と出会い、なすがままに身を任せて時を過ごした。どこで読んだのか思い出せないが、どこかで読んだことのある、「物語は化石のように土のなかに潜んでいる」という言葉について、私はしばしば考えた。つまり、物語は古代世界に由来する聖遺物なのだ。そして物書きの仕事は、自分の道具箱の道具を使って、慎重にそれを掘りあて、できるだけ無傷で抽出することにある。

そういうわけで、私は足元を見ながら歩いた、たぶん、石畳の下に、私に掘り出す力を与えてくれる石ころがあるかもしれない、と探しながら。

冬が始まると、キーボードに近づくのが難しくなった。ワードのファイルボックスを開けることができないばかりか、徐々に、ひそかに、メールに返事をするのも、手紙を書くのも難しくなってきた。パソコンの前に座るや否や、食道に焼けつくようなひどい痛みを感じたのが、最初はいつだったたか、はっきりとは覚えていない。ただ、分かっているのはこの痛みが再び起こり、次第にひどくなって、胃液が逆流して息が詰まるほどになったことだ。

私は薬局で、胃薬を買った。

パソコンを使い続けられるようにするには、自分の身体を騙さなければならなかった、私が何もしようとしていないこと、エクリチュールと関係があることは何もしようとしていないことを、できるだけはっきりと、身体に示さなければならなかった。私は無頓着な座り方をし、カーソルを画面の下にあるワードのアイコンに近づけないようにした。こうした策略をめぐらせて、パソコンの前に座っていられるようにしたのだった。

幸いなことに手帳があった。単語、ちょっとした書き出し、黙ってもぎ取ったフレーズの切れはし、大まかに描写した物話の輪郭などを集め、記入しつづけた、あの手帳が。手帳は私のバッグのなかにあった。化石は手帳のページのなかに、紙の繊維のなかに捉えてある、化石は時が来るのを待っている、私はこう考え、それにすがりついていた。一つの題名、一つの組み合わせ、その場で取ったメモ、それは時が来たら意味をなし、響き合って、私が書けるようにしてくれるだろう。一つの鉱脈、一つの宝庫、私は準備ができたら、そこから取り出すだけで十分だろう。ある日、何を書いているのか、Lが知りたがったとき、私はこう言って説明したのだった。

私のバッグが地下鉄のなかで切り裂かれた日、私は彼女といっしょだった。なぜ、ラッシュアワーに4号線に乗ることになったのか、その理由は忘れてしまった、どのような道筋を辿ったかも覚えていない。私たちはすし詰めの車両のなかでぴったり身体を寄せ合い、車両が動くたびに、揺さぶられ、ぶつかり合っていた。私はとくに不審なものは感じなかった。私たちは乗り替え駅で別れ、私は同じくらい混んだ3号線に乗って帰宅した。夜遅くなってから、ティッシュの袋を探していたときに、バッグがカッターで上から下までぱっくり切り裂かれているのに気づいた。私はとっさに、手帳のことを考えた。手帳はなかった。クレジットカード、現金、身分証明書などを入れたポシェットもなくなっていた。誰かが全部、盗ったのだ（手帳は、その素材から財布かカード入れと勘違いされたのだろう）、あるいは、お金だけ盗って、手帳はぱっくり口の開いたバッグから落ちたのかもしれない。私はバッグをくまなく探し、手で隅々を十回も、絶望的なしぐさでさぐった、大きな声で、まさか、そんなバカな、と繰り返した。それから私は泣き出した。

しばらくして、私はLに電話して何が起こったか話し、彼女は被害にあわなかったか、確かめた。彼女のバッグは大丈夫だった。その一方で、彼女は、今になって思い返してみると、私たちの後ろに二人の男がいるのを見たが、その行動はおかしかった、と言うのだった。人込みを利用して、身体をこすりつけるたぐいの奴らだろう。Lは、クレジットカード支払い停止の銀行間サービスの電話番号を教えてくれた。

Lは、私が大丈夫かどうか心配した。

Lは、よかったら、会いに行こうかしら、と尋ねた。

私は電話を切ると、すぐに床についた。もう何もすることがなかった。私は、感情を抑えた声で、たいしたことないわ、と彼女に答えている自分の声を聞いた。たいしたことない、だって？　とんでもない、私の手帳がなくなった、そして私は二本の腕がもぎ取られたような苦痛を感じていた、でも、そんな言い草は、滑稽で、大げさで、いかにも不釣り合いだ。それは、まさしく、何かがうまくいっていないことの証拠だった。

第二章　抑鬱症

彼の内部で、初めて声がささやいた。
「おまえが書く時、おまえはいったい何者なのだ、サド・ボーモント？　おまえはいったい何者なのだ？」

――スティーヴン・キング『ダーク・ハーフ』

――私は知っているわ、あなたが子供たちといっしょに連続テレビ番組を見ていること、あなたたちは最良の番組を見たということを。じゃ、いいこと、ちょっと考えてみて。比較してみて。書かれたものと撮られたものを、比べてみてちょうだい。あなたたち、物書きの負けだと思わない？　もうずっと前から、文学は、フィクションに関しては、追い抜かれてしまったのよ。私が話しているのは、映画のことじゃない、映画はまた別物よ。私が言っているのは、あなたの飾り棚にあるＤＶＤセットのこと。あれがあなたの眠りを妨げたことがないなんて、言わせないわ。小説は死んだ、つまり、ある種の形態の小説は死んだって、考えたことない？　シナリオライターがあなたたちを出し抜いたって、考えたことない？　釘づけにした、といってもいい。彼らこそが、全知全能の新しい創造者《デミウルゴス》なのよ。彼らは、三世代にわたるあらゆる家族物語、政治もの、都市もの、種族もの、つまり、さまざまな世界を創ることができる。人々が愛着を感じ、自分たちがよく知っていると思えるようなヒーローを創りだせる。私が何を話しているか、分かる？　登場人物と視聴者の間に作りだされる親密な関係、終わった時に視聴者が感じる喪失感、あるいは欠落感。それはもはや、本では起こらない、今では。それは、どこか他所で起こることなのよ。シナリオライターができるのはこれなのよ。フィクションのもつ力について、それが現実に及ぼす影響力について、あなたは私に語ったわよね。でも、そうしたことは、もはや文学の仕事じゃない。あなたたち作家は、それを認めなくちゃね。フィクション、それはあなたたちにとっては、もう終わったのよ。連続テレビ番組は、ロマネスクに対して、はるかに豊かな領域を、そしてずっと多くの観客を、提供している。いいえ、これはけっして悲しむべきことではないわ。それどころか、いいこと、これは素晴らしいニュースなのよ。喜びなさいな。シナリオライターに、彼らがあなた方よりうまくできることは任せておけばいい。作家は、自分たちにしかできないことに立ち戻り、活力源を取り戻すべきなのよ。で、それが何か、分かる？　分からない？　まさか、あなたはよく分かっているはずよ。どうして、読者や批評家が、文学作品における自伝について問題提起していると思う？　なぜって、自伝こそが、今日、文学の唯一の存在理由だからなのよ、つまり、現実を描写し、真実を語ること。その他はまったく重要性をもたない。これこそ、読者が小説家に期待していることと、つまり、小説家が自分の内奥の問題をまな板にのせるってこと。作家は絶えず、世の中における自分の生き方、自分が受けた教育、自分の価値観を問わねばならない、作家は、両親から受け継いで自分が話している言語、学校で教えられた言語、自分の子供たちが話している言語について、絶えず問い直さなければならない。作家は、独自の抑揚を持った自分自身の言語を創りださなければならない、自分と自分の過去とをつなぎ、自分の物語と結ぶ言語を創りださなければならない。帰属の言語と解放の言語をね。作家は、それがいかに巧妙で魅力的だったとしても、操り人形を作る必要はない。作家はつねに自分自身と向き合っていなければならないのよ。作家は、生き延びるために利用しなければならなかった葛藤の多い領域に、絶えず立ち返らなければならない。作家は、自分を癒しがたく強迫観念の強い人間とした災難が起こった場に、絶えず戻らなければならない。闘う場を間違ってはダメよ、デルフィーヌ、私があなたに言いたいことは、このことなのよ。読者は、本のなかに何が入っているか知りたがる、彼らは正しいわ。読者は、詰め物のなかにはどんな肉が入っているか、着色料や防腐剤、乳化剤や膨張剤が入っていないか、知りたがる。そして今後は、フェアプレイで勝負することが、文学の使命なのよ。あなたの本は、あなた自身の思い出、信条、疑念、恐怖、近親者との関係について、問い続けなければならないわ。この条件が満たされさえすれば、あなたの本は的を射るでしょうし、反響を呼ぶはずよ。

　Lは、その夕刻、二十区の区役所にほど近い、人もまばらなカフェで、このように私に語ったのだった。

　夜になったが、私たちはカフェの奥にとどまっていた、カフェの壁は、五〇年代の、色あせた広告ポスターに覆われていた。遠くでは、ラジオがザーザーと雑音をたてていた。このカフェは、おそらく過ぎ去った時代の最後の名残りだろう、と私は思った、少しずつ通りを奪っていった今ふうの店の出現に抵抗した、この界隈で唯一のカフェだろう。このレジスタンスの小さな砦は、じきに崩壊するだろう。

　私はLの話を、さえぎろうとせずに聴いた。Lの話は誇張され、短絡的で、図式化されすぎていたが、私は彼女に応える気力が失せていた。

　ノン、私は、誰にも、フィクションの領域を譲り渡したくはない。ところが、自分の手のひらを眺めて見ても、手の内は空っぽだった。

　ノン、私は、呼び方はどうあれ、いつの日か、自伝的なエクリチュールに戻る可能性もまた、排除したりはしない。しかし、自伝的なエクリチュールは、それが世界について語り、普遍的なものに到達するのでなければ、意味がない。

いずれにしろ、私は気力を失っていた。


Lは、このように私に語った、そして私は彼女の言うことを、半ばおもしろがって、半ばおどろいて、聴いたのだ。

彼女の長広舌は、私がいつも理論化するのを避けてきたことを、私に考えさせた。しかし、彼女の信念は、私が自分の仕事に意味を与えるために、少なくとも、それについて語れるために私が構築してきた考え方と、相容れないものだった。

そして彼女の言葉は、それをどう表現したらよいか分からなくなっていた疑問の核心に入り込んだ。

Lは、ある日、私に言ったことがある、あなたは二冊しか本を書いていないわ、と。処女作と前作。他の四冊は、彼女によれば、嘆かわしい駄作にすぎなかった。


秋のあいだに、ルイーズとポールは週末に二〜三回、いっしょに、あるいは別々に、帰宅した。私たちのあいだには、距離と不在によって変化した、新しい親子関係が作られた。いっしょに過ごした年月の延長線上にあって、いろいろなことが話し合える密な関係、でもこれまでとは違う関係。子供たちは成長した。私は感動し、驚嘆する母親だった。

フランソワは、いくつかのプロジェクトを同時に受け持ち、ドキュメンタリー・シリーズの第二弾に着手したところだった。これは長期の仕事で、彼は再び、何週間も外国に行くことになった。彼が飽くことなき好奇心をもち、何日間も読書に没頭し、旅行が好きなことを、私はよく知っていた。私たちが二人とも何かを作ろうとする仕事にかかわっていること、共有できることも共有できないことも同時に進めようとする意志――あるいは幻想――をもっているということ、それは結局のところ、私にとって都合がよかった。フランソワは、私が孤独を必要としていることを理解し、私の自立性を尊重し、私がときどき不在になることを許してくれた。私は、彼の選択、彼の気まぐれ、彼がつねに新しいものに熱中することを尊重した。

週に何度か、Lは、すぐ側にいるからと言って、電話をしてきた。実際、彼女は遠くにいたことはなかった。その度、私は、上がっていらっしゃいよ、と声をかけた。というのは、この名づけがたい混乱状態のなかで、彼女がいてくれると安心できたからだ。

Lは、花や、ウィーン風のお菓子や、ワインなどをもってきた。彼女はカップや、紅茶や、コーヒーや、栓抜きや、脚付きグラスがどこにあるか、知っていた。彼女はいつも座るソファの場所を決めていた。彼女は私のショールにくるまり、ランプをつけ、音楽を選んだ。

彼女がいるときに電話がかかってきても、彼女は席を外さなかった。たいていの人は自分の携帯を見るふりをしたり、新聞をめくるふりをするだろうが、彼女はしなかった。それどころか、私が話していることに同意したり、眉をひそめたりした。声はださなかったが、彼女は会話に参加していた。

Lは、再生紙でできた三つの異なるサイズの新しい手帳セットをプレゼントしてくれた。一番大きい手帳には、励ましと友情の言葉が一言、書いてあったが、何と書いてあったか、私は覚えていない。今ではそれを見つけることはできない、なぜなら、三冊とも捨ててしまったから。

毎週、彼女は私の仕事の進み具合を尋ね、もし私が望むなら、自分の方はいつでも都合をつけるから、いっしょに話をしましょう、と言ってきた。でも、私は大して話すことがなかったので、彼女が自分の仕事の話をした。Lはちょうど、有名な女優の自伝に取りかかったところだった。三カ月前に、彼女は二人の売れっ子ゴーストライターと張り合った。他のライターたちと同様に、彼女は女優に、その事務所がオーガナイズした夜会で出会った。そして女優がLのことを選んだのだ。おそらく、Lは、適切な言葉を見つけ、私がいつも感心する、あの他者への直感を示すことができたのだろう。Lは、女優が打ち明けた話を文章にまとめることの喜びについて、嬉々として話してくれた。彼女はこの女性のことを、創造者の優しさをもって語った、まるで、彼女たちがいっしょに始めたこの仕事の外に、女優は存在しないかのように。まるで、この女性を世に問い、また彼女自身に明らかに示すことがLの義務であるかのように。Lは幸せだった、そして今回は、自分の仕事の核心にいるように思えた。重要なことの核心に。なぜなら、Lは、選ばれることに満足してはいなかった。彼女はつまらない人物のためには書かなかった。仕事によっては自分の方から協力を断り、いっしょに仕事をしたい相手を選んだ。つまり、宿命をもった人物よ、と彼女は私に打ち明けた。転落し、沈没した人物、苦悩し、その痕跡をとどめている人物。それが彼女の関心を引く人物だった。彼らがいかにして立ち直り、回復したか、それを書くこと。彼女の役割は、彼らが打ち明けた題材を、いかに演出し、言葉にし、効果的に表現するか、だった。彼女が読ませるのは、彼らの魂の物語なのだ、そして彼らが感謝するとき、彼女がいつも立ち戻るのは、ここだった、すなわち、彼女は、彼らの魂を無垢な目に見えるようにしたにすぎない、と。

　ある夜、Lは、私にこう言った、最初の一瞥で、暴力の犠牲になった人を見分けることができるわ、と。身体的な暴力だけではない。誰か他者によって、性格や人間性が危険にさらされた人々。彼女は彼らのなかに、文字通り、見抜くことができた、何か妨げられているもの、身動きできずにいるもの、バランスを欠いたものを。彼女以外の誰も気づかないような、迷い、不確かさ、裂け目を。

　冬の気配が漂うようになった、Lは仕事に打ち込んでいた。一方、私はこの間、多少ともそれらしい口実を振りかざし、先延ばしすることができた。私は、準備中だ、と言い張った。私は調べ物や構想をでっちあげ続けた。

　私には分からなかった、パソコンで新しいファイルボックスを作り、三語以上の文章を書くことができるようになるまでに、二年の歳月が過ぎ去ることになるだろうとは。

子供たちが誕生してから、彼らの父親と私が別れるまでのあいだに、私はそれぞれが五十ページほどある写真アルバムを十冊くらい作成した。その後も、私は写真を撮り続け、時には紙に焼き付けたが、写真を整理しアルバムに貼るのは止めてしまった。時を経て考えると、私たちの別離についても、アルバムの作成の中止についても、さまざまな仮説を立てることができるだろうが、それはまた別の話だ。もし、ある日、家が火事になったら、私はアルバムを、本よりも、手紙よりも、他の何よりも先に持ちだすだろう。それは私の人生で、私たちの人生で、とても貴重な時を表している。それは私のノスタルジーを掻き立てる源であり、記憶の中心にある繊細な宝石箱なのだ。アルバムを開くと、しばしば私は、写真のイマージュがかくも鮮明に、かくも無言で証言している、この過ぎ去った日々について書くことができたらいいだろうに、と思うのだ。

冬が到来すると、何もすることがなくて倦怠感に陥ってもいけないので、私はまたアルバム作りに取りかかろうと考えた。最後にアルバムを整理してから数年たっていた。私はほとんどまる二日をかけて、家にあるのと同じようなアルバムを売っている店を探し、さらに二日かけて、大部分はデジタルの形で保存してあった写真の選択をした。ファイルは、古いガードがかかり、散り散りに保存されていた。

私は写真を紙にプリントして、居間のテーブルにつき、新しいアルバムを前にした。これからアルバムを埋めていかなくてはならない。結局のところ、エクリチュールと同じじゃないか、と私は思った。選択し、レイアウトし、順序立て、ページをつけたイマージュから、物語が再創造されて浮かび上がってくるのだから。

ある日のこと、プリントした写真を貼りつけ始めたとき、Lがドアをノックした。

写真はすべて、時代ごとに区分し、私の前に並べてあった。Lは私の隣に座り、彼女の前におかれていた写真の山に興味津々となった。それは比較的新しい一連の写真で、モトクロスのレースから戻った泥だらけのポールの写真と、冬の日に雪景色のなかで撮られた最終学年のクラスメイトに取り囲まれたルイーズの写真が数枚、入っていた。

「彼女、あなたに似ているわね」と、ルイーズの写真を感慨深く眺めていたLが言った。その瞬間、私は、ルイーズの年齢は、その昔、私とLが出会ったときの年齢と同じだ、ということに気づいた。Lが同じクラスにいたと明かして以来、私たちがそのことを再び話題にしたことは、一～二度しかなかった。私は彼女のことがまったく記憶になく、それをまた話題にするのはデリカシーに欠けるように思えた。傷口をナイフでかき回すようなことはしたくなかった。

Lは、私の考えていることを読み取ったに違いない、というのも、クラス写真を見たいと言いだしたからだ。私は箱のなかをさぐって、少し色あせた写真を見つけた。写真は高校の校庭で撮られていた。生徒たちは哲学のE先生を取り囲んで、五列に並んでいた。男子はみな、写真の下方にひざまずくか、しゃがんでいた。背の高くみえる女子たちは、写真では隠れているベンチの上に立っていた。Lは私の顔をすぐに見分けて指差してから、長いこと写真を手にし、生徒の一人一人を見つめた。それから最後尾の列から指を右から左へと移動させ、一つ一つ姓と名前を挙げていった。私一人だったら思い出せなかったかもしれないが、そんな名前も、ひとたび彼女が口にすると、私の記憶の表面に昇ってきて、確かなものになった。

最後の名前を言い終わると、彼女は勝ち誇ったように私の方を向いた。五十名のクラスのうち、彼女が分からなかったのはたった十名ほどだった。

突然、彼女は顔色を曇らせた。

――なんて残念なのかしら、あの日、私が欠席したなんて。何か証拠があるといいのだけど……。

――何の証拠？　と私は尋ねた。

――私たちがいっしょに過ごした学年の、よ。

しかし、私たちがいっしょに学年を過ごしたことはなかった。私はあの時代を彼女とともにしてはいなかった。私は他の友人たちと仲良くしていた。それに、実をいうと、とくにあの最終学年については、私は緩慢な下降期といった思い出しかない。今にして思うと、あの時期は、はるか遠い昔のことで、誰か他の人の人生のように思われるほどだ。私が陥っていた身体的状態のせいで、記憶がぼやけているのかもしれない。

――そうね、残念ね、と私は結局、同意した。でも、どうして私たちに証拠が必要なの？

――だって、あなたは私のことを覚えていないからよ。

彼女の眼差しは硬かったが、懇願しているようでもあった。たぶん、私は彼女のことを覚えていると、やっと思い出したわと、言うべきだったのかもしれない。私は彼女を勇気づけることも、何か気の利いたことを言って切り抜けることもできなかった。

私が箱（その中には、だいたい同じ時代にさかのぼる何十枚もの写真がばらばらに入っていた）を閉めようとしていると、Lは、あなたの思い出の写真をもらえないかしら、と尋ねた。私が返事をする前に、彼女は箱の中を探して、プリクラで撮った白黒の三枚綴りの写真を取り出し、了解を求めた。抜けている写真は、学生証の証明写真として使ったのだろう。

私は、彼女が返事を待たずに、写真を大事そうに自分の財布の中にしまうのを見た。

彼女があの言葉を口にしたのは、そして彼女が帰るとすぐに、私がそれを付箋に書きとめたのは、その日のことだと思う。

——私たちはたくさんのことを共有している。でも、それを書けるのはあなただけなのよ。

Lは夕食を私といっしょにした。夜が深まると、彼女の質問がまた始まった。仕事はどこまで進んでいるの？　書き始めている？　Lの執拗さは私を辟易させた。しかし同時に、私になおもこんな質問をしてくれる人は彼女だけだと、認めないわけにはいかなかった。まだ私が書けると信じている人は彼女だけだと。

私が書けずにいることを認めたので、Lは、あなたは気が散っているのよ、と言った。私はこの言葉に驚いた。気が散っている？

彼女は、私の写真アルバム作りのことは問い直さなかった、それはむしろ創造性があると見なした、でも、その他のことを問題視した。彼女によれば、私はまだ外界との関係が多すぎるというのだった。

私は抗議した。

——とんでもない！　私は誰にも会わないし、誰にも電話をしない、ディナーに行くことも、パーティーに行くこともできない、私はすべて断っているわ。フランソワと子供たち以外には、それが誰であれ、話すことができないのよ。

Lは、私がよく知っている、判決を読み上げるような口調で、答えた。

——当然よ、それに、よく分かっているでしょ。なぜって、あなたが仕事にまた取りかかれるのは、この健康的な静寂においてなのよ。

「仕事にまた取りかかる」、いったいそれは何を意味するのだろうか？　パソコンの前に何時間も座っていたのは何の役に立ったのだろうか、何も書けなかったではないか？　私は何か気晴らしをすべきだった。

Lの考え方は違った。

障害に立ち向かうことから、何かが出てくるだろう。光明それとも諦念。もし、私が絶えず逃げていたら、何も生まれないだろう。

ある日の朝、友人のオリヴィエが電話をかけてきて、私のフェイスブックで、つまり私の読者が作ったフェイスブックのウォールで、気がかりなことが起こっている、と警告してくれた。彼が説明しようとしていること、誰かが私に関してひどい悪口を夜中に書き込んだという話が、私には何のことやら、さっぱり分からなかった。私の一族だと主張する誰かが、何十という「投稿」をして、私のことをめちゃくちゃに非難したという。私の友人は誰かジャーナリストがこれを読んで、世間に流布するのではないかと怖れていた。私にはこのグループの管理人とコンタクトを取る手段があるのだろうか？　このグループは私の編集者によって作られたのだろうか？

彼が話したことに（フェイスブックに登録していない私にとって、誰でも見ることができるウォールや、架空のプロフィールによって張り出されたメッセージといった話は、理解するのが容易ではなかった）想像をめぐらせると、私は不安になりはじめた。断じて、私は個人的にグループの管理人のことなど知る由もないし、私の知るかぎり、担当の編集者が彼らと何らかの関わりをもっているということもなかった。

私はオリヴィエに、知らせてくれてありがとう、と言って電話を切った。状況について考えていると、Lが同じ理由で電話をしてきた。彼女はメッセージの内容をかいつまんで話してくれたが、読んではくれなかった。人を傷つける内容だし、読む必要がないと判断したのだ。そこでは、私が前作を書くことによって与えた苦痛、そしてずっと若い頃から私が与えた苦痛が問題にされていた。私は心を病んでいて、私の周囲をことごとく破壊した、私は情緒不安定な境界性パーソナリティー障害で、破壊的性格である、私は物語を捏造し、日付を混ぜこぜにした、私は事実とかけ離れた本を書いた、私は事実を言わないことによって、結果的に嘘をつき、事実を歪めた、それは私自身の病理を隠すことが唯一の目的だった、と。メッセージは夜中じゅう、延々と続き、矛盾したことを言い合い、言い過ぎだと言って私を非難するかと思えば、言い足りないと言って非難し、表現が平板だと言うものもあれば、誇張し過ぎだと言うものもあり、つまりは、支離滅裂だった。Lによれば、その内容は、グループのメンバーたちを無関心ではいられなくした。ある者はメッセージの記載者に、病院へ行け、と忠告した。夜がふけるにつれ、この記載者は、発言の混乱とますますひどくなる辛辣さのせいで、信用を失った。

その日のうちに、メッセージは姿を消した。グループの管理人が行き過ぎだと判断して削除したのだろうか、それとも記載者自身が削除を引き受けたのだろうか。


その日の夕方、Lが玄関のベルを鳴らした。彼女は私の様子を確かめ、この日に起こったことについて話したいと思ったのだ。彼女の考えでは、メッセージの記載者と匿名の手紙を書いた人物は同じだった。そしてこの攻撃は反撃を求めていた。

私が応酬しなかったので、彼女はソファに腰掛けた、彼女は態度で、今度こそ、この問題についてきっちりと議論するつもりであることを示していた。そうして、間をおかずに切り出した。

——あなたの一族の誰かが、数カ月前から挑発しているのに、あなたは応じていない。彼または彼女が何度か手紙を書いたのに、あなたは対応しなかった。そこで、その人物は、他の人々を証人として、次なる段階に移行する、ってわけよ。なぜって、その人物はあなたの返答を待っているからよ。簡単な話だわ。

——でも、返答することなんて、何もないわ。

——とんでもない。もちろん、大ありよ。そいつはあなたが反撃するのを待っている。本を書きなさいな。そいつにあなたは怖れていないことを証明してやるのよ。あなたは自由なこと、文学はすべての権利を持つことを、証明してやりなさいよ。あなたの子供時代のこと、あなたの家族のこと、あなた自身のことを書くのよ、やってみてちょうだい。エクリチュールによってのみ、あなたはそいつが誰かを見破ることができるのよ。あなたはもう何か書き始めたのだから、最後まで書き上げなければならないわ。


とんでもない、私はまた自伝的小説など書きたくなかった。私はフィクションに戻りたかった、私は自分を守りたかった、私は作りだす楽しみを取り戻したかった。私はもうご免こうむりたかった、一語一語を、句読点の一つ一つを吟味し、不可解な悪夢を見て夜中に目を覚まし、心臓が壊れそうにドキドキするような二年間を過ごすなんて、こりごりだった。

Lは怒りに真っ赤になった、でも、今では私は、感情的な彼女の姿を知っていた。私は、どうしてそれがもうできないのかを、説明しようと試みた。

——聴いてちょうだい。私がもし、あの例の本を書いていなかったとしたら、次の作品を書こうとはけっして思わなかったでしょうね。今でもまだ、それを確信している。それは私が通過しなければならない試練のようなもの。通過儀礼ね。でも、自分について、自分の家族について書くことは、人を傷つけるリスクがある、危害を免れたと思われる人も、褒められたと思われる人も含めてね。私はもう、そんなことをしたくないの。私は、あの本を書いたことを後悔しているわけではない、でも、また繰り返す力はない。あの形式ではね。そうよ、あなたが言う通りよ、私は他の人がさしあたり手にできない強力な手段を持っている。他の人は、誰であれ、私の本に対する反論を新聞や雑誌に掲載することは、まずできないでしょうね。せいぜい、匿名の手紙を書いたり、私のではないフェイスブックのウォールに落書きしたりするのが関の山よ。私が、もし、再び自伝的小説を書いたら、その本はきっと何千人もの人たちに読まれるに違いない。そして数年は、その痕跡が消えずに残ることでしょうね。

──それで？　あなたは、幸運にも、人がうらやむ何かを手にしている。あなたは、あたかもそれが存在しないかのように、それがあなたのものではないかのように振る舞うことはできないわ。ええ、エクリチュールは武器よ、しめた、ってとこね。あなたの一族は、あなたという作家を生みだした。彼らは怪物を創造した、あっ、失礼、そして怪物はその叫び声を聴いてもらう手段を見つけたのよ。何が作家を作ると思う？　自分を見て！　自分の周りを見て！　あなた方、作家は、恥辱と苦悩、秘密と崩壊の産物なのよ。作家は、名づけがたい闇の領域からやってきた、あるいはそこを横切った。あなた方は、それぞれのやり方で、人それぞれに、生き残った者たちなのよ。それによって、すべての権利が作家に与えられているわけではないわ。でも書く権利は与えられている、そうでしょう、たとえ反響がうるさくてもね。

Lの興奮に、私は心配になりはじめた。

数年前のこと、企業内での人間関係の暴力──それをめぐること、あるいはそこから派生すること──について小説を書く準備をしていたときに、私は、仕事上のストレスおよび社会心理的リスクを専門とする精神科医と知り合いになった。当時、私は執筆中の小説について、暴力的な結末にしようと考えていた。私はこの結末が、精神医学の視点から見て、ありうるか、本当らしく見えるか、知りたいと思った。何週間も、日常的で狡猾な攻撃の犠牲となり疲れはてた女性、精神的ハラスメントの犠牲者である女性が、暴力的行為、つまり殺人を犯すことはありうるだろうか？　この女性が行為に移る可能性はあるだろうか？

精神科医に状況を説明した後、私は次のように言って、質問をした。

――この女性が、危険な行為を、意図せずにせよ、行うとしたら、それは本当にそうかもしれない、と思わせるでしょうか？　もし、あなたがノン、とおっしゃるなら、私は銃を担ぎ替える、つまり、結末を変えることにしますが。

私たちはカフェにいた、精神科医は、おもしろそうに、私の顔をじっと見て言った。

――おやおや、ずいぶん重たそうですね、あなたのお仕事は。

私は笑った。私が発したこの表現、「銃を担ぎ替える」は、数日間、私に取り憑いた。私はどれほどの怒りをこめて、この本を書く準備をしたことだろうか。本は苦しみの延長であり、苦しみの仮装した姿だった。

私は、このエピソードをLには話さないよう、気をつけた。

彼女は私の同意を待たずに、話を続けた。

Lは怒っていた、それは、私を戦いに駆り立てるはずの脅迫が、逆に、私を怖じ気づかせた、と考えたからだった。Lは大声で憤慨し、私に、反撃するよう促した。

――やつらに、これは始まりに過ぎないことを理解させなくてはならないわ、いいわね。あなたは慎重に行動した、あなたはつま先で歩いた、あなたはいくつかのことを言わずにやり過ごした、あなたはもっとも暴力的でもっとも暗黒なことを脇にやった、そしてやつらが非難しているのは、そのことなのよ！　どうしてだか、知りたい？　なぜなら、やつらにとって、それは弱さの証明だからよ。あなたは慎重に振る舞った、あなたはハエ一匹殺さぬ優しい女の子にとどまっていたかった、あなたは読者を証人として――そんなこと、したことのないあなたが――あなたの疑惑やあなたの優柔不断について知らせてやった、あなたは自分が作った仕掛けを思い出させ続ける、「みなさん、ご用心、これは小説です、真実に近づくための試みです、しかし、それは私の見解にすぎません、これが事実だとは申しません、そのようなことはあえて言いません、もちろん望みもしません」、あとは省略。あなたはひざまずいた、そういうことよ。あなたは傷口を開いた、そこからやつらはなだれ込み、あなたをもっと傷つけようとしている。あなたは間違ったのよ、デルフィーヌ、あなたは、やつらのことを、やつらの精神状態を気にやんでいることを、見せてしまった、そして、その裂け目から、やつらは今やあなたを打ちのめそうと、うかがっているのよ。

私は異議申し立てをしなかった、修正しなかった、すべてのコメントを差し控えた。

Lは、私のところに来る前に飲んだのだろうか、と私は自問した。彼女の言うことは極端で、非理性的だった。とはいえ、彼女の憤慨の仰々しさのなかから、なにか正しいことが聞こえてくるように思われた。彼女をなだめるために、私は、よく考えてみるわ、と言った。でも、彼女は止めなかった。

——そうよ、エクリチュールは武器よ、デルフィーヌ、ゆゆしい大量破壊兵器なのよ。エクリチュールは、あなたの想像をはるかに越えた力をもっている。エクリチュールは防御の、射撃の、警報の武器であり、エクリチュールは手榴弾であり、ミサイルであり、火炎放射器であり、そして戦争の武器なのよ。それはすべてを荒廃させることもできれば、すべてを再構築することもできる。

——私は、そんなエクリチュールは欲しくないわ。

Lは私を見た。彼女の顔は一挙に閉じた。彼女の声は突然、異様に優しくなったように思われた。

——あなたに選択の余地があるかどうか、それは大いに疑問ね。

確かに、Lが私の身に起こったことにこれほど関心を持つことを、私は不安に思うべきだったかもしれない。

確かに、彼女の発言のなかに「やつら」が現れたことを、警戒すべきだったかもしれない。

確かに、彼女に対して少し距離をおき、少なくとも数日間は会わずにいて、そして、仕事を再開すべきだっただろう。

しかし、警戒すべき理由が、本当に私にはあったのだろうか？　Lは私と同年齢の女性で、他人の人生を書いて、自分の人生を送ってきた。彼女は文学について極端で過激なヴィジョンをもっていたが、私はそれをおもしろいと思い、感情ぬきで、つまり私の個人的な問題とは関係なく、議論するのは興味深いだろうと感じていた。

そのうえ、Lは私のことを全面的に支えてくれた。そして、あのようなスランプ状態に陥ったときには、Lの思いやりは計り知れないほどの励ましになったのだ。

数日後、地下室に降りて古い書類を探していたとき、トランクのなかをさぐっていると、忘れていた原稿を見つけた。十年ばかり前、まだ何も出版していなかった頃に書いたテキストだった。どのような状況だったか、もう正確には覚えていないが、でも、これを書いた。それは、かなり混乱していた時期で、それで記憶が曖昧なのだ。原稿はプラスチックの留め具で綴じられ、表紙には透明なカバーがついていた。本の題名に、私はにんまり微笑んだ。悪くない題名だった。地下室の暗くゆらめく薄明かりの下で、私は原稿をめくった。文学部の指導教授との会話が断片的によみがえった、彼女は、努力を続けるように私を励ましたが、計画を達成するのは難しいだろうと判断した。私はさっさと諦め、自分には大きすぎる野望だとばかりに、このテキストをうっちゃった。

　私はトランクのなかをかき回して、他の原稿を探したが、いくら探しても、他にとっておいたものはなかった。

　私はベッドに寝そべって、原稿を読み直して午後を過ごした。電話にもでず、中断することなく読破した。いろいろ口実をつけて、何回もオーブンを開けて自家製パテの焼き具合を見る必要もなかったし、靴棚のすべての靴を磨く必要も感じなかった。久しぶりに、私は集中して過ごした。原稿を読み終えたとき、頭の暗く奥まった片隅で、「救急出口」の標識に明かりが点いた気がした。

　しばらくして、ワードのファイルボックスにこの原稿が保存されていないか探した。が、何も見つからなかった。私はこの間にパソコンを二回買い替え、ある嵐の日に、ほとんどのデータを失くしてしまったのだ。

　夕方、私は編集者に電話して、ニュースを伝えた、幾度かの引越にもかかわらず紛失しなかった書きかけの小説のコピーを見つけた、それを書き継ごうと思う、と。やるべき仕事はとてつもなく大きく、すべて書き直さなければならないが、久しぶりに、やる気を取り戻した。編集者は、自信はあるの？　と尋ねた。古いテキストを引っ張りだすのは、ほんとうによいアイディアなの？　サイズが合わなくなった洋服や、小さくなりすぎた靴を身につけようとするような危険なことじゃないの？

　いいえ、私は自信があった、私が手にしているのは、未加工だが貴重で豊かな原材料で、私はそれを作品化することができるだろう。

私は思い出す、編集者にテキストについて話し、どのような作品になりそうか語ったことを、必要な距離をおいたおかげで、今ではテキストの素人っぽいところがよく分かると語ったことを。編集者はそれを聴いて満足し、それはよいニュースね、早く読みたいわ、と言った。

電話を切ったとき、さっそくアパルトマンの下にあるコピー・ショップに行って、原稿のコピーを作り、編集者に送ろう、と考えた。が、すぐに思い直した。新しいヴァージョンの原稿を読んでもらう方がよいだろう、と思ったのだ。

編集者とのこのやり取りを書き終えた、ちょうどそのとき、電話が鳴った。私は機械的に向かいの建物の方を見た。（いつから始まったのかは分からない、この奇妙な反射的動作を意識したのは数日前のことだ、私は帰宅したときや、明かりを点けたときに、ほんのわずかでもおかしな物音を耳にすると、向かいの建物の階段の吹き抜けの方に目をやって、誰も私のことを観察していないのを確かめるのだった。）

電話器の画面にLの名前が表示されていた、私は受話器を取った。例によって、Lは、私がどうしているか、もし出かけたなら、何をしたのか、尋ねた。また、スーパー・モノプリをうろついていたの？　当たり障りのない会話を少し交わすと、Lは私の気分の変化を察知した。

——何か、新しいことがあったの？　何か、書き始めたの？

私は矛先を転じた。まだ話すには早すぎる。Lの気をそらせ、他の話題にもっていこうとしたが、彼女はそんなことで騙される女ではなかった。

——ねぇ、デルフィーヌ、何かあったのね、声で分かるわ。

私はびっくりした。他者に対して、一種の第六感ともいうべき、これほどの直感をもった人物に出会ったことはなかった。精確で、鋭くて、研ぎすまされた感覚。

Lの言う通りだった。何か不確かで、微細なものが生じていた。

私は、原稿を見つけた。またやる気が出てきて、書けるかもしれなかった。私は希望を取り戻していた。

鷹揚に、Lは私にしゃべらせた。でも、彼女はもっと知りたくてジリジリしていた。

私は座った、私は言葉を吟味したかった。彼女をがっかりさせないように。彼女をせき立てないように。私は時間をかけて彼女に説明したかった、そして突然、自分がまるで思春期の小娘で、両親が娘のために決めた道に従いたくないと、彼らに告げる瞬間にいるように感じた。

言葉を選んでLに説明した、小説のテキストを見つけたこと、それを読み返したことを。なすべき仕事はたくさんあるけれど、それはよい出発点になるだろう。私はまた書き始めたい。

ええ、そうよ、そのテキストはフィクションよ。そう、「純粋な」フィクションなのよ。

電話線の向こうで、Lは長いこと沈黙していた。それから、彼女は言った。

——もし、あなたが、それほど自信があるなら、それもいいでしょ。たぶん、あなたが正しいわ。いずれにしろ、知っているのは、あなたなんだから。

電話を切ってから、やっと、私は気づいた、Lの声が変わっていたことに。失望のあまり、彼女の言葉は、ようやく聞き取れるほど弱々しかった、そしてそれは、私を安心させるどころか、私がどれほど途方に暮れているかを想い起こさせた。いいえ、私は知らない、私は何も知らないわ。

Lからは、二日間、連絡がなかった。この間、私は原稿についてノートを取りながら、また使えそうなものと捨てていいものとに分類して過ごした。徐々に、手を入れ直したら、この物語がどのようなものになるか、姿が見えてきた。

ある夕刻、Lから電話がかかってきて、翌日、彼女の誕生会をするから来てほしい、と招かれた。五〜六人集まるが、それ以上になることはない、内輪のパーティーの方が好きだから、と彼女は言った。プレゼントも切り花の花束も不用（彼女は切り花が嫌いだった）、もし何かもってきたければ、ワイン一瓶なら可、ということだった。

私は迷わず、承諾した。ここ二〜三週間、誰とも会っていなかった、少し外出して、彼女の友人たちと会えるのがうれしかった。私が、早目に行って準備を手伝うわと提案すると、彼女は、他の人たちが来る前に、少し二人で話をする時間があるわね、と大喜びで同意した。

その土曜日、私は彼女のところに一九時頃に到着した。準備はすべて整っていた。

Lはウエストのところで結んでいたエプロンをはずし、私に食前酒《アペリティフ》を勧めた。彼女は黒っぽいタイツの上に、身体にフィットした短い革のスカートをはき、光沢のある生地のシンプルな黒いTシャツを着ていた。これほどセクシーな装いのLを見るのは初めてだった。

シナモンと香辛料のよい香りが室内に漂っていた。Lはアプリコット入りのタジン鍋をオーブンに入れたところだった、これはすでに試みて成功した料理で、甘酸っぱいものが好きな私もきっと気に入るに違いない、と自信を持ったのだ。

キッチンと居間を隔てるカウンターには、色とりどりのさまざまな料理が、そろいの小さな杯に盛り合わせて並べてあった。濃い紫色のキャビア、フムス、タラマ、ピーマンのマリネ……Lはすべて自分で用意した。サイドボードの上には、お手製と思われるデザートがいくつか並んでいた。

なんだ、これじゃ、もう私が手伝うこと、何もないじゃない、すべて準備ができていて。でも、彼女は、私が早目に来たことを喜んだ。

Lは、この料理を全部作るのに、二日はかかったに違いない。

私は居間に腰を落ち着けた。よい香りのするローソクが灯され、六組の、お皿とナイフ・フォーク・スプーンのセットがワゴンの上に用意されていた。Lは、キッチンでオーブンの温度を確かめながら、説明した、こうすれば、各自、料理を取って、好きなところに座れるでしょ。私は周りを見回した。部屋は、趣味よく配置された一連の同じ小さなランプで照明されていた。ガラスの低いテーブルは、一点の曇りもなく磨かれていた。最初に来たときと同様に、私は、一から十まで作り上げられた人工的な舞台セットのなかに座っているような、そんな感じを味わった。Lの居間——その照明、物や色の取り合わせ、それぞれの物の置かれた正確な位置、他の物との距離感、そのすべてが、リアリティー番組のプログラムの一つから抜け出たように見えた、その番組では、週末には、プロデューサーがあなたの部屋のインテリアをイケアの見開きページの広告のように変えるのだ。

思い出すかぎり、私はいつも、舞台背景に関心をもつことが苦手だった。視野に人物が入ってくるなり、背景はかすみ、消えてしまうのだ。フランソワと新しいところ(たとえばレストラン)に行くとしよう、私たちの周りにどんな人々がいたか、彼らがどのような関係で結ばれていたか、彼らがどんな髪型や服装をしていたか、私はそれを、あとで、フランソワを驚かすほど正確に描写できるし、彼らとどんなやり取りをしたか、大事な要点を忘れることはめったにない。一方、フランソワは、部屋の配置、その環境、部屋に置かれた家具のタイプ、また、場合によっては、そこにあった小さな置物なども含めて、何も漏らさずに報告できるだろう。私の方は、そうしたものに気づいてもいないのだ。

ところが、Lのアパルトマンでは、それが何故かははっきり分からないのだが、私は居心地悪い思いを味わった。

Lは友人たちを待ちながら、私のために白ワインをグラスに注いだ。私たちは、いろいろな話をした。Lは、取材をしたことのある多少とも名の知られた人物について、ありとあらゆる逸話を知っていた。その夜は、Lはいつも以上に、自分の仕事について胸の内を語った。そのような人物とは、数カ月の間、頻繁に会って緊密な関係になるが、仕事が終わると疎遠になるのだった。彼女は、自分が伝記を書いた人物には、その後、誰とも再会したことはなかった、どうしてだか分からないが、そうなのだ、たぶん、仕事の必要上、急激に親密になったが、それは後になって厄介になるからだろう。

時間がたったが、私たちは居間で、相変わらず、彼女の友人たちを待っていた。

Lは、ときどき、中座して、キッチンに料理の焼け具合を見に行った、私はその間に、時計に目をやった。

二〇時三〇分頃、私たちはシャルドネを開けて、Lが準備した、ガラスの器に盛られたヴェリーヌを食べはじめた。

二一時頃、誰も来ないので、Lは肉が焼き過ぎになるといけないと、オーブンの火を止めに席を立った。彼女に心配そうな様子はなかった、それどころか、わざとらしい平静さを装っていた。招待するときに時間をはっきり言わなかったのよ、土曜日はいつも、みんな、いろいろな用事があって忙しいからね、と言うのだった。

少しして、私は、友人たちに何か問題が起こったのかもしれないから、携帯の電源が入っているか確かめてみたら、と勧めた。

二一時四五分頃、Lは立ち上がってオーブンに表示してある時間を見に行き、彼らは来ないわ、と宣言した。彼女の声はもう、あまりはっきりしていなかった。私はそれ以上、聞く勇気もなく、もう少し待ちましょう、と提案した。

二二時、二本目のワインを開けたとき、友人たちはいっしょに連れ立って来るのかどうか、私はLに尋ねた。彼女は、さぁ、どうかしら、と言う。私は、電話をしたら、少なくとも何人かに電話をして、どうしたのか聞きましょうよ、と促した。

Lは、それは「無駄骨」よ、と答えた。もし誰も来なければ、それは、実際、大変な無駄骨に違いない。私は彼女に、友人たちを招待するとき、彼らと電話で話をしたのかどうか、尋ねた。Lは、しなかった、と言う。彼女は、例年どおり、彼らにメールを送った。そして例年どおり、彼らは来なかったのだ。

二二時一五分頃、私はLに、彼女は何もいらないと言ったけれど、彼女のために買ったカシミヤのショールを差し出した。彼女は包みからショールを取り出し、広げてみた。彼女の喉がこわばり、それから頬が赤く染まって、涙を必死にこらえているのが分かった。一瞬、私は、彼女が目の前で倒れてしまうのではないかと思った。そこで、慰めるように、彼女の肩を抱きかかえた。ほんのわずかのあいだ、彼女の内部で、防御と降伏のあいだの葛藤が起こっているのが感じられたように思う。私が抱擁をゆるめると、Lは平静を取り戻し、微笑んだ。

——言ったでしょ、プレゼントはいらないって！　でも、ありがとう、このショール、とっても素敵ね。

二二時三〇分頃、Lが忘れているようだったので、私はオーブンからタジン鍋を取り出して、二人で熱い料理を食べた。

さらに夜もふけて、二本目のワインがほとんど空になったからだろうか、Lはこう説明した、夫が亡くなってから、友人たち（ジャンが生きていた頃はいっしょに頻繁に会っていた十人ほどの友人たち）は彼女に返事をくれなくなった。毎年、この日になると、それは彼女の誕生日であり、またジャンの命日でもあるので、彼女は彼らを招待し続けている。でも、彼らはけっして現れなかった。

私はもっと詳しく知りたいと思ったが、質問をはじめるや否や、Lは心を閉ざしてしまった。

何分間か沈黙した後で、彼女は、まだ心の準備ができていないから、その話はできないの、と言った。彼女は、非難される危険を、もはや冒したくなかったのだ。

いつか、話すわ、と彼女は約束した。私は無理強いしなかった。

しばらくたって、Lは席をはずして、数分間、浴室に行っていた。彼女がいないあいだに、私はがらんとした部屋を見渡し、積み重ねられた美しい皿、私たちが手をつけなかった料理を眺めた。私はこの「無駄骨」のことを考えたことを思い出す、そしてそれは、ぞっとするほど辛いことだろう、と思ったのだった。

彼女が戻ってきた、私たちはデザートをいくつか味わい、少し音楽を聴いた。

私たちは笑った、何がおかしかったのかは忘れてしまったが。


夜中を過ぎて、三回目か、四回目の乾杯をした時、Lは私が見つけた原稿に興味を示した。あなたは、原稿を書き直しているの？　その原稿を、誰かに読んでもらった？　私は、見てもらうのはまだ早すぎると思うわ、書き進めたいと思っているの、と説明した。


玄関で、私が立ち去ろうとしていたとき、Lは私がオーバーを羽織るのを寂しそうに見ていたが、私の手をとって礼を述べた。

――あなたが来てくれてよかったわ。どんなに感謝しているか、あなたには分からないほどよ。

それから、私には馴染みになった例の猫なで声で、彼女は私に頼んだのだ、その見つかった原稿、私に読ませてくれない？　私に、私だけに。内緒で。

ええ、約束するわ、と私は言った。


帰宅すると、私はカーテンを閉めて、明かりを点けた。もしかすると、私は、Lは、私のことを懐柔し、丸め込むだけの目的で、あんな芝居を考えついて実演したのかもしれない、と思いつくのは、ずっと後になってからだ。

私はソファに座り、周りを見渡し、そして不思議な安堵を感じた。Lのアパルトマンとは対照的だった、そして突然、私は、なぜ居心地悪い思いをしたのかを理解した。

彼女のところには、古びたり、黄ばんだり、痛んだものは何もなかった。置物も、家具も、布地も、何一つ、生活臭を感じさせるものはなかった。すべてが新品だった。すべてが、前日、あるいは数週間前に購入されたように見えた。部屋には人の気配がなく、整然と秩序だっていた。

そこには、何か思い出を喚起するような写真一枚、絵葉書一葉、小物一つ、見あたらなかった。

あたかも、昨日が存在しなかったかのように。

あたかも、Lが自己演出をしていたかのように。

——駄作ね、率直に言って、ありえない。ぶしつけに思われるかもしれないけど、あなたには正直に話させてもらうわ、これが作品だなんて、とんでもない、これは別ものよ。このテキストには脈がないわ、いつ書いたのか、どんな状況で書いたのか、分からない。これが、あなたの文学の軌道、あなたの文学的発展、あなたが書く「べき」ものと、どう関係づけられるっていうの？　私を信頼してちょうだい。私は、このテキストが無価値だとか、誰も興味をもたないだろうとか言っているわけじゃない、私が言っているのは、これはもうあなたのやるべき仕事じゃない、ということなの。あなたとは、あなたが今日ある作家の姿とは、もうまったく関係がない。これは、許しがたい過去への逆戻りよ。破綻だわ。私は読んだわ、えぇ、もちろんよ、最後までね、これが作品のつもりなの？　私の考えを聞かせて、ってあなた言ったわね、だから言わせてもらうけど、これは失敗、大失敗よ、そう、全部を見直し、修正し、改良し、書き変え、再検討したとしても、ダメでしょうね。これは成熟した作品なんかじゃない。あなたをがっかりさせたくないし、私があなたにはできないだろうと考えているなんて、これっぽっちも思ってほしくない。私があなたのことを信じているのは、分かっているでしょ。でも、これはだめ、こんなの、ありえない。もし、私があなたなら、こんな原稿は、もとあった引き出しの奥に、またしまいこむでしょうね。あなたは怖れ、パニックを起こし、最初に現れた餌に食らいつこうとしている。私たちはいつも、そこに舞い戻るのよ、分かるでしょ、いつも同じところに戻ってくる、つまり、あなたは自分が書くべきものを書かないから、立ち行かなくなる、ってことよ。いいえ、私は自分の感情を投影しているわけじゃない、これは私があなたの内部に感じる何か、私たちが出会ったとたん、私が感じたものなの。私はあなたが怖れを抱いている、って感じたわ。あなたは、自分の歩みが導くところへ行くのを怖れている。あなたは間違ってる、なぜって、あなたがどのような作家であるかを選ぶのは、残念ながら、あなたではない、それを決めるのは、あなたじゃないのよ。だから言うのだけれど、あなたは、今、送っている安易な生活を警戒すべきじゃないかしら、あの、つまるところ、かなり平和な小市民的生活、子供たちと愛人と執筆とを巧みに混ぜ合わせた生活をね、私、ときどき、考えるのよ、これは、もちろん、単なる疑問だけど、これって、何か、すこし……精神を麻痺させるんじゃないか、って。たぶん、あなたはこの生活を必要としている、このバランスを必要としている、私は、それは理解できる、私はちゃんと分かっているわ、暴力がどんな裂け目をうがつか知っているし、それが修復されないということも知っている。あなたは、この生活が必要だと思っている、なぜなら、あなたはあまり自信がないからよ。とはいえ、寝こけてしまわないよう、用心しなくちゃね。あなたが怖れているのは理解できるわ、でも、怖れは何も守ってくれない、怖れは危険を予告してはくれない。あなただってそれはよく分かってるでしょ。そして危険がどこから来るのか、私は知っている。あなたのアキレス腱が何かを知っている。やつらがどんな襲撃であなたを打ち負かせるか、私は知っている、だから、そうさせてはならないのよ、私があなたに言いたいのは、このことなの。やつらは、どうやってあなたを傷つけたらいいか、よく知っている、だけど文学とは何かについては、失礼ながら、まったく無知なのよ。そのことを認めるべきでしょ。私が誰のことを話しているのか、ですって？　でも、あなたはよく分かっているでしょ。あなたは、親族の絆という口実のもとに、妥協すべきではないわ、そんな絆はずっと前からなくなっているし、それを信じているのはあなただけよ。あなたのことを本当に愛しているのは誰か、考えてみて。だって、今こそ、考えるべきよ。あなたが孤独なしですませられるかどうか、私は確信がもてないわ、むしろ、孤独にそなえておいた方がいいでしょうね、なぜって、それが作家の宿命だからよ、自分の周りに溝をうがつこと、その他に道があるとは思えない。エクリチュールは何も埋め合わせてくれない、その点については、めずらしく、私たち、同じ意見ね。エクリチュールは穴をうがち、掘り返し、ますます溝を深く、広くし、あなたの周りに空虚を作る。でも、それは必要な空間なのよ。さて、例の原稿に話を戻すなら、ええ、もちろん、あなたが編集者にあれを送れば、ノンとは言わないでしょうよ、あなたを励まし、いいアイディアだ、と言うでしょう、彼らはバカじゃないし、あなたが多少の売上げを金庫に入れてくれるということを必要としている。でも、思い違いをしてはダメ、彼らの関心はお金だけ、たとえ、あなたの次の作品がまずくても、彼らは何千人もの読者に売りつけることができるでしょうよ。そして編集者同様、読者もまた、本屋の棚に並んだ本についてはあれこれ言うでしょうね、でも、ケチはつけないでしょうよ、ほんとうよ。でもね、自分がなすべきことについて、あなたが書くべき本について、ほんのちょっとでいいから、考えてみてちょうだい。あなたは空虚を怖れている、でも、譲歩すべきじゃないわ。

そのことを今こそ考えるべきよ。

翌日、私は原稿を、もとあったトランクの奥に戻した。

私は数日後、編集者に知らせた。彼女は原稿を読ませて、とは言わなかった、驚いたふうもなかった。彼女は、休養をとって、必要な時間をかけるように、と忠告してくれた。

私は原稿のことをフランソワには話さなかったし、その必要も感じなかった、なぜなら、私はすぐに、その原稿を諦めたから。フランソワは旅行をしていないときは、一日中、本を読んで過ごした、読書は彼の仕事の中心にあった。ある意味で、それが私たちを近づけたのだった。私たちは、他の作家たちが書いた小説について何時間も意見を交わすことができた、新しく発見したことや夢中になったことを共有し、意見の不一致点について議論するのが好きだった。しかし、私は単なる読者ではなかった。私は本を書いていた。それについて、彼は判断を下すかもしれなかった。それが、たぶん、私が彼に原稿を見せず、時にはその話をすることさえ拒んだ理由だろう。私は彼が失望するのではないかと怖れていた。彼が私を愛さなくなるのではないかと怖れていた。二年前に、母の自殺についての本の草稿を仕上げた時、私は彼にそれを読ませなかった。彼がそのテキストを目にしたのは、一回目の校正刷がでてきた時だった。

　エクリチュールは、私のもっとも内密な、もっとも孤立した、もっとも保護された領域だった。それは、誰とも共有されない領域でもあった。私の自由地帯、私だけのための禁じられた地帯。バリケードで守られた地帯。地下鉱脈の表面をほんの少しだけ表現した地帯。多くの場合、本を書き始める前に、私は編集者と話し合い、それから長い月日がたって、ようやく私は書き終えた原稿の第一稿を編集者に送るのだ。

　私はいつも、このようにして仕事を進めてきた。

　そのことを、Ｌは、とてもよく理解した、すなわち、エクリチュールは他者が勝手に入ることを禁じられた、閉ざされた領域だということを。しかし、今や、この領域は疑惑と恐怖によって蝕まれ、襲撃されていた、そして孤独は私にとって堪え難いものになっていた。

　私は一人で闘いたかったが、味方を必要としていた。


　数日後、郵便物に返事をしようとしているとき、私はパソコンの前に五〜十分も座っていられなくなったことに気づいた。パソコンを起動させるときに感じていた不安（胸骨のあたりを締めつけられるような不安）に加え、メールをいくつか書くのに必要な時間さえ、画面の前に座っていることが、肉体的にますます辛くなってきた。書くことは戦いになった。本を書くことだけではなく（実は、もはやそれが問題なのではなかった）、ほんの短い文を書くこと、たとえば、友人に返信することも、編集者から転送された依頼に返答することも、ごく日常的な文章を書くために言葉を集めることも、困難になった。私は表現について迷い、文法を疑い、適切な語調を探しても見つけることができなかった。書くことは力の試練となり、私は力不足だった。

　そして、いつも、空白の画面を前に、食道に焼けつくような痛みを感じ、呼吸困難に陥った。


　私は、女性雑誌に近況を書くことを断ったこと、週刊誌から依頼があったコラムを三回も延期したことを、Ｌには言わなかった。

　私は、一年前に引き受けた、モーパッサンの最後の小説への序文の執筆が、〆切に六週間も遅れていることを、Ｌには言わなかった。

　私は、単語を三語として書けなくなったことを、Ｌには言わなかった。

　私の手は震え、鈍く混沌としたパニックが血管のなかで波打っていた。

ある夜、フランソワに同行して、彼の友人の一人が企画した展覧会の内覧会に行くことにした。私にとっては、Lの誕生会に行って以来、久しぶりの外出だった。

私たちは一番乗りした招待客のなかに混じって、アーティストに挨拶し、壁に架けられた写真を眺めた、そのなかに六〇年代に遡る白黒の肖像写真のシリーズがあり、私はとても気に入った。カクテルパーティーが開かれていた。私はその場にいるのがうれしくて、シャンペンのグラスを手に、周囲を見渡した。少し議論をし、グラスを囲んで会話をし、社交性を発揮するべき時が来た。人の輪の中に入るのを躊躇していると(内にこもっていると、言葉の使い方をついには忘れてしまうものらしい)、知り合いの作家とジャーナリストが何人かやって来るのが見えた。少なくとも、挨拶すべき人たちだった。しかし、彼らに挨拶しに前に出るどころか、私は萎縮し、愚かにもパニックに陥って、後ずさりした、まるで、地上二〇メートルの断崖で目眩に襲われ、しっかりした岩肌に身体を押しつけるために、後ずさりするように。私は壁に背中を押しつけた。十五歳の頃、夜になると、目に見えない力が、私を縁や周辺や境界に押しやったように。そう、見つかる危険を冒すより、壁のタピスリーになろう、と。その夜、パーティーで、この同じ力が私を人の輪から追い出したのだ、こんばんは、ご機嫌いかが、と言うことさえできずに。私の頭の中の声が、憤慨していた、愚かなデルフィーヌ、何十回も経験してるだろうに、やり方を知ってるだろうに、シンプルに、自然に、自分らしく振る舞えばいいのに。とんでもない、もう遅すぎる、すべり出しをしくじった、私は漂流していた。遠くで、フランソワが私の方を振り向き、心配そうな視線を送ってきた。

ものの二分もせずに、私は三十年を遡り、ルール通りにプレイすることのできない内気で傲慢な女の子に逆戻りした。

これが、もはや書かずに、もはや書けずに、私が陥っていた状況だった。これが、もし出口が見つからなければ、私を待っていたもの、すなわち、前代未聞の退化だった。

アペリティフやランチ、あるいはディナーを約束したままになっている友人たちに、電話をかけなければならなかったが、もう考えないことにした。普通の時なら、大喜びで会っただろうが、でも、今はご免だ、彼らに何を言えばいいのか？　私はもう、彼らに言うべきことが何もないし、会いたい気持ちもない。私は出だしから道を間違えたのではないか、と自問し、虚無の真ん中で、私は何をしているのだろう、と自問する。私はパンクした作家、これはあまりに紋切り型表現で、あえて口にしたくはない、パンク、そう、残念だけれど、これは悲痛なこと、いいぇ、これは時間の問題でも、成功の問題でもない、そんな問題ではまったくない、あなた方にうまく説明できないのだけれど、それはもっとずっと深く、エクリチュールの根本と、その存在理由そのものに関係があることなのよ、たぶん、私ははじめから間違ったのかもしれない、私はエクリチュールに関しては何もすべきことがない、私は取るべきだった分れ道を取り損なったのかもしれない、別の人生、そう、もっと謙虚で、もっと現実的で、目立たない、別の種類の人生があったのではないか、私はどうしてこんなことを言うのかしら、疲労のため、たぶんそうね、でも、奇妙な粒子が私の頭の中に入り込んで、伝達や接続や欲望が混乱してしまい、前から具合の悪かったこうした類いのものが、今や、突然跳びはねたり、極度の衰弱に陥ったりしやすくなったように、ときどき思えるの、それで、私は一人でいて、しばらく離れていたいの、分かるでしょ、悪く思わないでね、もし、私の近況をお知らせしなくてもいいのであれば、皆さんの近況を知らせていただけると、とてもうれしい、でも、そんなわけにはいかないことは、よく分かっているわ。

ある朝、編集者から電話がかかってきた、モーパッサンの小説『我等の心』がある文学叢書に収録されることになり、私は序文を書くことを引き受けていた。私はその原稿を数週間前に渡していなければならなかったのに、締め切り日を忘れたふりをして、何も連絡をしていなかったのだ。

若い女性編集者は気をもんでいた。本の出版はカタログに予告されていた、いまさら延期することはできなかった、多数の高校教師がこの作品を授業計画のなかにすでに記載していたので、なおさらだった。

電話を切ると、私はパニックに襲われた。序文を書くことは、明らかに私の能力を越えていた。それどころか、私は彼女にメールを書いて、更なる延期を申し入れることも、あるいは執筆を辞退することも、できなかった。しかも、メールボックスには何十通ものメールが返答されずに積み重ねられ、その大部分は開けてもいなかった。

その日の午後、私はある種の最後の気力（何日か前に、瀕死の細胞の最後の気力について書かれた自然科学の記事を読んだので、この表現が頭をよぎったのだろう）をふりしぼった。私は試みずに降伏するわけにはいかなかった、子供だった頃、祖母が見ていたテレビ番組で、一か八かやってみる、という言葉を耳にしたことがあったが、私も、一か八かやってみようと思った。

少なくとも、これを書かなくてはならない。私はこの仕事を引き受けたのだ。もし約束を守らなければ、もし何かを必死になって頑張らなければ、私は何をしたらいいか分からなくなるだろう。

私は小説の内容は知っていた、何回も読んだことがあった、切り抜けられるだろう、切り抜けなければならない。

私は、約束は守ろうと、決意もあらたに、パソコンを起動した。

私は落ちつこうと深呼吸をした、パソコンが立ち上がってアプリケーションやアイコンが表示されるまでのあいだ、平静を装い、無言のカーソルが点滅する白紙のページを前にしても平気な様子をした。私は、編集者がメールで送ってくれていたファイルを開けた、そこには答えるべき質問事項が記されていた。しかし、ページが現れるのを見るや否や、経験したこともない激しい吐き気に襲われた。私は急いでゴミ箱の方に行き、息もつけずに、食べたものを全部吐き出した。離れなければ、私はとっさにそう思った、吐き気をとめるためにキーボードからできるだけ遠くに離れなければ。嫌悪感と吐き気とに身体を二つに折って、ゴミ箱を引っ張りながら、私は浴室まで這って行った。ドアを閉めると、最後にもう一度、洗面台に胆汁を吐きだした。

顔を洗い、歯を磨いて、鏡に映った青白い顔を見た。私は最悪のものを垣間見てきた人のような顔つきをしていた。パソコンを目にし、パソコンについて考えると、頭蓋骨を万力で締めつけられるようだった。

その時、私は、自分が「穴の底」に、奥底に、いるのだと理解した。

それは単なるイマージュではない。私は見たのだ、はっきりと、自分が穴の底に、内側がすべりやすく、よじ登ろうとしても無駄な穴の底に、うずくまっているのを。私は見たのだ、自分が泥土にまみれて穴の底にいるのを——そう、数秒間、恐ろしいほど鮮明に、自分のヴィジョンを——見たのだ。

今となってみると、このヴィジョンは、まさしく予感だった、と考えたくなる。

私は浴室をでると、Lに救いを求めて電話した。私は、他の誰でもなく、彼女に電話した、なぜなら、あの時、彼女は、私に起こったことを理解できる唯一の人物のように思えたからだ。

Lは三〇分後に、私のところにやってきた。

彼女はコートを脱ぎ、お茶を用意し、窓際の肘掛け椅子に私を座らせた。

Lは、私のパソコンのパスワードを尋ねた。

Lは、私の仕事机の、私の席に座った。

Lは言った、まず、たまったメールに答えて、それから例の序文を書くことにしましょう。

Lは、断りの言い訳をしたり、返事を延期したりするために使った外交辞令的な常套表現を、声にだして、私に向かって読み上げげた。彼女の口からでると、すべてはシンプルで、流れるように流暢に聞こえた。

Lは、ここ数週間、近況を知らせてきた知人で、返事をしていなかった人たちにも、この機会に一言、書き送っておいたわ、と言った。それから、私がほったらかしにしていた、アパルトマンの管理組合からの郵便物にも返信してくれた。

いよいよ、序文を書く番になった。

私が書くべきテキストは、質問に答える形式になっていた。復刊される過去の小説について、現代の作家が、どうしてその作品を好きなのか語る、というのが、この叢書の方針だった。Lは、編集者から提案されたおよそ十五項目の質問の大筋を、大きな声で読み上げた、私はそれについて返答を書くことになっていた。彼女は満足そうに見えた。運が良かった、私はテキストについて話をするだけでよい、そうすれば彼女がそれをうまくまとめ上げてくれるだろう。いずれにしろ、彼女はその種のことを仕事にしているのだし、二〜三日のうちに私たちの原稿は出来上がるだろう。

Lは編集者に、少し待ってほしい、と返事のメールを出した。

Lは、翌日またやって来た、そしてその翌日も。

私はLに、どのような理由で、そのモーパッサンの小説が好きなのか、語った。彼女が書き取るあいだ、私は彼女からほど近い、窓際の肘掛け椅子に腰掛けていた。

最終日、Lは、私が目を通せるように、テキストをプリントアウトした後で、万年筆を手にとって、思いついた補足点を記そうとした。

プリントした紙の上に身をかしげ、おそらくテキストを仕上げた安心感から、左利きだと言っていた（私の前では左手で書いていた）Lが、右手で万年筆を持ち、完璧に判読可能な書き込みをしていた。

そう、私は驚くべきだっただろう。

そう、私はLに聞くべきだっただろう、どうして急に、右手で書いているのか、と。

そう、私は彼女に聞くべきだっただろう、どうして私のハーフブーツと同じものを履きはじめたのか、と。

私は彼女に感謝し、理解させるべきだっただろう、私たちは書き終わったのだから、翌日はもう来るには及ばない、と。


その日の夕方、Lがまだ私の家にいるときに、編集者から、序文を受けとった、という連絡があった。原稿は完璧に趣旨にかない、彼女は大喜びだった。

すると私は、女友達に対してしばしばする身振りを、またもやしてしまった、感謝の気持ちから、思わずLを抱きしめたのだ。触れた瞬間、彼女の身体がこわばるのを感じた。Lは抱擁をふりほどいて、感無量に私を見つめた。彼女は、私の手助けができたこと、そして私の負担を軽くすることができたことを、とても喜んでいた、これであなたが大事な仕事にまた集中できるようになるならばね、と。

彼女は、「あなたが大事な仕事にまた集中する」というフレーズを繰り返した。


このような出来事を、それが起こった順序にほぼ沿って再構成し、提示した今、私は意識する、ある種の緯糸があぶりだしインクのように立ち現れてくるのを、日々、支配力を強めていくLのゆっくりとした確実な前進が、透かし模様のように見えてくるのを。私がこの物語を、Lとの関係がどのように進展したか、またそれがどのような被害をもたらしたか、照らし合わせて書いているのは、それ故なのだ。Lとの関係が私をどのような恐怖に突き落としたか、それがどのように暴力的に終息したか、私は知っている。

今では私は、たとえまだ不安定だとしても、再びパソコンの画面に向き合えるようになり（どのような状態かは、また別の話だ）、理解しようと試みる。物ごとの関係や結合を明らかにし、仮説を打ち立てようとしてみる。私はよく意識している、このような先入観によって、読者がLに対してある種の疑惑を抱くようになるだろうと。それは、私が感じなかった疑惑である。私は、驚き、おもしろがり、当惑した。でも、疑惑は感じなかった。疑惑はずっと後になって現れた。遅すぎる頃になってから。

フランソワはドキュメンタリー・フィルムを仕上げるために、再び海外出張へ旅立った、そして私は、孤立状態に陥った。

それは数カ月に及び、いつからいつまでだったか、境界を定めるのは、今となっては難しい。

目安となる出来事が入り混じり、混乱していることを、私は白状しなければならない。そのうえ、手帳からは何も分からない、つまり、ページをめくっても白紙なのだ。書かれていることといえば、ルイーズとポールの帰宅で、名前の頭文字が青インクの万年筆で記されている。それと、週末に何回かパリを離れて子供たちに会いに行ったこと、それは無気力状態から脱して酸素を吸いこむ機会だった。


序文が書き上がり、送付してしまうと、私は、Lが少し片付けをしに家に来るのを受け入れた。彼女は、手紙や請求書が、時には封も開けずに、机の上に積み重なっているのに気づき、支払い期日を心配した。

彼女は私の代わりに、何枚かの小切手や銀行の自動引落しに署名し、各種の郵便物（保険会社、管理組合、銀行……）に返事を書き、それから私がほっておいた請求書を整理した。

Lは各種の依頼文に返事を書くことも引き受けた、その大部分は、出版社の広報担当を介して送られてきた。

私はLがパソコンを起動させ、便箋を取り出し、適当なサイズの封筒を選び、私のメールを整理し、つまり、私の家を自宅のように変えるのを眺めた、すべてはシンプルに見えた。実は、彼女はまた、左手を使ったが、左利きのふりをしているとは思えないほど上手だった、それで、結局、彼女が右手で書いているのを見た日に、私は勘違いをしたのだ、と思ったのだった。

——あなたはね、人生において、人を信頼すると危険になる時期にさしかかっているのよ、と彼女は、ある日の朝、私のパソコンで一時間近くも過ごした後で、宣言した。

——どうして、そんなことを言うの？

——なぜって、あなたの周りに張りめぐらされた罠がよく見えるところに、私がいるからよ。私は、あなたの編集者、友人、家族、知り合いが、今、あなたに何を期待しているか、よく分かるところにいる。そして、彼らが手をださないふりをしながら、どのようにしてあなたをそこに引っ張っていこうとしているか、分かるのよ。

——でも、あの人たちは、おたがいに、たいして関係がないし、私から期待することもたぶん、とても違っていて、相容れないと思うけど。

——さぁ、どうかしらね、デルフィーヌ。みんなは、あなたがあえて危険を冒さずに、作家人生を送れるようにと、励ましている。あなたの本題に戻るように、感受性にとみ心情あふれる題材に戻るようにとね、それが、いわば、文学制作上のあなたのブランドなのよ。

——あなたが何を言っているのか、分からないわ。

——私はただ、あなたの注意を喚起したいだけよ。あなたは外界に接近するやり方に、多少とも分別があることを示すべき時ではないかしら。あなたが近親者だと見なす人々の誰一人として、あなたが何を生きているかについて分かっている者はいない。あなたが友達として選んだと思っている人々の誰一人として、あなたが現在、どのような試練を経験しているか知っている者はいない。誰が心配してくれるっていうの？　つまり、誰が「ほんとうに」心配しているか、ってことよ。

私は相変わらず、彼女が結局何を言いたいのか、分からなかった。

——でも、私を愛している人たちは、心配してくれるでしょ、ともかく、関心をもってはくれるわ、なぜって、私と関わりがあることだからよ。彼らは、道理にかなった範囲で関心をもってくれる、人が、自分の愛する人の人生、その幸せを願っている人の人生に関心を持つのは当然でしょ。

——あら、そう……あなたがそう言うならね。私は違う印象を持ったけど。それだけのこと。呼ばなくても、現れてくれる人はわずかしかいない。私たちの溝の柔らかい泥土のなかに私たちが打ち立てた障害物を、乗り越えられる人はわずかしかいない。私たちがほんとうにいるところに、私たちを探しに来てくれる人はわずかしかいない。こんなこと言うのは、あなたは私と似ているからよ。デルフィーヌ、あなたは救いを求めるタイプじゃない。せいぜい、後になって、会話のついでにでも、自分は困難な時期を過したところだ、と言うくらいでしょうね。でも、いままさに、あなたが落ち込んでいるさなかに、溺れているさなかに、助けを求めることはけっしてなかった、私は確信してるわ。

——そんなことないわ、助けてもらうわよ。今日だって、そう。具体的なことで、私を手助けしてくれそうな人に頼んでる。そういうことは、私はすでに学習ずみよ。

——でも、ほんとうの友達なら、呼ばなくても助けに来てくれる、そう思わない？

——「ほんとうの友達」って、どういうことかよく分からないわ、人は友達か、友達じゃないかのどちらかよ。友達なら、時には障害物を力づくで乗り越えるでしょうし、時には難しいこともあるかもしれない。

――でも、あなたの友達で、障害物を力づくで乗り越えて、ちょうどよい時に、許可もなく、助けに来てくれた人はいる？

――もちろんよ。何回もあったわ。

――たとえば？

――さぁ、たくさんあって……

――一つだけでいいから、話してよ。

――そうね、たとえば、子供たちの父親と私が別れたとき、もう今では昔のことだけど、私、奇妙な時期を経験したの。引越してから、気がつかないうちに、だんだんひどくなっていった。徐々に、友達に電話しなくなり、近況を聞かなくなり、何日も何週間もそのままにしていたわ、自分の苦しみに縮こまっていた、冬眠していた、身を潜めて脱皮しようとしていた、よく分からないけど、それまで経験したことがない無関心さで、子供たち以外はどうでもよかった。もう何をする気力もなかった。それが数カ月続いたの。女友達の大部分は連絡をくれたり、電話をかけてきたり、遠くにいても気にかけてくれた。三月のある金曜の夜、二〇時頃、ルイーズとポールが彼らの父親の家に出かけて行ったすぐ後で、ベルが鳴ったの。ドアを開けると、クロエとジュリーが階段の踊り場にいて、ローソクが灯った誕生日のケーキを持っていた。彼女たちは階段で歌いだし、私はローソクの光で照らされた二人の笑顔を見た、その笑顔は、こう言ってたわ、私たち、来ちゃった、あなたが落ち込んでるみたいだから。私は泣きそうなほど、とっても感動したわ。私が驚いたのは、今、話していても驚くのだけど、そのケーキ。ピカールでタルトを買ってもよかったし、うちの近くの店でもよかったのに、そうじゃなかったの。何百キロも離れたところで、素敵な糖衣に包まれたアーモンドケーキを特別注文してくれたの、箱に入ったケーキを、彼女たちは慎重に持ち運び、ローソクとライターもあらかじめ準備して（二人とも煙草は吸わないから）、同じTGVの同じ車両に乗り合わせるように計画して（一人はナント、もう一人はアンジェから来たのよ）、それから地下鉄に乗り、週末の旅行バッグを抱えて、階段を上って来たってわけ。踊り場につくと、ケーキを取り出し、ローソクを灯して、ベルを鳴らした。えぇ、びっくり仰天よ、誕生日に彼女たちがドアをノックするなんて、しかも特別あつらえのケーキを持って。それで、人生にはいつだって優しさがあるんだと思って、生きる力、生きる喜びを与えられたわ。

　それから数年たって、母が亡くなった時、あなたにも話したことがある、幼友達のタッドとサンドラが、遠方に住んでいるのに、パリまで列車でやって来た。二人とも休暇を取って、お悔やみを述べるために、私を助け、寄り添ってくれるために、来てくれたのよ。

Lは、注意深く、一言も口を挟まずに、私の話を聴いていた。

——感動的なお話ね。でも、それは前のことでしょ。

——前って、何の前？

——今、起こっていることの前よ。

彼女は視線をぐるっと回したが、その目は特に何も表してはいなかった、私は彼女にはっきりとその意味を尋ねることはしなかった、彼女は聞こえなかったふりをした。

——今、考えなきゃいけないのは、金曜の夜に、あなたが頼まなくても、誰がドアをノックしに来てくれるか、ってことよ。あなたの考えでは、あなたの女友達のうちの誰が、だしぬけに訪ねてくれると思う？

——でも、今は事情が違うわ、フランソワがいるもの。

——どこに？

私はその皮肉に、気づかないふりをした。

——私の人生に。私の女友達はそのことを知っている、彼女たちは私が彼を頼りにしていることを知っているわ。

——いいわ、分かったわ、私は違うと思うけど。いったい誰が、あなたのことを、あなた自身から守ってくれるか、私には確信がもてない、あなたもよく分かっているでしょ。でも、まぁ、いいわ。実際は、結局のところ、たぶん誰もあなたの沈黙をたいして心配していない、ってことよね。

私は、この会話を卑怯で残酷だと感じ、続ける気がまったくしなかった。私は、Lの友人たちが、彼女の誕生日に電話をしてこなかったばかりか、彼女が招待しても来もしなかったことを思い出させるようなことをあえてしただろうか？　Lがとても孤独な、自分の周りに大きな空虚をうがった人の様子をしている、とあえて彼女に言ったりしただろうか？

私はLの辛辣さは、彼女自身の孤独から来ていると考えて、悲しくなった。私は彼女を恨むことはできなかった。Lは夫を亡くした。何か重大なことが彼女の人生に起こり、ほとんどの友人たちから彼女を孤立させた。Lは私に、私に属していないものを投影していた。でも、彼女流のやり方で、私を助けたいと思っていた。

正午になろうとしていた。Lは、昼食の約束があると言った。

彼女は、少し外出した方がいいわ、紙粘土みたいな顔色をしてるわよ、と私に忠告して、去っていった。

私があのような事態を覚悟しなければならなかったの

は、わずか数日後のことだ、Lは正しかった。フランソワと子供たち以外に、長いこと、誰も手紙も電話もしてこなかった。

これまで記してきたことが、Lがいかにして、私の同意のもと、じわじわと呪いをかけるように、私の人生に介入してきたか、その経緯である。

私はいったい、どんな裂け目があって、これほど脆くなったのか、これほど影響を受けやすくなったのか、しばしば嘆息した。

私は匿名の手紙を受け取ったが、それは次第に暴力的になっていった。

子供たちは家をでて、他の場所で、将来の人生を築きはじめていた。

私の愛する男性は、仕事と旅行、私がぜひ引き受けるよう励ました多くのプロジェクトで、忙しかった。私たちはこうした生き方を選択したが、それは他の強迫観念に取り憑かれたり、熱情に駆られたりする余地を残していた。でも、私たちは世間知らずだったからか、過度の信頼感を持っていたためか、自分たちは恋愛の誘惑に負けることはないと信じていた。

大人になると、友情は相互の認識と暗黙の了解の上に、共通の領域に築かれる。しかし、私たちは、自分のなかに何か微小な形で、萌芽的ないし邪魔なものとしてしか存在しないものを、他者のなかに探し求めるように思われる。かくして、私たちは、自分が目指してもできない存在の仕方をしてきた人たちと、付き合う傾向があるのだろう。

私は、女友達のひとりひとりについて、彼女たちの何に感嘆しているのか、分かっている。私は、ひとりひとりについて、私自身は持っていないか、持っていてもごくわずかなのに、彼女たちが内に持っているものを、挙げることができるだろう。

Lは、おそらく、私の目には、自信、熟慮、確信の一つの形を体現していたが、それは自分には欠けていると感じていたものだった。

Lは、午後になると、ほとんどいつもやって来た。

Lは誰よりも、私の気分を、私の気がかりを見抜き、私に関する出来事を前もって知っているように思えた。彼女は他の女友達の誰もがけっして持たなかった支配力を、私の上に及ぼした。

Lはすべてを覚えていた。最初に会ったときから、取るに足らない逸話、詳細、日付、場所、話のついでに言及された名前など、すべて記録していた。私たちが会った後はすぐに、ノートを取るのではないかと思ったほどだった。今では、それは彼女の第二の本性、強迫的記憶症とも呼ぶべき症状だということを、私は知っている。

Lは実際、私がどれほど大きな困難に直面していたかを判断できる、唯一の人物のように思われた。それは大して重要な問題とは見えないかもしれない――私が本を書けるか否かが、世界の動向を変えたりはしないだろう――、しかし、Lは、私にとっては大問題だということを理解していた。

Lは私にとって、必要でかけがえのない人物になった。彼女はそこにいた。たぶん、私はそれを必要としていた、誰かが私に、私だけに、関心を持ってくれることを。私たちはみな、この気違いじみた欲望を内に秘めているのではないだろうか？　私たちが時としてあまりにも幼いうちに諦めなければならなかった、子供時代に遡るあの欲望。大人になれば、自己中心的で、行き過ぎで、危険だと知ることになる、あの欲望。ところが、私たちはその欲望に負けてしまうことがあるのだ。

Lは、おそらく、私が意識していなかった空虚を埋め、名づけがたい恐怖をなだめに来てくれたのだ。

Lは、私が押し隠し、修復したと思っていたものを、再び浮きあがらせたのだ。

Lは、私たちのそれぞれのなかに残っている、慰められたいという癒しがたい欲望を、満たしてくれるように思えた。

　私は新しい女友達を必要としていなかった。しかし、会話を重ねるにつれ、また彼女がつねに私に注意を向けてくれるなかで、私は結局、Lだけが私を理解できると信じてしまった。

　ある日、Lは早朝に電話をかけてきた。彼女の声は、いつもほど平静ではなかった、少し息切れしているようだった。私が心配すると、彼女は、たいしたことじゃないけれど、実はちょっとした心配事があり、私に頼みたいことがある、という。新しいアパルトマンが見つかるまで、二〜三週間、泊めてもらえないかしら、と。

　Lは、次の月曜日に我が家に押しかけてきた。二十歳くらいの若者を同伴していた。背が高く、まつげが長く、動作は若さ特有の無頓着さで、いつまでも見ていたい気持ちにさせる。彼は美青年だった。

　彼はLの家で彼女と落ち合い、彼女が持ってこようと選んでおいた四つの大きなスーツケースを運搬する手伝いをした。到着するや否や、彼はまたすぐに階段を下りて、下に置いてあるスーツケースを運びに行った。踊り場にスーツケースを置くと、またもや階段を下りて、Lの車のなかに残っていたいくつかのバッグを運んできた。私は七階に住んでいて、エレベーターがついていないのだが、青年は大儀そうにも見えなかった。

　荷物の数の多さから見て、Lは気前よくはずんだのだろう、と私は想像した。彼女がワードローブの一部を残して引越するとは考えにくかった、彼女はたぶん、仕事ができるように、いくつかの資料は自分で持って来たのだろう。

　青年が三回目に上って来たとき、私は彼にコーヒーを勧めた。彼はLの方を振り向いて同意を求めたが、彼女は彼の目のなかに含まれていた質問に、気づかないふりをした。青年は、辞退した。

ドアが閉まると、私はLに、彼は誰なの、と尋ねた。彼女は笑った。それが何の重要性があるの？　何も、ただの好奇心よ、と私は答えた、女友達の息子よ、とLは言った。彼女は名前を言わなかった、彼にお礼も述べず、挨拶もろくにしなかった。

私はLをポールの部屋に泊めるつもりだった。最初に訪ねて来たとき、彼女が壁の色をとても気に入っていたことを、私は覚えていた。私はLが荷物をほどくのを待った。私は、いくつかの引き出しと衣装戸棚の一部を空にして、彼女が荷物を整理できるようにした。ベッドを作り、机を片付けておいた。彼女はすぐに、携帯用のパソコンを机上に置いた。編集者が求める期限までに女優の伝記を仕上げるには、あまり時間が残されていなかった。彼女が新しいアパルトマンをすぐに探すのが難しいのは、それ故だった。でも、彼女がなぜ、それほど急いで今のアパルトマンを出なくてはならないのか、その理由はまったく分からなかった。

まもなく、Lがほとんどすべての持ち物を我が家に持ってきたことが分かった。例外は四～五個の段ボール箱で、彼女はそれを隣人の地下室に置かせてもらえたのだった。Lは、家具はまったく所持していなかった、夫の死後、すべて売り払ったのだと言う（彼女は何度も「すべて」を繰り返し、この決定を免れたものはないことを強調した）。それ以来、彼女は家具つきアパルトマンを借りることにした。彼女は物持ちになりたくなかったし、ましてや金持ちにもなりたくなかった。その代わり、衣装持ちだった。ええ、たくさん持っているわ、彼女はよろこんで認めた。

Lが我が家で過ごした最初の数週間のことは、あまり覚えていない。

それはおそらく、彼女が執筆中だった仕事で多忙をきわめ、部屋にこもりがちだったからだろう。私はドア越しに、彼女が何度も繰り返してインタヴューの録音を聞いているのを耳にした。その未加工の、はっきりしない、時には不明確な素材から、彼女は文章を組み立てた。一つのフレーズで止まり、逆戻りし、また聞き直す。同じ箇所を十回も聞いたかもしれない、あたかも、言葉の彼方に、表現できないもの、察知しなければならないものを、とらえようとするかのように。ティーポットに熱い湯をいれると、彼女は四～五時間も部屋を出ず、何ものにも邪魔されずに、沈黙のなかに立てこもった。肘掛け椅子を床の上で動かす音も、脚のしびれを取るために歩く音も、咳をする音も、窓を開ける音も、聞こえなかった。彼女の集中力には、私を強く印象づけられた。

私はLとの共同生活で、また仕事を始められるようになるかもしれない、と期待した。

ある程度の孤独を守りながら、隣り合って仕事をする方が、やりやすそうに見えることがしばしばあった。私は、ほどよい距離に誰かがいて、同じようなポジションで、同じ努力をしている、というのが好きなのだ。学生だった頃、図書館で何時間も過ごしたのは、それ故だ。

しかし、Lが机にかじりついて仕事をしているのに、私の方は相変わらず堂々巡りから抜けでられなかった。

今となっては、私はあの頃、何をしていたのか分からない、時間は何ということなく、不都合もなく過ぎていった、しかし、何も生まれなかった。

午前中に、私は、Lと私のためにサラダかパスタを用意した。

一三時頃、彼女に声をかけて、私たちはキッチンの小さなテーブルに向き合って座り、簡単な昼食をとった。

それから私は、長くて孤独な散歩にでかけた。Lが引越してきた日にプレゼントしてくれた大きなオレンジ色のマフラーをして、歩いた。私はもう書くことができない本のことを夢想した。そうして日が暮れるまで外を歩き回った。この彷徨からの帰り道、私はいつも、ルイーズとポールが子供だった頃に連れて行った小さな公園を横切った。遊び場に人の気配がなくなるころに、すべり台やシーソーの前にじっとたたずんだ、私は幼かった頃の子供たちの顔を探した、彼らの笑い声、彼らの靴の下で鳴る砂の音を探した、私は彼らの帽子の色を、ちょこちょこしたおぼつかない歩き方を、思い出した。ここで起こったことは、もう戻って来ない。

夜になると、ときどき、Lが電話しているのが聞こえた。かなり長い会話で、声は聞こえたが、内容は分からなかった。彼女が大口を開けて笑っているのが聞こえることもあった。彼女の携帯が鳴ったり、振動したりするのを聞いたことがなかったので、Lは一人でしゃべっているのではないか、と思ったことを思い出す。

我が家に落ち着くと、Lはすべてを引き受けてくれるようになった――郵便物、申告書、会費など、一言で言えば、パソコンを起動させたり、万年筆を持ったりする必要があることを。それは私には困難きわまりなく思えることだったが、彼女はほんの数分で片付けた。

Lが私の代わりにさまざまな郵便物に返事をしたときは、その日の夜に、簡単な報告をしてくれた、たとえば、

「私たち」はこれこれには否と答えた、「私たち」はあれについては猶予してもらった、「私たち」は『女性たちのパリ《ル・パリ・デ・ファム》』（マチュラン劇場で、複数の女性作家による短い芝居がオムニバス形式で上演された）のために短い芝居を執筆するのを翌年に延期してもらった、などなど。

Lは、私の気力喪失を取り繕った。私は何も執筆できず、ものの三分も万年筆を持っていられなかったが、でも、結局、うまく切り抜けた。「私たち」は、立ち向かったのだ。

Lが買物や仕事の約束で出かけたとき、私は彼女の部屋に入らずにはいられなかった。数秒間で、私は部屋を一瞥した——椅子の上に置かれた洋服、ヒーターの下に並べられた靴、そのままにされた仕事。この、おそらく私の生涯最大の不謹慎行為、この行為のうちで、私の興味をもっとも引いたのは、鉛筆で修正され消しゴムのくずにまみれた草稿が、仕事机の上に広げられていたことだ、私は、読まずに、その上を手でなぞった。そして、紙の上に残された、紅茶茶碗の茶色い丸いシミ。

私は眺めた、彼女が占領したこの空間を、進行中の仕事の明らかな痕跡を、メモ、付箋、プリントアウトを修正した紙片、そのすべてが、私に近しいどころか、私の知らない世界に、私には禁じられた世界に、属しているように思われた。

この頃からだ、私が「本棚の儀式」と名づけることになる、ある行為に、Lが取りかかるようになったのは。週に何回か、日が暮れると、Lは居間の書棚の本を調べることに何分間かをついやしたのだ。大部分の人がするように、本の背を上の空で、ざっと眺めるだけでは満足しなかった。時間をかけて各列を詳しく調べ、本を取り出して触ってみることもあった。彼女は、ある時は、さもありなんと、満足そうに顔をなごませ、また、ある時は、見るからに不満げに眉をひそめた。そして、いつも、あなたは全部読んだの？　と尋ねるのだった。えぇ、ほとんど全部、何冊かを除いてはね、と私は繰り返した。するとLは、本から本へと指をすべらせ、大きな声で題名を読み上げるのだった、私には意味が分からない壮大で壮麗なフレーズを一挙に読み上げるかのように。私は読んだろうか？　宣告、冬の夜ひとりの旅人が、完全な幸福、海辺、一日もなく、凍てついた女、こだまする部屋、少年たちの夢、小鳥たちの生活、断崖、昨日、その後、今では、あなたは私をどう思うか、急回転、恩恵と結末、孤独の発明、私に愛を語って、まるで天国みたい、私たちのために祈って、思い出、砕け散るもの、私は愛していた、私が愛したもの、叫び、身体、金曜の夜、凧、暴力の源、非家族、散歩、切れ端、写真について、回想録、姉妹、幕間、ちっぽけな生命、夜のロンド、私の少年、他人の肌、父親との類似点、知っていた女たち、ジョゼフィーヌ、セクシャルな夜、冒頭、欠落部分、死の拳骨、降る前の雨、物音のあいだ、敵対者、冷淡な目、調書、飛翔、未来、赤いノート、代わりの人、感受性過剰、毒物、子供時代、まりあのあれこれ、遠い肌の思い出。

デルフィーヌ
おまえから返事がないのは、どれほどおまえが恥じいっているかのいい証拠だ。あたりまえだ。
おまえは醜悪だ。おまえの服装、おまえの立ち居振る舞い、それを見るだけでいい、おまえのしぐさを眺め、おまえの陰険な視線を見るだけで十分だ。何も目新しいことではない。みんな知っている、おまえのなかに何か調子が狂ったところがあるってことは。それは顔の真ん中の鼻のように一目瞭然だ、しかも何ら解決していない。おまえは最低のバカ女だ。
マーケティングの面では申し分ない、まったく驚きだ。包装については、抜け目なくやっている。おまえはまず、母親を売りにだし、次に文学好きな司会者といっしょに外にでて販売促進を行う、脱帽だ、まさにそうすべきだった。気の毒なのはあいつだ、おまえのような女とくっついているからには、大きな性的問題があるに違いない。おまえは、あいつが自分のことを愛していると思っているのか？　あいつのような男が、おまえのような女を愛せると思うのか？　あいつがおまえを捨てたときが、見ものだな、きっとおまえはそれを本にするに違いない。おまえはそれが得意だから、さぞかし、いかがわしい本だろうよ。私の電話番号をあいつに教えるがいい、面白いことを二〜三、話してやろう。

　おまえは周囲の者を苦しめ、多くの被害を撒き散らした。

　どうしてだか分かるかい？

　それは、人々が印刷されたものを信じるからだ。それが本当のことだと思うからだ。

　まったくもって迷惑千万だ。


　私は、タイプされた手紙を封筒に戻し、今まで受け取った手紙といっしょに片付けた。私は電話でフランソワと話した、詳細は語らずに、また新たに手紙を受け取ったこと、それは前のものよりさらに暴力的であることを話した。私は彼を心配させないように言った、たいしたことないの、もうすぐ終わるわよ。

　私は、即座にこの話をLにしたとは思わない。


　二〜三日後のある朝、私は起きて、服を着て、コーヒーを用意し、そして突然、何の理由もなく泣きだした。Lは私の目の前にいた、彼女の顔にパニックの表情が表れたのが、一瞬、見えた。私は立ち上がると、自分の部屋に逃れ、何分も泣いた、涙を止めることができなかった。

　手紙は私の身体に、毒のように沁み込んだ。最初の手紙からずっと。手紙は毒を解き放った、じわじわと拡がるように考えられた毒、免疫の垣根をすべて乗り越えることができる毒。

　私が部屋から出て行くと、Lはティッシュペーパーの包みを差しだした。彼女はお茶を用意していた。気の毒そうに、私の腕に手をのせた。

　私が落ち着くと、手紙を見せて、と頼んだ。彼女は唇をとがらせて、手紙を前のものから順番に読み直した。彼女は便箋を注意深く調べた、まるで、それが彼女に答えをもたらすかのように、手紙を書いた人物が誰かを明かすわずかな痕跡を探るかのように。宛先の住所は、手紙と同様にタイプで打たれていた、手紙はごく普通の封筒に入れられ、パリの異なる界隈から投函されていた。他には何も分からなかった。

　Lは、私に落ち着くように、深刻にならないように、と言葉をかけた。私をたしなめるように。あなたはすべてを混同したり、すべてを文字通りに取ったりすべきではないわ、と。Lは、あの本が出版されてから、一族の多くの人々から寄せられた愛情あふれるメッセージを、私に想い起こさせた。本が出版されたことは、彼らにとって容易に受け入れられることではなかったが、彼らは理解してくれたのだ。本は家族の愛情を危うくしたりはしなかった。場合によっては、愛情を強固にさえしたかもしれない。もちろん、手紙を書いた者は、近親者の誰かに違いなかった。昔から、本が出る前から、私を恨んでいた者。憎しみと怒りを反芻し、それを解き放つ機会を見つけた者。

Lはそれを悲しむべきこととは見なさなかった。それどころか、むしろいいことだと見なした。私の本は何かを挑発した、あの暴力を表現するのを可能にした。以前から存在していた暴力を表現させたのだ。それこそ文学の使命、積極的な使命であり、それでいいのだ。文学が実人生に結果をもたらしたとすれば、文学が怒りや軽蔑や嫉妬をかき立てたとすれば、そう、それはよい知らせなのだ。何かが起こっている。私たちは問題の核心にいる。手紙は私を本質的なことに立ち戻らせるに違いない。

Lは、家庭や家族関係の暴力を文学的インスピレーションの源泉と信じていた。彼女はこの理論を何度も私の前で展開した。家庭内暴力は、潜在的なものであれ、表面に現れたものであれ、創作の必要条件の一つなのだ。それが彼女の出発点だった。

手紙は私を傷つけた。彼女はそれを見て、気の毒がった。彼女はそのことを理解した。これらの手紙は陰険なやり方で私を蝕んでいった、なぜなら、それは子供時代の私のみならず、大人になってからの私をもねらっていたから。なぜなら、それは私を有罪だと糾弾していたから。そして私に暴力の根源を想い起こさせたから。

Lは、黙って最後の手紙を読み返し、それから言葉をついだ。

――えぇ、人々は書かれたことを信じる、ありがたいことにね。人々は知っている、文学のみが真実に到達することを可能にするのだと。人々は知っている、自己について書くことが、どれほどの苦痛を引き起こすかを。彼らは本当のことと、そうではないことを、見分けることができる。そうよ、「人々」は、あなたの友人が言うように、真実を求めているのよ。彼らは、それが本当に起こったのかを知りたがる。人々は、もはやフィクションを信じない、そして、いいこと、彼らはフィクションを警戒さえしているのよ。彼らは、実例や証言を信じる。あなたの周りを見てごらんなさい。作家たちは三面記事に飛びつき、自己観察を重ね、ドキュメンタリー的な物語を手がける、彼らはスポーツ選手、与太者、女性歌手、女王や王に関心を持つ、彼らは一族のルーツを探求する。どうしてだと思う？　それは、こうした題材は、唯一、価値があるからよ。どうして、後戻りするの？　あなたは戦いを間違えるべきではない。あなたは逃げだし、フィクションに戻ろうとしている、あなたの幻の本を書くことを拒否するためにね。そうよ、悪いけど、繰り返させてもらうわ、でも、これを話したのはあなたよ、私は何もでっち上げてはいない。それに、この表現は、まさしくあなたが使ったもの、私はインタヴューを読み返したわ、あなたは自分自身で見たらいい、インターネットで簡単に見つかるから。あなたに手紙を書いた人物は、実は、あなたが仕事を再開することを怖れている。これらの手紙は、あなたの目を開かせ、電気ショックを与えるに違いない、それは、あなたを待っているものに立ち向かう力と勇気を取り戻すために、あなたが必要としているものなのよ。エクリチュールは、戦いのスポーツよ。それはリスクをともなう、それは傷つきやすくする。そうじゃなければ、エクリチュールに価値はない。あなたは危険に身をさらすことができる、なぜって、私がここにいるのだから。私はここにいる、デルフィーヌ、あなたをほっとかない。あなたの側にいるわ、いつまでも必要なかぎり、私を信頼してちょうだい。けっして誰にも、あなたに手だしさせたりしないから。

いったん、独白のスイッチが入ると、Lはどんな理屈も耳に入らなかった。私は一言も発せず、彼女の言うことを聞いていた。彼女が終わるのを待って、私は返答した。またもや、彼女があのご執心の問題を持ちだすのを見て、私は、ほっと息をぬかずにはいられなかった。私は、疲れた子供に向かって、その子が怒りださないように気をつけながら話すように、優しく話した。

――そう、ほんとうね、あなたの言う通り。覚えているわ。私は、あの隠された本、私がいつか、たぶん書くだろう本について、話したことがあるわ。いつか、その本に、どのような形かは分からないけれど、戻る可能性は排除しない。でも、それは、今ではないの。私の仕事は、私を他のところへ連れて行った。私は……

Lは、私をさえぎった。

――どこに？　あなたをどこに連れて行ったっていうの？　私が見るかぎり、今のところ、どこにも連れて行ってないわ。

私は答えなかった。彼女の言う通りだった。

事実は、彼女がそこにいたことだ。彼女だけが、ほんとうに、そこにいた。

その日の夜か、あるいは翌日の夜のことだったと思う、Lは私が窒息するのを防いでくれたのだ。その後、私たちはしばしば、このエピソードを「Lが私の命を助けた夜」として思い出した。このフレーズの大げさな物言いとドラマチックなトーンが、まるで低級なフィクションか、私たちの友情の擬・叙事詩的なエピソードのようで、私たちは気にいった。ところで、実際、私たちは、彼女も私も、分かっていた、Lが私の命を救ったこと、それは、まさしく起こったことだ、と。

私たちは二人でキッチンにいて、夕食の準備をしていた、そのとき、私は塩味をつけたアーモンドを丸ごと飲み込んでしまった。これまでも誤嚥したことはあったけれど、これほどひどい誤嚥はかつてなかった。そのアーモンドはとりわけ大きく、私はそれが食道を降りていくのを感じた、喉は驚愕してぜいぜいと喘ぎ、息ができなくなった。咳をしようとし、それから話そうとしたが、声を立てることも、わずかな息をつくこともできず、まるで、蛇口が一ひねりで閉まったようだった。私はLを見た、その目から、一瞬、彼女は悪い冗談かと思ったが、すぐに何が起こったかを理解したことが読みとれた。彼女は私の背中を三~四回、叩いたが、効果がなく、次に、私の背後にピッタリとくっついて、両腕を私の腹部にまわし、私の胃の上を彼女の拳でドンと強く圧迫した。二度目に、アーモンドは吐き出され、息をつくことができた。私は二~三分間、咳をし続けた。喉は焼けるようで、突然、吐き気に襲われた。痛みと安堵で、目からは涙が流れた。徐々に呼吸が戻ると、私は床にこぼれたアーモンドを拾い集めた。

Lは、私のことを注意深く眺め、すべてが元どおりに戻ったことを確認した。

いっときして、私たちは笑いだし、それは次第に大笑いになった。それから、Lは初めて、私のことを抱きしめた。そのとき、私は彼女の身体が震えているのを感じ、彼女も私と同じくらい怖れていたのだと分かった。

しばらくして、Lは、救急救命法の修了証書を持っているけれど、これまでハイムリッヒ法を実際に行う機会はなかったわ、と言った。それは七〇年代にアメリカ人医師によって開発された、気道から異物を除去する応急措置法で、普通はマネキンを使って学習するのだという。その研修は、Lのお気に入りだったのだ。

その後、数日間、私は何度か悪夢にうなされた。ある夜、私は自分の叫び声で目を覚ました、それは思春期に、誰かにクッションを押しつけられて窒息させられそうになったり、脚を銃撃されたりした夢を見たときに発した、夜を引き裂くような叫び声だった。

手紙を受け取って以来、夜になると、引き裂かれた紙、焼かれた本、引きちぎられたページ、などが出現した。怒りや憤りの言葉が私の部屋のなかで突如として湧き上がり、不穏な気配が私を乱暴に眠りから引き離した。私はまた思い出す、常軌を逸した筆舌に尽くしがたい残酷な笑い声が、夜、私を目覚めさせ、私が目を大きく開けているのに、数分間、消えなかったことを。

私はベッドに座り、汗をびっしょりかいて、こうしたことすべては現実だと思い込んだ。私は明かりを点けて、部屋のなじみの品々を見出し、ようやく心臓がドキドキするのを鎮めることができた。私はそれから物音を立てないように起き上がり、裸足で寄せ木張りの床を歩き、それからタイルの上を歩き、顔を水で洗ったり、あるいはハーブティーを用意したりした。そしてキッチンに一～二時間座って悪夢が消え去るのを待ち、それからまた眠りについた。

この頃のことだと思う、私は、ルイーズとポールが残していった子供の頃の絵本を、すべて読み直したのだ。何度も、絵本を地下の倉庫にしまおうかと考えたことがあったが、私たちの誰も、そうする決心がつかず、今や子供たちは二十歳になったのに、絵本は相変わらず彼らの部屋においてあった。夜中に、私は慎重にページをめくり、子供たちが幼い頃に親しんだデッサンや、私が何度も声を上げて読み聞かせた文章を、幸せな気持ちで見出した。絵本が記憶を呼び覚ます力には、驚くべきものがある。物語のそれぞれが、就寝前の貴重な時間を、私の身体にぴったりとくっついた子供たちの小さな身体の感触や彼らのパジャマの柔らかさを、よみがえらせた。私はそれぞれのフレーズを読むときの抑揚を、彼らが気にいって、十回、二十回と繰り返さなければならなかった言葉を、反芻した。こうしたことすべてが、無傷のまま、ありありと記憶の表面に立ちのぼってきたのだった。

ほとんど毎夜、朝の四時、五時まで、私はクマやウサギ、ドラゴンや青い犬、音楽家の牝牛の物語を読み返した。

私は思い出す、ある夜、Lが目を覚まし、キッチンで私を見つけたことを。私は、ルイーズが大好きだったフィリップ・コランタンの絵本を、夢中で読んでいた。それは図書館の上に住み、本を食べているネズミの家族の物語だった。本を食べるなんて、とルイーズは大喜び、とくに主人公が従兄弟といっしょに探検旅行に行こうとしているときに、母親が息子にだした注文が、大のお気に入りだった、「ピノキオの本のページを二枚、もってきておくれ。お父さんは、そのサラダが大好物だからね!」ルイーズの子供っぽい笑い声がよみがえった。私はこのフレーズを暗記していた、おそらく、私は微笑みを浮かべて、そのくだりを口ずさんでいたのだろう、そのとき、Lが私に近づいてきた。彼女はやかんに水を入れ、戸棚からハーブティーのティーバッグを取りだし、腰を下ろした。彼女は絵本を指先でパラパラとめくり、遠ざけて手にもって(図案化され、着色されていたとはいえ、それは彼女が苦手なネズミだった)、こう尋ねた。

——あなたの考えでは、これは何のアレゴリーだと思う?

私は彼女が何を言いたいのかと、戸惑った。彼女は続けた。

——まるで、ただの紙切れみたいに、本を食べるネズミ、それって、フィクションの死を、少なくとも、その昔ながらの役割の死を意味する一つの方法だと、そう思わない?

——そんな、まったく関係ないでしょ、と私は答えた。それは全然、本の主題じゃないわ! たとえメッセージがあるとしても、そんなこととはまったく関係ないわ。

——あら、そう、じゃ、あなたは本のメッセージは何だと思うの?

Lは、懐かしい思い出の時間を台無しにし、そして私は苛立ちを隠せなかった。そのうえ朝の三時に、三歳から六歳の子供向けの絵本、フィリップ・コランタンの『恐怖のピピオリ』の隠された意味について論じる気はしなかった。

私は立ち上がろうとしたが、Lは私を抑えた。

——あなたは、状況《コンテキスト》を理解するのを拒んでいる。いつも同じよ、デルフィーヌ、あなたは物ごとを全体のなかで考えるのを拒み、自分の関心がある細部ばかりを見て、それだけで満足しているのよ。

私は攻撃されているように感じた。私はもっとも狭量なやり方で反撃し、こんな愚問を口にし、その途端、恥ずかしさに自己嫌悪した。

——じゃ、お聞きしますけど、状況というなら、あなたこそ、アパルトマン探しはどうなってるの?

これは私たちの関係に致命的だったばかりでない、彼女が出ていくことなど、私は毛頭、望んでいなかったのだ。

――私がお邪魔だと言うなら、一言、言ってくれさえすれば、すぐに出て行くわ。

彼女は立ち上がり、茶碗を食洗機のなかに入れ、砂糖を戸棚にしまった、彼女の動作は粗暴で、怒りをあらわにしていた。

私は、彼女にあんな愚かなことを言ったことに呆然とし、座ったままだった。彼女は今や、私の椅子の側に立ち、私の方に身を屈めた。

――私を見て、デルフィーヌ。私は二度、同じことは言わない。あなたの一言だけで、私は姿を消すわ。夜が明ける前にね。一言だけで結構、そうすれば、あなたは金輪際、私の噂を耳にしなくなる。

私は、あやうく神経質な笑いを爆発させそうになった。あなた、ニューヨークの俳優養成所《アクターズ・スタジオ》で、アル・パチーノかマーロン・ブランドに演技の指導を受けたの？　と聞きそうになった。彼女の言葉は脅迫じみていて、無視できなかった。私は面倒を避けようと思った。

――ごめんなさい、あんなこと言うつもりじゃなかった、バカげてるわ。分かっているでしょ、ここに好きなだけいて構わないのよ。

Ｌは私の隣にまた座った。彼女は息を深く吸い込んだ。

――私、原稿を仕上げたら、すぐさまアパルトマン探しを始めるから。ご心配なく。

私たちは、この会話について、二度と蒸し返さなかった。

数日後、Ｌが女優の本を書き上げると、私たちはロゼのシャンパンで祝杯をあげた。Ｌは期限内に原稿を渡し、編集者は彼女の仕事を称賛し、女優は大喜びだった。

その夜、Ｌは他愛ない著者気取りを、私の前で披露した。彼女は、いつも、他の人になり代わって書き上げた本の最後に、「完」（FIN）という文字を書き、そこに星印（一種の星《アステリスク》印にはちがいないのだが、参照すべき注*はない）を付け加え、「完」（FIN*）としていた。彼女は、本の末尾の「完」にこの印が付記されるべきことを、わざわざ契約書に記載させていた。それは彼女の足跡であり、彼女の商標であり、自分だけに分かる署名のようなものだった。

私はそれを流行遅れだと思った、今では、本の最後に「完」という文字が記されることは滅多にない。私は、ちょっぴり彼女をからかった。

――終わり、だということは一目瞭然よ、だって、もうページがないんだから！　と私は冗談めかして言った。

――いいえ、そうは思わないわ。読者は、終わり、と言ってほしがっているはずよ。「完」という文字は、読者を、彼が入り込んでいる特別な状態から抜けださせ、現実生活に連れ戻してくれるのよ。

私たちは古いレコードを聴いて、夜を過ごした。私は、Lが忘れたというので、どんなふうにスカを、五〇年代末にジャマイカで発祥したポピュラー音楽のスカを踊るか、やってみせた。

ソファに座って、Lは、私が居間を飛び跳ねるのを見て笑った、それから、立ち上がって、私の真似をした。彼女は、声が音楽にかき消されないように、叫んだ。

――スカが流行ったなんて、誰が覚えているかしらね？　ザ・スペシャルズやザ・セレクターのことを覚えている人なんて、いるかしら？　もしかして、私たち二人だけじゃないの？

多くの人が覚えていた。私たちとほぼ同じ年頃の人々は覚えていた。ヒット曲や、コマーシャルのテーマ音楽や、テレビ番組のタイトルなどで作られる共通の記憶が、何にもまして、一つの世代を形成しているのではないだろうか？　映画のポスター、音楽、本の記憶が。もちろん、もし彼女が望むなら、一晩だけ、信じてもよかった、スカを踊れるのは私たちだけだと、「ミッシング・ワーズ」と「トゥー・マッチ・プレッシャー」の歌詞を知っているのは私たちだけだと。私たちは今、腕をふり上げて、声をかぎりに歌っていた、私は窓ガラスに映る私たちの影を見て、久しぶりに、これほど笑ったことがないほど笑っていた。

　ある日、Lが外出したとき、ラジオのフランス・キュルチュールの女性ジャーナリストから、私が以前書いた小説の一つについてインタヴューしたいと電話があった。彼女は職場における苦しみというテーマで企画していて、私がこの作品をどのようにして書いたか、またどのように資料を集めたか、知りたいというのだった。

　私はなぜ承諾したのだろうか？　おそらく、一人でも何かすることができることを自分に証明したかったのだろう。Lがいなくてもできる、と。今回は、返答するのにLは必要なかった、今回は、彼女は関係なかった。時間が経過するにつれ、というよりむしろ、時間とともに私が作品から遠ざかるにつれ、自分の作品に対する私の発言は変わってきた。あたかも、作品を織りなす糸のなかの何か――レリーフやモチーフ――が、時間をおかないと目に見えてこないかのようだった。この、作品という織物からどのような模様が現れてくるか、私はそれを知ることに興味があったし、まだ作品に関心を持ってくれる人がいることがうれしかった。それに、とりあえず、私は書くことはできなくても、話をすることはできた。

　二日後、そのジャーナリストがベルを鳴らした。彼女からは、比較的軽量な機材を携えてゲストの自宅を訪問し、普段の環境のなかで取材したいと、電話であらかじめ説明をうけていた、ゲストと出会い、彼らの世界と出会うために行くのだ、と。彼女はその対談をもとに、番組を編集するのだった。

　若い女性ジャーナリストがやってきたとき、私たちは昼食を終えたところだった。Lは不機嫌そうだった、彼女は、私が以前書いた本について、再び取り上げるに値しないものについて、私が話し続けることに反対だった。

　Lは、私が女性ジャーナリストを迎え入れる前に、自分の部屋へ姿を消した。取材は居間ですることになった、彼女は、バックグラウンドの音響効果のために窓を少し開けてほしいと頼み、それから対談の展開について説明した。私たちはコーヒーを飲み、彼女は録音機のスイッチを入れた。私は、この本のアイディアを、朝、疲れて、RERのD線の通勤列車に乗っていたときに、どのようにして思いついたか、そしてどのようにして書き進めたか、語った。それから私たちは、一時間近くも雑談した。ジャーナリストは熱意にあふれた女性だった、私の住む界隈のこと、ここに彼女も数年前に住んでいたこと、会社内における人間関係の暴力を描いた上映中の映画のこと、さらにたわいのない話題についておしゃべりしたことを思い出す。私たちが笑い声を立てたとき、Lの部屋のドアが開くのが聞こえたように感じた、彼女は私たちが何をしているのか気になっているのだろう、と私は考えた。

しばらくして、私はジャーナリストを玄関まで見送った。彼女は手帳を取り出して、番組が放送される日程を確認した。私たちは握手をして別れ、私はドアを閉めた、その時、Lが私のすぐ後ろにいる気配を感じた。振り向くと、Lは私の通り道を塞いだ。一瞬、私は取り返しのつかない過ちを犯し、自分のアパルトマンが今後は立ち入り禁止になったのか、と思った。しかし、Lは脇に寄って私を通し、非難がましい影法師のように、居間までぴったりと後をついてきた。

——あなた、新しい女友達ができたってわけ？

私は笑った。

——私に、あなたたちの話が聞こえなかったとでも思っているの？

私は、冗談を言っているのだろうと思い、確かめようと彼女の顔に笑顔を探したが、その表情は言葉のトーンと同様に険しかった。私は反応する間もなかった。

——もし、あなたが、こんなふうにして切り抜けようとしているのなら、それは大間違いよ。えぇ、あなたたちの話は聞かせてもらったわ、デルフィーヌ、それからあなたが何をしているかっていう、あの芝居じみた会話もね、「それで、あなたは、フィクションに戻るのですね？」（彼女は引用符でくくるしぐさをした）、でも、それが彼女と何の関係があるっていうの？ 私たち、彼女に頼んだ？ 彼女はどんな種類のジャーナリズムをやってるの、あの大げさな録音機材でもって？ いったい、彼女は、意見なんか言える筋合いなの、ねぇ、私たち、彼女に何か頼んだりした？

彼女の顔は、もっとも微細な筋肉さえ、怒りに引きつっていた。Lは、私があの若い女性のインタヴューに応じ、彼女といっしょに笑い、午後のなごやかな雰囲気のなかで長い時間を過ごしたことを恨んでいた。Lは、私が彼女に加担し、彼女に愛想よくした、といって非難した。もし、男性がこんなことを言ったら、私はすぐに嫉妬の発作だと解釈し、話合いの余地なく関係を切っただろう。彼女は私の考えを読んだかのように、口調を和らげた。

——悪かったわ、謝るわ。でも、あなたが時間を無駄にしているのを見ると腹立たしいのよ。あなたに怒ったわけじゃない。あなたにエクリチュールの道を見つけてほしいと、私がどんなに願っているか、あなただって知っているでしょ。そのためには、みんながあなたになってほしいと期待する作家と、あなた自身とはまったく関係がないということを、いつか認めないといけないわ。あなたはこれこれの作家だというレッテルを貼り、あなたがそこに収まっていれば、そりゃ、すべてうまくいくでしょうよ。でも、私はあなたのことを知っている。私だけが、あなたが何者か、あなたが何を書けるのか、正確に知っているのよ。

どうしてだか分からないが、私は爆発した、たぶん、私がジャーナリストと心地よい時間を過ごしたのに、Ｌがそれをぶち壊したからだろう。

——でも、私は自分がどんな作家か、まったくノー・アイディアなのが、あなたは分からないの？　私がもう何も書けないのが、怖くて死んだも同然なのが、分からないの？　私が行き詰まり、その後には、何もない、無、無、無、だということが、分からないの？　あなたには、幻の本とやらの話で、うんざりさせられたけど、そんなものはない、隠された本なんて、影すらない、あなたは理解できないの？　帽子の奥にも、カーテンの後ろにも、何もない、タブーも、お宝も、禁止も、何もない！　空っぽ、そう、あるのは空っぽだけ。私をよく見て、ひょっとして、私を透かして何かが見えるかもしれないわよ。

私はコートを取って、外に出た。外気を吸う必要があった。

フランソワはずっと旅に出たままだった、彼がいなくて寂しかった。私は行き当たりばったりに歩いた。映画館にでも行こうとしていたのかもしれないが、よくは分からない。それとも、最後にはカフェに落ち着いたのかもしれない。

夕刻、一九時頃、私は家に帰りついた。野菜を煮る匂いと鶏のブイヨンの匂いがアパルトマンのなかに漂っていた。Ｌはキッチンにいて、ウエストの周りにエプロンを結んでいた。スープを作っている最中だった。私は彼女の近くに座った。そして何も言わずに、数分間、彼女を観察した。彼女の髪はヘアピンで持ち上げられ、動いているせいか、毛の房がいくつかシニョンからはみだしていた、いつも整った髪型にはめずらしい乱れ髪だった。Ｌは、一挙に、小さくなり、衰弱したように見えた、それから、タイル張りの床の上の彼女の足が裸足だと気づき、彼女がハイヒールを履いていないのを見るのは初めてだ、と私は思った。彼女は私に微笑み、私たちは何も言葉を交わさなかった。私も、微笑み返した。オーブンにはスイッチが入っていて、ガラスを通してなかのグラタン料理が見分けられた。どうやら、Lは、料理にかなりの時間をかけているようだった。彼女は買ってきたワインの瓶をあけた。すべてが元どおりにおさまったように見えた。私は気分が良かった。午後のエピソードは、不確かで奇妙な思い出に過ぎなくなり、あんな会話がほんとうに交わされたのか、もはや分からなかった。料理の匂いが部屋の暖かさと混じりあった。私は腰かけた。Lはワインをグラスについでくれた。

野菜が煮えたとき、Lがそれをミキサーの容器に移すのが見えた。彼女はブイヨンを少し足し、それから作動させようとした。一回、二回、やってみたが、うまくいかない。彼女はミキサーのプラグを抜き、また入れ直した。ため息をつき、しっかり固定されているのを確かめた。心棒の先についている刃をよく見て、指先でちゃんと回るか試してみた。それから、彼女ははじめからやり直した、部品を一つずつ組み立て、電源をつなぎ、作動させようとした。

Lは、落ち着き払った様子をしていた。不安な平静さだった。

私にも調べさせて、と言おうとした、その時、Lはミキサーを持ち上げ、作業台の上に打ちつけた。彼女はその動作を繰り返し、私がまだ見たこともないほどの激烈さで、力一杯、打ちつけた、ミキサーはバラバラに壊れてしまった。刃は、私の足もとに転げ落ちてきた。

Lはやっと、止めた。テーブルに寄りかかり、息を切らせ、ミキサーの破片が床に散らばっているのをじっと眺めた。彼女はまた怒りに駆られ、しかし今度は、これが最後の見納めとばかりに、麺棒を引っ掴むと、二打で、残っていた部品をこなごなに打ち砕いたのだった。

それから、彼女は私の方に目を上げた。勝利と残酷さの輝きが、その夜、彼女の目のなかで踊っていた、私が見たこともない輝きだった。

その日から、彼女のアパルトマン探しはもはや話題にのぼらなかった。私は何も尋ねず、苛立ちの素振りも見せなかった。この時期を通して、Lが新しい住居を探しているふりをしたことはない、と思う。私たちは、この問題に触れなかった、あたかも彼女の長期滞在が既成事実であるかのように。

ミキサーのエピソード（Lは翌日、新しいのを買ってきた）をのぞいて、Lはおとなしく、気分は安定していた。

彼女は、思いやりがあり、デリケートであるかのように振る舞い、怒りの発作の後を引きずっているようには見えなかった。彼女は定期的に買物に行き、足りないものを補った。私たちの共同生活はごく自然に流れ、日常生活の上では何も意見の対立は起こらなかった。

Lは背景に溶け込み、まるで、ずっとそこにいたかのようだった。彼女の存在がある種の慰めをもたらしたこと、私はそれを否定することはできない。私たちは似た者同士だった。私たちは共犯者だった。あらゆる意味において、そうだった。暗黙の了解どころか、私はLを、彼女だけが知ることのできる秘密の共犯者にした。なぜなら、私がもう一行も書けないこと、万年筆を持つことさえできないことを、彼女だけが知っていたのだから。彼女は知っていたばかりか、私をカバーしてくれた。そして疑われないように、私の身代わりをしてくれた。私が受け取り続けていた事務的な手紙や仕事関係の書類に、私に成り代わって返事をしてくれた。

「私たち」は、人と会う約束や執筆の提案を断った。

「私たち」は、しばしば作家たちに依頼される、諸々の主題について話をすることを断った。

「私たち」は、仕事中だった。

今、私は白状しなければならない。この時期に私が書いたと思われる返事を受け取った諸氏は、前記の数行を読んで、それは私ではなかった、と理解してくださることだろう。そのような方々は、メールボックスあるいは郵便物のなかに、私が一言も書いていないのに私の署名がされた手紙またはメールを、また見つけるかもしれない。

私は、皆様方に心から謝罪したいと思う。

この共同生活によってLの支配力が強まったのは明らかだが、私がそれに対して抵抗したかどうかは確かではない。私は抗い、戦い、逃れようとした、と書けたら、どんなにいいだろう。しかし、私は認めざるをえない、Lは私を穴から引き出してくれる唯一の人物のように見えたので、私は彼女に頼っていた、と。

時として、忍耐強く糸を張りめぐらすクモ、あるいはいくつもの触手をもったタコという、いささか邪悪なイマージュが頭に浮かぶ、そして私はそこに捕われたのだ、と。しかし、それはまったく違う。Lはむしろ、軽やかな半透明のクラゲで、私の心の一部に取り憑いたのだ。接触すると火傷をするが、でも、このクラゲは肉眼では見えなかった。彼女の影響力は、外見上は、私の動きを束縛しているようには見えなかった。しかし、自分で思っていた以上に、私は彼女に結びつけられていた。

私は接触を持っていたわずかな人々（子供たち、フランソワ、編集者）に対して、仕事を再開したのだと信じさせた。私は「何か」に取りかかった、まだ始めたばかりだが、仕事は進んでいる、と。

私は友達の誰かに電話して、自分が陥っていた閉塞状態について話すということはしなかった。彼らが、当然のことだが、甘やかされた子供の気まぐれのようだと見なすことを危惧した。私は弁解のしようもなかった、自分の怠惰を正当化することはできないように思われた。

フランソワにも何も言わなかった。愛想をつかされるのが怖かった。何も言わなかったばかりか、彼が帰ってきたとき、Lと出会わないように画策した。というのも、彼はLを見たとたん、すべてを悟るだろうと思ったからだ、嘘や言い逃れも、私たちが形作っていた欺瞞的協力関係も。

ある朝、アルミホイルの玉が喉にひっかかったように激しい不安が膨張するのを感じたとき、私は、いつかLが言った言葉にすがりついた、「真の創造的飛翔は、闇夜の後に訪れる」。

夕方、私たちが二人で家にいたとき、Lはいつもの儀式をやりはじめた、私の本棚に近づき、表紙の上に指をすべらせ、行き当たりばったりに指を止める。

あなたは読んだの？　骨の袋、アラブ人の少女、犬の夕方、犬の夜、ショーツ、愛だけ、諦め、不可能な本、私は諦める、暗い日曜日、粛正、知恵おくれの女性、窮地に追い込まれた人々、娘たち、幽霊の誕生、母性、空腹の技法、シンチレーション、孤独感、誰もいない、落ちる人、事故、詩人、塵に訊け！、心を蝕むもの、現場の状態、一人きりのパートナー、死に損ねた夏、恩恵と真実、目の前の生活、カウンターライフ、三つの光、遠く、彼らから遠く、オディールから遠く、愛の歴史、転落、こだまする部屋、小説風私たちの人生、親友の娘、過去、英雄と墓、輝くすべて、死の間歇、幽霊、天国、柳、瀕死のレヴェイヨン、カフェ・ノスタルジア、炎を保つ、自殺の島の伝説、島々、忘却、忘れないで。

フランソワが帰ってくると、私たちは二人そろって、クルセイユで数日間過ごすために出発した。Lは一人、家に残った。私は仕事をするためのものは（言わずもがなだが）何も持っていかなかった。私はフランソワに、一息つくことにしたのよ、と信じさせた――彼は、私がこれほど仕事の場から離れて、これほど自由な時間をもてることに驚いた。私は、仕事について尋ねられると、彼が気にかけてくれる時にはいつもそうしていたように、まだ話すには早すぎるわ、と繰り返した。

私が帰宅したとき、Lはポールの部屋で仕事をしていた。彼女は私に、出版社からメールがあったわよ、と伝えた、それは、数カ月前に私が約束したトゥールの学校での交流会の件で、私が忘れていたために何回か延期されたのだった。高校の司書教員の女性が、もう待てないので、新たに日程を設定してほしい、と電話をかけてきたのだという。一年生の一クラスと、二年生の三クラスが、私の小説の何編かについて勉強し、著者の来訪を待っていた。

私はほんとうに気力がなかったが、でも、すでに約束していた。一見したところ、それほど難しくもなさそうだった。私はこの種の交流会には慣れていた。Lと私は、二人して、どの日なら提案できそうか、検討した。

Lは、留守中に、他にも二、三の依頼があったので返答しておいたわ、と報告してくれた。あなた、数日、田舎で過ごして、元気そうに見えるわ、とLは言った。でも、田舎の滞在がどうだったかは、何も聞かなかった。

夕方、Lは、もう少し居座っても迷惑にならないかしら、と尋ねた。私は、ゆっくりいていいわよ、と繰り返した。

Lは、私の女友達についてはあれこれ尋ねるのに、フランソワについてはけっして質問しなかった。私たちがどのようにして出会ったのかも、私たちがいつからカップルとして付き合っているのかも、けっして尋ねなかった。私が彼の家から、あるいはクルセイユから戻ると、彼女は私が元気だったかどうかを知るだけで満足した。彼女は詳しい話も、起こった出来事も、いっさい聞きたがらなかった。フランソワは私の人生の一部をなしていた、彼女はそれを無視できなかった。彼女はそれを、問題を解くデータのように、暗黙の事実と見なしていた。彼女は私たちの関係について、ある種の懐疑主義を隠さなかった、そして時として、それが彼女にはいかに不自然に見えるか、感慨をもらした。私は気を悪くしたりしなかった。Lの目から見ると、フランソワは私の存在を構成すべき永続的な要因の一つだった。しかし、それは、都合のよいファクターであるより、むしろ事態を複雑にする原因だった。他の作家を受け入れ、称賛する男性を愛すること、それは彼女から見ると、危険きわまりないことだった。英仏海峡や大西洋を横断することも厭わず、自分がフランス人作家よりもおもしろいと判断する作家たちに会いに行く——なぜなら、彼女によれば、これこそ、あの絶え間ない移動の意味するものなのだ——人物、それは、私が自信を取り戻す助けになるはずがなかった。

少し飲んだ夜、Lは私を、視学官と生きることを選択した小学校の女教師に喩えさえした。私はおかしくて笑ってしまった、すると彼女は続けた。

——つまり、その男性は毎晩、帰宅すると、素晴らしい高校で、超一流の教師によって行われている模範的な授業を視察したことを、彼女に語り聞かせるのよ、一方、彼女の方は、受け持ちの五年生のクラスが授業崩壊の寸前だというのに……

私は、この喩えの意味がよく理解できたかどうか、自信がない。というより、彼女が全体として何を意味したかったのか。ことLに関しては、時として、会話を交わしてから数日たって、ようやく隠された意味が明らかになることがあった。

　私たちの共同生活は、このようにして続いた。フランソワが出張から戻っても、たいした変化はなかった。私は、彼の家に泊まった翌朝は、仕事があるからと、早朝に帰宅した。すると、Lはキッチンでお茶を飲んでいるのだった。


　フランソワに関して、Lが私にした直接的な唯一の質問は、子供たちが旅立った今、場合によっては、私と彼がいっしょに住むかどうか、というものだった。

　私が彼女に質問（あなたは、人生をやり直すつもりがある？）を返すと、彼女はこのうぶな表現を小バカにしたように切り返した。「人生をやり直す」って、どういう意味？　ただ単に、作り、壊し、やり直す、ってこと？　まるで、私たちは編み物をするためにたった一本の糸しか持ってないみたいに？　彼女は笑って、付け加えた。

　――それじゃ、まるで、私たちは、たった一つの素材で、たった一つの部品から作られた、つねに同一の存在みたいじゃない。まるで、私たちにはたった一つの人生しかないみたいじゃない。


　この時代に遡ると思われる、二〜三のことが記憶によみがえる。ただ、この出来事がどのような順序で起こったかは、もはや定かではない、というのも、私がこの話を進めるにつれて、物ごとはますます曖昧になっていくからだ。


　まず、Lが私のジーンズと同じブランドのジーンズを一〜二本買った。その時は、それほど注意を向けなかったが、後になって、私たちの関係が急激に悪化しはじめた頃に、こうした細部が思い出された。私自身も、友達が着ていた服と似たものを探すことがある。試着して、買うことがある。しかし、他の人が着ているときは流れるようで艶めかしく見えた服が、私が着ると、大きすぎたり、ぴったりしすぎたり、身体に合っていなかったりする。

　Lが私と同じジーンズを買ったことに気づいたのは、私と出会う前はジーンズをはいていなかったからだ――いずれにしろ、私たちが付き合いだした頃、彼女のワードローブを見るかぎり、ジーンズはなかった。

それ以降、私にはLが変わったように見えた。つまり、Lは私に似てきたのだ。それは（他人のなかに自分との類似を認めることは）奇妙な感じで、たぶん、少々、ナルシスティックかもしれない、と私は自覚している。ともかく、私はそう感じた。類似といっても、細部や目鼻立ちが似ているのではなく、全体の輪郭や様相が似ているのだ。以前にも気づいていたが、私たちは同じサイズで、髪の毛の色も同じだった（ただし、Lの髪は柔らかく扱いやすかったが）。それに新たな要因が加わった、つまり、Lの動作や振る舞いのなかの何かが、「私」を想起させるようになった。時として、彼女のシルエットは、柔い光を受けて、滑らかなスクリーンに映し出された私自身の身体のように見えた。私はまた、Lの化粧が以前より薄くなったのに気づいた。たとえば、彼女と知り合った頃に使っていたファンデーションは使わなくなった。少しずつ、Lは私のしぐさ、態度、ちょっとした癖を取り入れた。当惑させられるし、迷惑でもあった。しかし、それは、たぶん、私の見方、気のせいかもしれない。

（お嬢さんはあなたに似ていますね、と言われることがよくある。たぶん、私自身は気づかないが、娘が無意識に模倣しているのだろう。ルイーズの写真を見てみると、そのいくつかは同じ年頃の自分の写真を想い起こさせ、私たちは似ているのだと分かるのだ。しかし、ルイーズが私の目の前にいるときは、類似に気づかない。私は、ポールのどこが父親と似ているか分かる、それは座り方とか、考える時に口をとがらす表情とか、話すときの手の動きとかだ。しかし、父親自身が、ポールの無意識の模倣に気づいているとは思わない。）

実際は、Lが私に対して行った模倣は、同じ性質のものではなかった。それは自然に、無意識に、似たのではなく、意図的だった。それ故、たぶん、私の目にとまったのだろう。

しかし、その頃、私は何ごとにも確信がもてなくなっていた。私は結局、自分が勝手な思い込みをしているのだろうと、結論づけたのだと思う。

ある日の早朝、フランスワの家から帰宅したとき、私はLが服も着ないで、髪も梳かさず、目を赤くして、キッチンに座っているのを見出した。彼女は数週間前に俳優のジェラール・ドパルデューにコンタクトを取ったのだが、その自伝はリオネル・デュロワに依頼されたのを知ったところだった。彼女がこの作家と競り合ったのは、これが初めてではなかった。彼はドパルデューとのディナーの後で、仕事を獲得した。親近感を持たれたのだろう。彼女は、デュロワが選ばれたのは理解できた。彼女は両者を知っており、この選択は理にかなって見えた。でも、彼女はがっかりした。彼女は役者の自伝を引き受けることはまれだったが、とはいえ、ドパルデューとなると、話は別だった。彼女はうまく書けただろうに。

少しして、彼女があまりにも打ちひしがれているので、私は、気分を変えるために、外でランチをしよう、と提案した。私は食事を準備する気力がなく、冷蔵庫は空っぽだった。

Lは三〇分ほど浴室にこもっていた。

彼女が現れたとき、私は思わず感嘆の声をあげた。少なくとも言えることは、彼女がやり方を心得ている、ということだった。目が少し腫れぼったいことを除いて、その変身ぶりは目を見張らせるものがあった、頬はバラ色で、清々しく、溌剌としていた。

私たちは、前にも一～二回行ったことがある近所のブラッスリーに向かった、そこは本日のおすすめ料理が美味しいと評判の店だった。店に入ろうとしたとき、誰かが私の名を呼ぶのが聞こえた。振り返ると、ルイーズが保育園で知り合った幼な友達のナタンがいた。二人は幼稚園でも小学校でも同じクラスで、その後は別々の道に進んだが、おたがいに疎遠になることはなかった。時がたつにつれて、ナタンの母親と私は友達になった。数年前には、私たちは子供たちを連れて、アメリカに長い旅行にも行ったのだった。

ナタンは私の前に立っていた、数秒の間に、幼い少年の頃のイマージュ（保育園の写真では、ブロンドの髪と丸いほっぺたをし、手編みの黄色い可愛いセーターを着ていた）が、私と向き合っている、髪型をドレッドロックスにした背の高い美青年のイマージュに重なりあった。ルイーズがリヨンに行ってしまってから、彼には会っていなかった。私たちは抱擁しあい、近況を伝えあった。

もし、私が女友達の一人と出会ったのだったら、きっとLはその場にいっしょにいたに違いない。しかし、彼女は警戒することもなく、私に合図して、暖をとるために店内に入っていった。

――やぁ、おばさん、何カ月も前から、仕事をするためにおこもりなんだそうですね、とナタンはからかうような調子で言った。ママの話じゃ、お願いだからコンタクトを取らないでって、あなたは友達みんなにメールを送ったらしいですね！

私は何のことか、すぐには分からなかった。理解したくもなかった。それは大げさな表現で、若者の言い草なのだ、と考えた。とっさに、そうなのよ、と同意さえしたと思う。ナタンは彼の計画について話し、ルイーズとポールの近況を尋ねた。子供たちが帰ってくる週末に、いつか、コリーヌといっしょに夕食にいらっしゃい、と誘って、私たちは別れた。

自分の子供ではなくても、幼い頃を知っている子供たちが成長するのを見る喜びについて、私は考えた。クラス写真やヴァカンスの写真に写っている子供たち、私たちが慰めたり、食事を与えたり、ベッドで寝かせたり、しかったり、時には抱きしめたりした子供たち。一人一人がそれぞれ異なり、こんなに大きくなった少年・少女たちのことを、私は考えた、子供たちの友達と私とを結び、友達の子供たちと私とを結ぶ、この無限の優しい絆について、何か書けたらいいなぁ、と私は考えた。

私は店のなかに入り、Lが広いテーブルに座っているのを見つけた。私は座った。彼女がメニューを見終わると、ボーイが近づいてきた。

――ご注文は、三人目の方がいらしてからになさいますか?

Lは彼の方を見上げ、唇に失望の微笑みを浮かべて言った。

――私たち、友達を待たずに始めようと思うわ。彼女は私たちが食事中に現れるのじゃないかしら。

私たちは、私のトゥールの高校訪問を五月にすることに決めていた。そして五月になった。

旅行が近づくにつれ、徐々に不安がつのった、私はトゥール行きのことを考えないようにした。前日の夕方、私はパニック発作におそわれた。突如、高校で四~五クラスを相手に生徒たちと交流会をもつのは不可能だと思えてきた。私は、どうしてよいかわからず、途方に暮れているのに、愛想よくし、体面を保ち、現在の仕事について生徒たちの質問に答えなければならない、そう考えると恐ろしくてたまらなかった。すべては視覚化して想像できるかどうかの問題だった。ところが、八十名の高校生たちの前で、執筆活動の最中だと見栄をはる自分の姿を思い描くことはできなかった。ダメだ、私は、必ずうけるあの質問に答える自分の姿を思い描くことはできなかった、「〈あの作品の後〉は、何を書くんですか?」

高校生たちは私の本を何冊か読み、質問を用意していた、何人かはさらに自由課題(コラージュ、短編映画)を行い、それを私に見てもらいたいと意気込んでいた。

私は礼儀上、今さら取り下げるわけにいかなかった。かといって、行くこともできなかった。

夕方、私がひどく不安そうにしているのを見て、Lは、あなたの代わりに行ってくるわ、と提案した。あたかも、それがもっとも自然なことでもあるかのように、ほら、これはよくある解決法よ、生徒たちをがっかりさせないですむし、また延期する必要もない、列車の切符を変更する手間も省けるし、また同じ心配に直面することもないわ。

私は耳を疑った。私の代わりに？　誰にも気づかれないと、いったい彼女は本気で思っているのだろうか？　しかし、Lはいたって真面目だった。あの人たちは、私のことを写真でしか見たことがない、ところが、一般的に言って、ほとんどの写真は不鮮明で間違いやすく、実物とたいして関係がないことは、私も認めざるをえなかった。さらに、彼女が言うには、インターネットで参照できる私の写真は、私に似ていなかった。写真は辻褄があった肖像ではなく、逆に、曖昧模糊としたイマージュを流布していた。どこで本物だと見分けたらよいかわからない。私は、ある時は巻き毛、ある時はゴワゴワ髪で、ある写真では地中海クラブのヴァカンスから帰ってきたような様子をしているかと思うと、他の写真では監獄から出所したばかりのようでもあり、年齢も三十歳なのか五十五歳なのか不明、ブルジョワ趣味なのかグランジ・ファッションなのかも分からない。つまり、Lの言葉を借りるなら、「私をでっちあげる」手口にはたっぷり余地が残されているのだった。細かい点をよく選べば、手品をすることは不可能ではないだろう。彼女はうまくいくと確信していた。リスクはさほど大きくない。それに、彼女は新聞や雑誌に載った私のインタヴュー記事はくまなく読んでいた（最初のものから、と彼女は言いそえた）、私に関するラジオは何回も聞き直していた。私の本の成立過程やエクリチュールについての慣例的な質問には、私の代わりに完璧に答えることができる、と彼女は感じていた。他のことについては、即興でなんとかできるだろう。

常軌を逸していると思われるだろうが、でも、私は同意したのだ。

翌日の夜明け、Lは私の洋服を身にまとった（私たちは、ネットでもっとも目につく写真で私が着ている服を選んだ、それが生徒たちの無意識のなかに刷り込まれているだろうと考えて）、それから私は、ルイーズが部屋に残していったヘアカールアイロンを使って、彼女の髪を三〇分かけてカールした。Lの髪は私の髪と同じ長さで、色はわずかに明るかった。結果は上出来で、とりわけ、Lが私のしぐさやしゃべり方を、まるで鏡の前で一人で何十回も練習したかのように、真面目くさって真似しはじめたときは、大笑いだった。彼女はほんとうに才能があった。

六時に、彼女は列車の切符を持ち、タクシーでモンパルナス駅に向かった。

彼女はTGVから二~三回、SMSを送ってきた、それから、日中は何の連絡もなかった。私たちは、彼女が身分詐称で警察に捕まりでもしない限り、連絡はしないということで合意していた。

私は携帯を十分おきに見ること以外は何もできなかった。私は、二~三の破滅的なシナリオを、頭に浮かぶがまま空想した、Lは正体を見破られ、生徒たちから本を投げられる、Lは質問を受けて、でたらめに答える、Lは失礼な応対を受けたと感じ、教師を侮辱する。

Lは、私が駅に迎えにいくことを望まなかった。この機会を利用して、私は一人でいる方がいいと、Lは判断した。二二時頃、もう我慢できなくなったときに、彼女が階段を上ってくる音が聞こえた。

彼女は、私がよく知っている表情を浮かべていた。Lは、すべて予定通りに経過した、と報告した、TGV、お昼の給食、生徒たちとの親睦、献辞の記入、教員室での茶話会、TGV。無駄な時間も、思わぬ事故もなしに。ただ、トゥールの駅で司書の女性教師が出迎えにきたとき、ちょっとした戸惑いの時間があった。彼女はLを何度も眺めてから近づき、挨拶を交わしてからも、ちらちらと彼女の方を盗み見した。数秒の気まずい時間の後、女性教師は、すぐに分からなくて失礼しました、想像していた方と違ったものですから、と謝った。それに反し、高校では、文学担当の二人の教師はまったく疑わなかった。彼らは私と会えて大喜びだった。生徒たちは私を今か今かと待っていた。交流会のとき、一人の男子生徒が、彼女が写真よりも若く見えたので、美容整形をしたかどうか、Lに質問し、みんな、どっと笑った。彼は先生からお説教をくらった。高校生たちは、私の作品、なかでも最新作について、どこまでが自伝的事実か、多くの質問をした、私が自分の作品を小説だと考えるのはなぜか、本はすべて真実なのか、登場人物たちはどうなったか、本は一族からどのように受け止められたか？　どれもよくされる質問で、もう何回も答えてきた質問だった。

Lは私に対して、興奮も、自慢そうな様子も隠さなかった。彼女は私になりすまし、しかも、うまくいった！それが何を意味するか、私は気づいていただろうか？私たちは以後、入れ替え可能になったのだ、とにもかくにも、彼女は私に取って代わることができるのだ。おそらく、完璧な身代わりになることができるだろう、なぜなら、彼女は進歩するだろうし、その自信もあったから。そして、もしも私が望むなら、それは私をあらゆる種類の責務から解き放つことだってできるかもしれない。

――ねぇ、デルフィーヌ、私、またやってもいいわよ、あなたが必要な時はいつでも。あなたのことを知っている人たちが相手でも、きっとうまくいくと思うわ。本屋、図書館員、ジャーナリストたち。絶対に、自信あるわ。ほんとうよ。みんな、ちゃんと見ていないのよ。彼らは自分自身のことで忙しすぎる。あなたがよければ、やってみましょうよ。

Lは、演技大賞を獲得したように嬉しそうだった。

彼女は喜びのあまり、私が不快感を隠そうと苦労していたことに気づかなかった。私は目眩がするような奇妙な感覚を追い払った。今回だけは、彼女は私を苦境から救ってくれたのだ。

私は彼女に礼を言った。あなたに感謝のしようもないわ、とまで付け加えたと思う。

翌日、Lは私に言った。私たち、先生たちから熱烈なメールを受け取ったわよ。彼らの反響は素晴らしかったわ、交流会は活気があり、非常に面白く、なごやかで、生徒たちは大いに楽しんだんですって。「私たち」、行ってよかったわね。

私はあきれるほど不器用だ。壁にぶつかったり、絨毯に足をひっかけたり、ものを落としたり、つまずいたり、水やワインやお茶をひっくり返したり、滑ったり、スリップしたり、それを時には同じ日のうちに何度もしでかす。必ずしも、地面がでこぼこだったからとか、目につかない障害物があったからとか、というわけではない。むしろ、私の注意力散漫か、周囲の世界に対する私の不適応のせいなのだ。そこに、また別の要因、疲労や人の視線などが加わる。今でもなお、人に見られていると、部屋を横切ったり、階段を下りたりするのに、転ばずに行き着くようにと細心の注意をはらわなければならない。今でもなお、気後れすると、喉に詰まらせないで飲み込めるように、何も落とさないように、気をとられるあまり、食事中の会話が上の空になってしまうのだ。

私はこのハンディを隠すことを学び、今ではかなりうまく隠せるようになったと思う。私はいくつかの習慣的動作や戦略や予防的措置を考えだし、おかげで数日間、どこにもぶつからず、人前で物笑いの種にならず、他人の命を危険にさらすこともなく、過ごせるようになった。今日では、また、疲労や悲しみや苛立ちの、どのような頃合いに、いっそう注意深くしなければならないかを、私は心得ている。

それというのも、時には公衆の面前で、信じがたいほどのヘマをやらかし、衆目を集めたことが何度もあるからだ。私と同年齢で（つまり、かなりの場数を踏んだのに）、こんなに情けない状態にいる者が、いったい、いるものだろうか。

数年前のある日、私の小説の一つが英語に翻訳されることになって、担当のイギリス人編集者に会いにロンドンに行くことになった。私は長いことロンドンに行ってなかったので、不安を感じながら、初めて英語でインタヴューに答える準備をした。編集者はサン・パンクラス駅に私を迎えにきた。私たちはタクシーに乗って、まっすぐにインタヴューが録音されるスタジオに向かった。私はこの日のために用意したスカートかワンピースを着ていた。車中、私たちはいくつか情報をやりとりした。イギリス人編集者は出版界の大物だった。歳は五十歳くらいのイギリス紳士で、とても魅力的。私の目には、イギリス的な粋の化身そのものだった。目的地に着いたとき、彼は先に車から降り、微笑みながら、私のためにドアを開けてくれた。タクシーから降りるだけでよかった。ところが、足を踏みだそうとする寸前、頭の中で予言の声が聞こえた、「おまえにはできないだろう」。客観的理由に基づかない、まったくのナンセンスだが、まるでサーカスの高所で、揺れ動く空中ブランコの一つから、もう一つ別の空中ブランコへ飛び移らなくてはならないような恐怖がそこにあった。私は怖じ気づいた、私はにこやかに振る舞い、女性らしく優雅なところを見せて、彼に気に入ってもらいたかった。すると突然、イギリス人編集者の目の前で車から降りることが、乗り越えがたい困難のように思えた。

まさしくこの瞬間に、私はこう考えた、人は、ある言葉、ある視線から、立ち直ることはない。時間がたっても、優しい他の言葉、他の視線を受けても、トラウマは残るのだ。

車から降りたとき、どのように足か脚が絡まったのか分からないが、私は前につんのめった。空中ジャンプだったら、少なくともスペクタクル効果はあっただろうが、そうではない、よろよろとよろけて、すってんころりと地面に転んでしまった。そしてバッグの中味が道路に散らばった。イギリス人編集者は、この上なく洗練されたしぐさで私に手を差し伸べて、立ち上がるのを助けてくれた。あたかもフランス人作家にはよく見られる現象であるかのごとく、驚いた様子はまったく見せなかった。

Lと付き合うようになってから、とくに彼女がうちに居候している期間に、私の不器用さは、ウイルスがさらに活性化し、有害で執拗になったかのように、肥大し続けた。私はたえず、ぶつかっていた。物は私の手から落ち、それ自身のエネルギーを持っているかのようだった。私の動作は乱れっぱなしだった。衝突、墜落、追突が頻発した。青あざや怪我は数えきれなかった。私の身体が私自身に不適応を起こしている状態を、私は甘受し、隠していたのだが、その不適応は一種の恒常的な断絶状態になってきた。私がさんざん醜態をさらした地面は、私がすべったり転んだり横転したりするのを、今か今かと狙っていた。どこへ行こうと、私は自分がふらつくのを怖れた。自分が熱に浮かされたようで、動作がぎこちないのを感じた。ふらふらと揺れていた。垂直姿勢はもはや既得の資質ではなく、保っていようと努力すべき一時的な現象となった。

フランソワは、私の不器用さをこれまでもしばしばからかったが（君は、ピエール・リシャールかガストン・ラガッフの隠し子じゃないの?）、さすがに心配になった。彼は、何かが狂っていることを示す確かな証拠を探すかのように、私を観察しはじめた。彼の目の前で、私はわけもなく物を放したり落としたりした。まるで、「私はコップを口に持っていく」、とか「私は鍋を右手で持つ」といった情報が、突如として脳から消えてしまったかのようだった。そのうえ、私は身体と外界との距離を測るのがますます困難になってきたので、神経科医に診てもらった方がよいかどうかが、たびたび問題になった。

よく考えてみると、私の不器用さは、この時期に不意に現れたり、繰り返し現れたりした、さまざまな症状のなかに現れている。こうした症状は、多かれ少なかれ身体の自由を奪うものだが、私はその共存、増加、多様化を容認し、警報を発することはなかった。今では、私は、こうした出来事を関連づけることができる。しかし、当時は、こうしたことすべてが寂しさや孤独のなかに溶け合っていて、私はその原因が分からず、どんな医者にも相談することはしなかった。私は寂しかった、それだけのことだ、寂しいのは初めてではなかったし、たぶん、最後でもないだろう。

時には、確かに、Lがこの状態に多少とも絡んでいるかもしれない、という考えが頭をかすめることがあった。

見た目には、彼女は私を助け、支え、保護していた。しかし実際は、私のエネルギーを吸い取っていた。彼女は私の心身の状態を打診し、私がつねに持っていた空想癖に探りを入れていたのだ。
　私が彼女の前で、弱みを曝け出していたとき、彼女の方は、何時間も仕事をし、外出と帰宅を繰り返し、地下鉄に乗ったり、料理を用意したりしていた。彼女を観察すると、私はしばしば自分自身を見ているような気がした、というよりむしろ、それは、より強く、よりパワフルに充電されて、再創造された私自身の分身だった。
　そしてまもなく、私に残されたのは、生気のないひからびた皮膚、中味のない外皮だけになった。

　この話のなかで先に進もうとするにしたがって、時間的な前後関係の目安となる出来事を執拗なまでに書き連ねていることに、私は気づく。それは、すべての読者にとって客観的で具体的で明白な時間のなかに、この物語を定着させたいという、おそらくは稚拙な意図からだろう。しかし、私は知っている、そうしたすべてのことが、遅からず炸裂して、時間の指標がもはや何も意味をなさなくなる時が来るだろうということを、あとには、ある種の空虚な長い廊下のようなものしか残らないだろうということを。

　もし、そうできれば、私は、夏にいたる数週間をもっと詳しく語っただろう。しかし、何かをした形跡も、思い出も、残っていなかった。おそらく、この優柔不断な仮面劇のなかで、私の人生は何となくだらだらと続いていたのだろう。おそらく、Ｌは仕事を続け、私の郵便物と書類の面倒を見ることを続け、私は何もしないことを続けていたのだろう。おそらく、Ｌと私は、飲みながら意見を交換し合うために、一〜二回、夜、外出したこともあっただろう。

ルイーズとポールは二回、週末に帰宅した。最初のとき、Lは、ちょうどよいからと、ブルターニュの母親のところに出かけていった。二回目は、あなたたちの邪魔になると悪いからホテルに行くことにするわ、と彼女は言った。


ある夜、フランソワの家にいる時に、彼と喧嘩をしたのを思い出す。精神分析についてだったと思う（私たちの意見が対立する話題のなかで、精神分析は上位にあり、そのあとには、カフェ・ルンゴ、引用の用法、ノスタルジー、私が擁護するのに彼が評価しない作家たち、彼が大好きなのに私は駄作だと思う映画、そしてその逆、などが続く）。私たちはたまにしか喧嘩をしないし、それも、ものの十分と続かないのだが、その夜、私は最初の機会を捉えて言いがかりをつけた。それは、私のなかの一部が、突然、激しく言い争うことに決めた時に、私がよくやることだ（幸いなことに、しばしば起こるわけではない）。知らないうちに口調が激しくなっていた。私は緊張し、彼は疲労し、ピリピリした雰囲気が漂った。

私たちは誰でも、少なくとも生涯に一度は、破壊の誘惑を感じたことがあるのではないだろうか？　あの突然の陶酔――すべてを壊し、すべてを無にし、すべてを粉砕する――なぜなら、ほんの少しの、選び抜かれた、研ぎすまされた、鋭い言葉だけで十分だから、どこから来たか分からない言葉、傷つける言葉、取り返しのつかない、消すことのできない、的を射た言葉で。私たちは誰でも、少なくとも一度は感じたことがあるだろう、この奇妙な、鈍い、破壊的な怒りの発作を、なぜなら、ほんのわずかなもので、すべてを打ち壊すのに十分だから。

それが、まさしく、私がその夜、感じたことだった、私は先手を打つことができる、愛着をもっているものすべてを私自身で壊し、もう失うものがないまでに破壊することができる、と。それが、私を飲み込んだ気違いじみた考えだった。こうしたことすべてに、いっときの夢のような話や、私が信じてしまったこの種の愚かなことに、終止符を打つ時が来た、という考えだった。私は、私を愛してくれる男性に巡り会った、と思った、私を理解し、私に関心を持ちつづけ、私を支えてくれる人に。でも実は、そうではない、すべてまやかしで、見事なペテンにすぎない、それはもう、いいかげん潮時なのだ。取り返しのつかない傷つける言葉、私はそれを知っていた、私は弱点を、アキレス腱がどこかを、知っていた。そこを狙うだけでよい、それを言ったが最後、すべては片付くだろう。

Ｌが再び活性化したのは、それだった、すなわち、すべてを破壊しかねない、私のなかの危険な人物。一分の間に、私は破綻の寸前で踏みとどまった、そして私は退却した。

この時期に、フランソワは、自分のところに住みに来るように、少なくともしばらくはそうするように、何度も私に提案してくれた。彼は心配していた。彼はお見通しだったのだ。私の虚勢も、私のいわゆる進行中の作品《ワーク・イン・プログレス》も。彼は、匿名の手紙が、私が思っている以上に、私のことを深く傷つけていると考えていた。彼は、過去から湧き上ってきた怪物か亡霊のようなものに私が捉えられている、と考えていた。

私は思い出す、また別の夜、クルセイユからの帰路のことを。クルセイユで私たちは、あたかも、フランソワが私の周りの何かは分からない異常なビームを感知したかのように、奇妙な議論をしたのだった。夜がふけて、道はさえぎるものがなかった。車のなかで、彼は私に質問した。そうなのだ、彼は私のことを心配していた。私が孤独を必要としていること、自分の仕事を大事にしていること、ある種の話題は彼と話したくないと思っていること、彼はそれを理解していた。しかし、私は行き過ぎて、危険な状態に陥っていた。私は彼の考えを拒絶した。たぶん、一度だけ——少なくとも短い間だけ——誰かに世話をみてもらうという考えを、私は受け入れてもよかったのかもしれない。彼によれば、私は自分の周りに新たに予防線を張りめぐらし、誰も、彼さえも、私に関することには近づくことができないようにしていた。私がすべてを分かち合いたいと思わないのは理解できるが、これほどまで防衛システムを拡張する必要はないのではないか。私たちは争っているわけではなかった。彼は私の敵ではなかった。彼は、もっと穏やかだった私を知っていた。

それから、前方の道路を注視していた彼の目は、一瞬、私の方を見た。

——ねぇ、ときどき、僕は思うんだ、誰かが君に取り憑いているんじゃないかって。

なぜ、その日、彼に話さなかったのだろうか。どうして私は、Ｌのことを、彼女と接触すると頭を猛禽の爪でしめつけられるような感じがすることを、彼に話さなかったのだろうか。

精神的な支配を、不可解な規則をもつ目に見えないあの牢獄を経験したことがある者なら誰でも、自分自身ではもはや考えられないというあの感情を、自分だけに聞こえて、あらゆる思考・感覚・情動に干渉するあの超音波を経験したことがある者なら誰でも、気が狂うのではないかと怖れ、あるいはすでに気の狂ったことを怖れたことがある者なら誰でも、私を愛する男性を前にした私の沈黙を、きっと理解できるだろう。
しかし、もはや遅すぎたのだ。

私は十二歳の時から、双児の子供が生まれるまで、日記を付けていた。子供っぽい字、ついで娘らしい字、ついで大人の字、その年齢の字体で記された小学生用の小さなノートについて、私はすでに言及した。日記帳は番号をつけ、年代順に整理して、プラスチックの密閉容器に入れてあり、何度か地下の倉庫に運んでみたが、結局、持ち帰ってきた。この日記帳は、私が最初の本を書くときも、最新作を書くときも、役立った。この二つの時期（十年間隔の）以外に、日記を読み直したことはなかった。もし、私に何か起こったら、日記帳は破棄してほしいと思う。私は身近な人々にはそのことを伝え、「何人もこの日記帳を開いたり、読んだりしてはならない」と、文書にもしてある。手元においておかずに、焼却処分にした方が安全だと、分かってはいるが、決心できずにいる。そのプラスチック容器は、キッチンの横の小部屋に場を得ていた、そこは掃除機、布類、道具箱、裁縫箱、文房具箱、寝袋、キャンプ用品など、ありとあらゆる物がおいてある部屋だった。

ある夕方、私はアイロン台を出そうとしていて、日記帳を入れたプラスチック容器のフタがずれているのに気づいた。私は容器を下ろそうと、脚立を開いた。ちょうどその時、物音を聞きつけてか、それともほんとうに第六感が働いたのか、Lが彼女の部屋から出てきた。そしてキッチンで私とでくわした。

容器を床に置いて、私は中味を確かめようとした。すべてのノートがあるのを確認したとき、Lは感嘆したように口笛を吹いた。

――おやまぁ、びっくりね、あなたは書くことがあるじゃない。

私は取り出さなかった。日記帳は順序がバラバラだったが、全部あった。

私はLに、箱のフタを開けたのはあなたなの？　とあやうく問いただしそうになったが、それはあまりに攻撃的すぎるように思われた、証拠も動機もなしに詰問しては、彼女が盗み読みしたと非難していることになる。とはいえ、それはありそうなシナリオだった、Lは日記帳の存在と、その置き場所を知っていた、彼女はおそらく、読んでいる途中で中断しなければならなかったのだろう。そう考えると、日記帳の順序が間違って置かれていたことの説明がついた。

私が容器のフタを閉めて、もとの場所に置くあいだ、彼女は私から目を離さなかった。近日中に他の場所を見つけて移さなければ、と私は考えた。

その同じ夕方、Lはこの日記をどう使うかに興味を示した。彼女によれば、これは信じがたいほど素晴らしい題材だった。十五年以上にわたる思い出、逸話、感覚、印象、肖像……。その話し方から、彼女はそれを読んだ、少なくとも部分的には読んだに違いないと、私は思った。それを、どう説明したらよいか分からないが、彼女は日記に書かれていたことを、まるで生来の直感によって（盗み読みではなく）察知したかのように話したのだ。もしも、私が抗議をしたり、非難をしたりしようものなら、彼女はすぐに反論していただろう。

彼女は、私がこの日記帳から幻の本のために貴重な題材を引き出さないのは、実にもったいない、と言うのだった。なぜって、それはそこにあった、彼女はそれを感じ、それを知っている、何ページも、何ページもの題材が、私が語る日が来るのを待ちながら声をあげずに埋もれているのを。

――言ってみれば、それは、あなたが立ち入り禁止にした鉱脈みたいなものよ。あなたには、それを全部書ける、すごいチャンスがあるのよ。ねぇ、分かる？

確かに、彼女の言う通りだった。それは貴重な資料だった。日記帳は私の記憶の宝庫だった。そこには私が忘れてしまった、あらゆる種類の細部、逸話、状況が、保存されていた。そこには私の希望、疑問、苦悩が保存されていた。私の治癒もまた。そこには、しっかり立っていられるように、私が手放したものが保存されていた。私は忘れたつもりでいるが、けっして消え去ることがないものが保存されていた。私たちが知らないうちに、脈動しつづけているものが。

Lは、私に答える時間を与えなかった。彼女は声を低め、でも断固とした調子で話した。

――理解できないわ、あなたはこれを手にしているというのに、まだテーマ探しをしているなんて。

私は気分が悪くなった。

――まず、第一に、私は、あなたが言っているようなテーマは探していない、次に、この素材は、私にとってしか価値がないわ。

――私は、その逆だと思う。これこそ、この現実、この真実こそ、あなたが向き合うべきものなのよ。

予期しなかった怒りが、一挙に、私を捉えた。

――でも、そんな真実なんて、人には関係ない、そんなもの、人はてんで問題にしないわ！

――いいえ、人はバカにしたりしないわ。読者は知っている、彼らは感じている。私は本を読んだときに、それが分かるのよ。

せっかくだから、私は論証したいと思い、納得したいと思った。

――あなたがそれを感じるのは、ただ単に、あなたがそれを知っているからだとは思わない？　それが、実話だと、「現実の出来事から着想された話」だと、あるいは「きわめて自伝的な話」だと、何らかの方法であなたが知っているからじゃないの？　このラベルが、あなたに普段と違った関心、好奇心のようなものを、掻き立てたんじゃないの？　私をはじめ私たち全員が三面記事に対して抱く好奇心を？　でもねぇ、私は事実だけで十分だとは思わない。仮に、事実が存在するとしても、事実を復元することが可能だとしても、あなたが言っているような事実は、肉体を与えられ、形を変えられ、解釈される必要がある。視点がなく、ヴィジョンを欠いては、良くて死ぬほどうんざりだし、悪くすると、不安を掻き立てるだけ。創作という仕事は、出発点の題材が何であれ、つねに、フィクションなのよ。

めずらしく、Lは即座には言い返さなかった。彼女は一瞬おいて、こう尋ねた。

――それじゃ、それをするために、あなたは何を待っているの？

――するって、何を？

——あなたが言っている、その仕事よ。

その夜、私は奇妙な悪夢を見た、私はそれをかなりはっきりと思い出す。私は教室の黒板の前に立っていて、教室の壁は子供たちのデッサンで覆われている。まったく見覚えのない顔の先生が、私に質問する。毎回、私は間違った答えをし、先生はLの方を振り向き（彼女も子供だが、私より少し年上だ）、正解を求める。他の生徒たちは私を見ずに、ノートをじっと見て、私にそれ以上、恥ずかしい思いをさせまいとしている。親友のメラニーだけが私を見て、私に逃げるようにと、さかんにサインを送っている。

私は汗びっしょりで目を覚ました。

明かりを点け、心臓の動悸がおさまるのを待った。私はその後も、寝つけなかったと思う。

翌日、私は手紙類の整理をして午前中を過ごした。受け取った手紙はすべて、子供たちが書いたほんの一言も、絵葉書も、花にそえたメッセージも、全部とってある。私は二〜三年ごとに、それを束ねて、包みにし、箱のなかに整理する。

午後は、散歩に出かけた。

幼稚園の前を通りかかったとき、ナタン（ルイーズの友人で、数週間前に街角ですれ違った）の言ったフレーズが、ブーメランのように勢いよく、私に戻ってきた。

「ママの話じゃ、お願いだからコンタクトを取らないでって、あなたは友達みんなにメールを送ったらしいですね！」

私はこのフレーズを、あれから今まで、脇に置いていた。でも、それは、そこに、ほど遠からぬところに、宙づりになって、待機していた。なぜなら、私にはそれを明確にする勇気、その意味していることに向き合う勇気がなかったし、この情報を扱う力もなかったからだ。

私は通りにいた、そしてナタンの母親のコリーヌに電話をした。彼女はすぐに受話器を取り、私からの電話を喜んでくれた。ついに、私は、洞窟から抜けだしたのだ！

あなたがメールを送ってくれたのはほんとうよ、とコリーヌは肯定した。それは——宛名のリストの長さから判断すると——すべての連絡先に送ったらしく、私が仕事に取りかかること、そのために、あらゆる誘惑から遠ざかる必要があることを、あらかじめ伝える内容だった、という。

あなたの家に立ち寄るから、そのメールを見せてもらえないかしら、と私はコリーヌに頼んだ。私はそれを見る必要があった。コリーヌは他人のおかしな行動に気を悪くするようなタイプではない。彼女は、いつでも好きな時に寄ってちょうだい、私はずっとここにいるから、と言ってくれた。

コリーヌの家に着いたとき、彼女はすでにそのメッセージを見つけだしていた、それは私の友人すべてに、メールの連絡先のほとんどすべてに、私の名で発信されていた。

彼女はそのメールを私の方に転送してくれたので、ここに記すことにする。

皆々様

ほとんどの方々がご存知の通り、私は仕事を再開できずにいます。そのうえ、私の活動は拡散し、私を蝕む嘆かわしい無為の時間を過ごす羽目に陥っています。

そこで、数カ月間、私に連絡をしたり、私を招いてくださったり、どこかで会おうと提案なさらないよう、お願いいたします。もちろん、不可抗力の場合は、このかぎりではありません。私の方からも、この本を執筆する間は、近況をお知らせしません。

このやり方は、過激に見えるかもしれません。しかし、今は頑張り時なのだ、と確信するのです。

以上、よろしくお願いいたします。

デルフィーヌ

発信は十一月の日付になっていた、Lが私のパソコンを使いだした時期だった。コリーヌは、励ましの言葉を返信し、電話をかけるのは差し控え、以後、一〜二回、メールを書いた。（私の友人の大部分、そして一族の何人かも同様にメールをくれたことを、私は後に知ることになるだろう。もちろん、Lはこうしたメッセージを私にはどれ一つ、伝えてくれなかった。）

私はコリーヌに礼を言った、そして、また会いに来るわ、あるいは、お茶を飲みに行きましょうって、近いうちに電話するわ、と約束した。

私は帰路についた。私はとても疲れたように感じた。アパルトマンの下で、私は、撮影で二日間、地方に出かけているフランソワに携帯電話で話そうとして、彼からメッセージが届いているのを見つけた。私はまるで、怖がっている人間のように行動していた。バカげていた。どうして私は、家に帰ってから、落ち着いて、彼に電話をしないのだろう？　どうして私は、Lが私の家にいると、低い声で話すのだろう？

Lはキッチンで私を待っていた。私が散歩から帰るのがずいぶん遅いのに驚き、心配しはじめていた。彼女はマカロンを買って、私の好きな紅茶を用意していた。彼女は何か大事なことを言おうとしていた。私は彼女をさえぎった。

——待って、あなたに言うべき大事なことがあるのは、私の方よ。

私の声は震えていた。

——知ってるわよ、あなたがしたこと。私の友達全員にメールを送って、以後、私とコンタクトをとらないように頼んだでしょ。

私は彼女が否定するのを待った。少なくとも、彼女が不意をつかれるだろうと期待していた。しかし、Lはまったく動じる様子も、困った風もなかった、彼女は、自分の当然の権利を確信しているかのごとく、躊躇もせずに、こう答えた。

——ええ、そうよ。私はあなたを助けたかったの。それは私の役割なのよ、あなたが仕事をできるように、最良の条件を整えること。あなたが気を散らせないようにすること。

私は息がゼーゼーした。

——でも、そんなこと、してほしくないわ。ねえ、分かった？　私の友人におかしなメールを書いて、私とコンタクトするな、って言うなんて、どうかしている、許せないわ、私に何も言わずにそんなことをする権利はないわ、私には友人が必要なのよ……

——でも、私がいるじゃない。それで十分じゃないの？

——いいえ……問題はそこじゃない、あなたがそんなことをしたなんて、呆れてものも言えない。

——それは必要だったのよ。それに、まだ必要よ。用心なさい。あなたは、この本を書くために、静けさと孤独を必要としている。

——どの本よ？

——よく分かっているくせに。あなたに選択の余地があるとは思わないわ、あなたは聴衆の期待に応えるべきなのよ。

おそらく、この「聴衆」という言葉が不協和音をたて、私に違和感を覚えさせたのだ。まるで、私が、彼女の巡業公演の前夜のバラエティーショーの女優であるかのように、彼女はこの言葉を口にしたのだ。突然、私は、Lが私のことを誰かと勘違いし、私の実体とは関係のないファンタスムを私の上に投影していることを、無視できなくなった。私は断固とした口調で抗議した、私は声が鋭くなるのを怖れた、私は平静でいたかった。

——よく聞いてちょうだい。一つ言っておきたいことがあるの。私は誰かを喜ばせたいと思って書いたことは一度もないし、そうしたいとも思わない。不幸にして、気に入られたいとか、楽しませたいとか、そんな考えが頭に浮かんだら、というのは、知りたければ言ってあげるけど、そんな考えが思い浮かぶことは確かにある、でも、私は力一杯、その考えを踏みつけてやるわ。なぜなら、実のところ、エクリチュールは、そんなことより、もっとずっと内密で、絶対的なものだからよ。

Lは立ち上がり、私に穏やかに話そうと、明らかに努力していた。

——まさに、それが、私が言ってることじゃない、つまり、もっとも内密なこと。それこそ、あなたの読者が、あなたに期待していることなのよ。あなたが望もうと望むまいと、あなたが呼び起こした愛に対して、注目に対して、あなたは責任があるわ。

私はわめいた、と思う。

——だけど、それがあなたと何の関係があるっていうの？　他人のことに首を突っ込まないで。何が良くて何が悪いか、何が望ましくて何を避けるべきか、そんなこと知ろうとするなんて、あなたはいったい何者なの？　文学とは何か、何が文学ではないか、私の読者が何を期待しているか、それは、あなたの知ったことじゃないでしょ？　あなたはいったい何様のつもり？

彼女は私に目もくれなかった。彼女は立ち上がり、マカロンをていねいに並べた皿をつかんだ。足先でゴミ箱のペダルを踏むと、呆気にとられるような素早さで、マカロンを投げ入れた。

彼女は一言も言わずに、キッチンから出て行った。私たちはまだ、お茶に手もつけていなかった。

夜中に、Lが何度も起き上がる音が聞こえた、彼女は眠れないのだと思った。満月だった、満月だと眠りを妨げられると、以前、彼女から聞いたことがある。

翌朝、私が起きた時、彼女は出て行く準備ができていた。スーツケースは玄関に集められていた。彼女はつねならぬ疲労の色を浮かべ、目の回りには隈ができ、まったく化粧もしていないように見えた。荷造りして夜を過ごしたに違いなかった。彼女は怒っているようには見えなかった（あるいは、怒っていたとしたら、それを完璧に隠していた）、とても静かな声で、私に告げた、十区にホテルを見つけたわ、部屋は大きくないけど、そのうち慣れるでしょ。私は反対しようとしたが、彼女は手で、私を止めるしぐさをした。

——これ以上、話し合うのはやめましょう。私の存在があなたの重荷になっているのは、よく分かったわ。私はあなたが書くのを邪魔したくない。私がどんなにあなたの仕事を尊重しているか、知っているでしょ。あなたの子供たちがヴァカンスで帰って来る前に、たぶん、あなたは少し、一人になる必要がある。私は理解できるわ。私は、あなたが自信を取り戻す助けになれたらいい、と考えたの。あなたが時間を無駄にしたり、罠にかかったりしなくてすむように、私ならできると思った。でも、それは、たぶん、避けて通れないことなんでしょうね。私は間違っていたわ、ごめんなさい。あなたは正しいわ、あなたがどのように仕事をするべきか、分かっているのは、あなただけよ。あなたにとって、何がいいかをね。もし、私があなたを傷つけるようなことを言ったとしたら、許してちょうだい、それは私の意図したことではないわ。

突然、私は悪いことをした、と感じた。私は、何週間も前から私を助けてくれた友達を、不愉快な仕事を片付けてくれた友達を、路頭に放り出そうとしていた。

Lは玄関のドアを開けた。ちょっと迷ってから、彼女は私の方へ戻ってきた。

――ねぇ、デルフィーヌ、私はあなたが心配よ。あなたに何も起こらないといいけれど。悪い予感がするの。気をつけてね。

そういうと、彼女は出て行き、ドアは閉められた。彼女が最初の階段を下る音がし、それからもう何も聞こえなかった。私が貸した鍵は、テーブルの上に置いてあった。

午後、青年がLの荷物を取りにきた、以前、彼女の手伝いをした青年と同じくらい若い青年だった。

その後の数日間、Lからは何の音沙汰もなかった。

私は、彼女に電話をかけようとは思わなかった。

私は、彼女の最後の言葉について考えずにはいられなかった。それは警鐘ではなかった、呪詛だった。Lが私に投げつけた、避けがたい不吉な運命。

第三章　裏切り

――アニー、ちょっと頼み事をしてもいい？

――もちろんよ、あなた。

――もし、僕がきみにこの物語を書いたら……

――この小説ですって！　他の作品と同じくらい分厚くて美しい小説、たぶん、もっとすごい小説ね！

彼はいっとき目を閉じ、それからまた目を開けた。

――わかった、もし、僕がきみにこの小説を書いたら、書き終えた時、きみは僕を出発させてくれるね？

しばし、アニーの顔に、不満そうな表情が現れた。それから彼女は彼を注視した。

――あなたは、まるで、私があなたのことを囚人として引き止めているみたいに話すのね、ポール。

――スティーヴン・キング『ミザリー』

Lが出て行った後の夏のことは、ほとんど覚えていない。

ルイーズとポールが六月に帰宅して、二週間、私と過ごし、それから私たちは連れ立ってクルセイユに出発した。彼らはしばらく私たちといっしょにいて、それからそれぞれの友人たちに合流した。私は七月いっぱい、フランソワと田舎で過ごした。彼が持ち込んだ大量の本を前にして、私は、魅惑と嫌悪が入り混じったような不安を覚えたのを思い出す。毎夏の恒例の行事、すなわち、彼だけが知っている規則に従って分類され、居間のテーブルの上にも床にも山積みされた百冊もの小説。私はこう考えたのを思い出す、Lの言った通りだ、彼のような人の身近に暮らすのは、作家として自殺行為に等しい、と。職業柄、本を読み、作家と会い、作品について意見を述べる人。夏休み明けには、毎シーズン、何百冊もの新刊書が出版された。これはメディアが伝える数字というだけではない。私の目の前に、山となって並べられたのだ、のみならず、まだ開けられていない段ボール箱には、さまざまなサイズの五〜六百冊の小説が収められ、八月末から九月末の間に荷解きされるのを待っていた。

私がフランソワと出会ったのは、彼の仕事の一環としてだった。最初は各々、自分の役割を果たす仕事上の付き合いで、私たちがほんとうに出会うには数年かかった。私は彼を愛していた。私はたくさんの理由から彼を愛していたが、彼が本好きだったからでもあった。私は彼の好奇心が好きだった。私は彼が本を読んでいるのを見るのが好きだった。私は、私たちの類似点、不一致点、そして果てしない議論が好きだった。彼といっしょに、彼よりも先に、彼のおかげで、本を発見するのが好きだった。

しかし、今回は、これらの小説すべてが、私には堪え難かった。本のカバー、帯、作品紹介が、私の無力をあざ笑っていた。私の前に広げられたおびただしい量の小説が、突如、淫らで脅迫的に映った。

私は、手で、それらを彼からもぎ取り、全部、窓から投げ捨てたかった。

フランソワは、落ち込んだ夜や、疲労困憊した夜に、全部止めてしまおうと言うことがよくあった。そんな彼に、私はこう言いたかった、さぁ、いまよ、できるなら、すべてを止めてしまいましょう、どこか別のところに住みましょう、他の場所で、人生をやり直しましょうよ。

八月、私はルイーズとポールを連れて出発し、「ヴァカンスの家」の友人たちに合流した。この箇所を書きながら、私は、あの夏、私たちが借りた家について何も覚えていないことに気づく。イマージュが浮かばず、もっと以前に借りた他の家のイマージュと入り混じり、家の場所も、家があった田舎町も、視覚化することができないのだ。

私が唯一、思い出すのは、私たちが自転車でサイクリング・ロードを走って海まで行ったこと、その時、私の口に入ってきた向かい風や、下り道で味わったスピード感だ。私は、子供たちや友人たちといっしょに、約束を違えずに、その場にいることが幸せだった、不安感も数日間はその力を加減してくれた。

二週間の休みの後、私たちは列車でパリに戻った。ルイーズとポールといっしょに、ＴＧＶの家族用の四人がけの席に着いたとき、私は一年前、ほとんど同じ日に、私たちがいま占めているのと同じような空間にいた自分が、フランス国有鉄道《エス・エヌ・セ・エフ》の灰緑色のカーテンのかかった窓ガラスに映っているように思った。一瞬にして、三人で同じ時期に「ヴァカンスの家」からの帰路についた光景が、はっきりと目に浮かんだ、座席の小さなテーブルの上に広げたサンドウィッチ、ポールの新しいヘアスタイル、ルイーズの赤いＴシャツ、彼らの日焼けした肌。私は窓の外を目にも止まらぬ速さで流れ去るこの同じ景色を追っていた、すると、突然、まるで昨日のことのように、あの日、私が考えていたことが思い出された。私は考えていた、次の一年はフランソワの仕事がとても忙しくなること、私が書こうと準備している本のこと、子供たちに見せようと注文したアルメニア民族大虐殺の記録映画のこと（子供たちの父親はアルメニア人だった）、冬空のことを。それから私はソーダ水の瓶をひっくり返し、クリネックスを一パック以上使ってふきとったのだった。こうしたことすべてが、奇妙なほど鮮明によみがえった。私はまた、ポールが子供のときのように「ニ・ウィ・ニ・ノン」のゲームに興じ、夢中になって大声を出して、周囲の人たちのひんしゅくを買ったことを思い出した。

一年が過ぎた、そう、あの旅行からちょうど一年たったのだ、それなのに私は何もしていなかった。何も。私は相変わらず同じところを逡巡していた。とはいえ、まったく同じではなかった。私はあれ以降、パソコンの前に座っていられなくなり、ワードのファイルを開けなくなり、メールに返信できなくなり、万年筆を四分以上持てなくなり、白いルーズリーフに書けなくなった。つまり、私は、仕事をするのに必要な初歩的な能力を自由に操ることができなくなったのだ。

九月の初めに、ルイーズとポールは、再び旅立った。他の人たちと同じように、九月に始まり六月で終わる学年暦で、私はものを考えたり、話したりする。すると、夏はいわば、挿入句のような空っぽの時期で、拘束を免れているように見える。私は長いこと、これは家庭の母親の生物的リズムが、子供の学校スケジュールと渾然一体となって、変容したのだろうと考えていた。しかし、むしろ、私のなかに、私たちのなかに、学期ごとに区切られた生活を送った子供が生き残っていて、それがとりわけ、私たちの時間感覚を形作っているのかもしれない。

九月は新学期だった。新しい学用品を揃え、決意を新たにする時。開始の、あるいはやり直しの時。

ところが、空気はまったく流動せず、すべては凍結していた。

今回は、私は仕事を再開できるだろうと期待してはいなかった。ものを書くという考えさえ、遠ざかっていた。どのような形で書くのか、まったくノー・アイディアだった、私の身体は、あれほど好きだったあの感覚を、疲労感と興奮、照明の丸い光のなかで座って過ごす時間、キーボードの上におかれた指、肩こり、机の下に伸ばした脚を、忘れていた。

子供たちがいなくなり、私は再び家に一人、取り残された。ルイーズとポールの不在に加えて、Lの不在、私は今さらながら、彼女を失った欠落感を感じはじめた。周囲を見るだけで十分だった。郵便物は居間のテーブルに山積みになり、パソコンの画面は細かい埃の膜に覆われていた。私は来る日も来る日もぶらぶらし、仕事をしているふりをし、つまらない些事で時間つぶしをした。その些事をずるずるとできるだけ引き伸ばし、一年間の空白期間のうちにいつの間にか周囲にうがたれた底なしの空虚を、その些事によって埋めようとした。

おそらく高齢者は、このようにして生きているのだろう、慎重で小さな歩みの継続のなかで、空白を埋めるに足る緩慢なしぐさの継続のなかで。それは、さほど辛くはなかった。

おそらく、私たちは誰しも、日によっては、偶然は存在しないのだと考えることがあるだろう。おそらく、私たちは誰しも、偶然が積み重なると、そこには特別な意味、歪めようのない意味、自分だけが解き明かすことができる意味があるのだと思ったことがあるだろう。私たちのなかで、これこれの一致は偶然ではなく、この世界の大きな渦巻のなかで自分一人に向けられたメッセージなのだと、これまで一度も考えたことがない者はいるだろうか？

次に記すことは、私に起こったことだ。二〜三週間のあいだ、Lのメッセージが、彼女が私に共有してほしいと望んだ、あの内なる確信が、もはや彼女を必要とせずに私に届けられるようになった。それは空中を漂いつづけ、自在に移動し、新しい仲介者を選んで私を説得しようとした。

ある日の夕方、数年前に長編映画のシナリオの仕事をいっしょにしたディレクターが、電話をかけてきた。この仕事は、複数の組織の援助・協力があったにもかかわらず、実現しなかった。資金調達のめどがつかず、企画は水泡に帰したのだった。ディレクターは、一杯飲みながら次なる企画について私と話がしたいと言った。私たちは、仕事でよく使うカフェで再会した。彼はすぐに本題に入った。彼は映画化するための実話を探していた。うまくいくのは実話だけだ、映画のタイトルとほとんど同じ大きさの文字で、その映画が「現実の出来事から着想された」ことを喧伝しているポスターを見るだけで、人々が何を望んでいるかがよく分かる。雑誌を読んでも、テレビを見ても、ラジオを聞いても、あらゆるジャンルで実話があふれ、人々が望んでいるのが事実であるのがよく分かる。

「真実、真実だけしかない」と、彼は結論づけた。あの私の最新作の映画化について、さまざまな提案があったのに、私が断ったことを彼は知っていた。それは理解できるが、でも、もし私に何か考えがあったり、もし何か——昨今の三面記事か、歴史から忘れられた人物など——おもしろそうな話を耳にしたりしたら、自分に声をかけてほしい、そうしたら、ぜひ、またいっしょに仕事をしたい、と彼は言った。

カフェを出たとき、私は不機嫌だった。真実……結局、人々が期待しているのはそれなのだ、食品のうえに貼られるフランス産を示す赤ラベルや有機農法のビオ・ラベルのように、映画や本に貼られるレッテルによって保証される真実、本物であることの証明。私は、人々が必要としているのは、ただ単に、物語がおもしろく、彼らをびっくりさせ、彼らを夢中にさせることかと思っていた。私は間違っていた。人々は、それがどこかで起こり、それが実証できることを望んでいた。彼らは実際にあったことを求めていた。人々は物語や登場人物と一体化したがっていた、そのために、彼らは商品について安心する必要があり、最低限の品質保証書を要求しているのだった。

その後の数週間、テレビをつけたり、雑誌を開いたり、映画の新しいポスターが貼り出されるたびに、問題とされているのは、事実、真実、信憑性、につきるように思えた。それは、まるで同じことのように、販売促進のための「パッケージ」商品のように、同じ袋に詰められていた。まるで私たちは、すべてを要求し、すべてを知る権利があるかのようだった。

私は次の数行を書くにあたって、それがほんとうに偶然の一致だったのか、それとも、私自身の関心によって歪められた主観的なヴィジョンだったのか、はっきりと言うことはできない。

二十年前のこと、私が妊娠を待望していた数カ月の間、なかなか妊娠できなかったこともあって、周りの女性たちがみんな妊婦に見えたことがあった。これは伝染病かしら、と私は考えさえした。私の住む界隈の妊娠可能な年齢の女性たちが、まるで示し合わせて、私より先に妊娠したかのように思えたのだ。それに、妊婦と彼女たちの大きく突起した素敵なお腹しか、私は目につかなかったのだ。

それはそれとして、こうしたサインはことごとく、Lの方へと収斂し、解釈された。

もし、Lの言う通りだったとしたら？　もしLが、私たちの読み方、ものの見方、考え方の急激な変化を理解していたのだとしたら？　私は読者として、あるいは視聴者として、例外ではなかった。リアリティー番組は私を魅了したが、それは私が次の作品でリアリティー番組を題材にしたいから、という理由からだけではなかった。私は美容室や歯医者に行くたびに大衆誌を読みあさり、伝記映画や実話に基づく映画を定期的に見に行き、その後で急いでインターネットで事実を検索し、人物の素顔を調べ、詳細や証拠や確証を探しまくった。

私は、リアリティー番組を興味深く見ていたということを、認めざるをえなかった。そして、もしLが、そのことを理解していたとしたら？　私は自伝的な小説を書いていた、その登場人物はみな、私の一族から着想を得ていた。読者は彼らに愛着をもち、その各々がその後どうなったかを知りたがり、私に尋ねた。登場人物の誰それがとりわけ好きだと、私に打ち明けた。読者たちは私に、事実の信憑性について質問した。彼らは調べさえした。私はそのことを無視できなかった。本の成功は、結局のところ、それが事実かどうかによるのだろう。実話、あるいは事実に基づく話。たとえ、私が何を言おうとも、どんなに私が慎重に、事実は捉えがたいと主張し、本は私の主観だと断言したとしても。

私は実話に首を突っ込み、抜き差しならない羽目に陥ってしまったのだ。

今後は、私が作りだす登場人物たちは、彼らの背丈、彼らの物語、彼らの傷がどうあろうと、実話には太刀打ちできないだろう。作りものの登場人物たちからは、オーラも、霊気も、息吹も、何も発散されないだろう。どんなに私に想像力があったとしても、彼らはみな、小物で、発育不全で、生白く、力不足だろう。生気がなく、役立たずで、肉体をもたないだろう。

そうなのだ、Lは正しかった。事実に対峙しなくてはならなかったのだ。

私はある文学叢書に収録されたモーパッサンの小説の序文を書いたが（つまり、Lが序文を書き、私が署名をしたのだが）、その叢書を担当していた編集者は、年に何回かオデオン座で読者との交流会を企画していた。モーパッサンの小説を収録した巻が出版されたとき、私がこの会のことを忘れていないか確認するために、編集者が電話をかけてきた。私たちは契約書に署名したとき、すでに日取りを決めていた。交流会は百名ほど収容できる小ホール、ロジェ・ブランで開催されることになっていた。交流会はおよそ一時間の予定で、私が了解すれば、まずは、私が小説の抜粋を読み上げ、それからその朗読されたテキストについて、また私が考えるモーパッサンのおもしろさについて、司会者から質問を受ける、という構成だった。その意図は、モーパッサンのあまり知られていないこの小説を、新たに発見し、また読み直したいと、人々に思わせることにあった。

電話を切ったとき、私の頭にまっ先に浮かんだのは、Lに電話をして、私の代わりに会に出席するよう頼むことだった。でも、彼女の電話はいつも留守電だった。電話番号は変わっていないのに、彼女は怒りが収まるまでは出ないつもりらしかった。私は伝言を残さなかった。

今回もまた、私はすでに約束をしていた、交流会の知らせは、さまざまなサイトにのっていた、取り下げるには遅すぎた。よく考えると、Lに私の身代わりを頼むのは無理だった。私は出版社の人たちを何人も知っていたし、以前、本屋で開催された交流会で出会った読者たちが来ている可能性もあった。Lの正体がばれるのに、二分とかからないだろう。

前夜、私はモーパッサンの小説と、Lが執筆した序文を読みかえした。一睡もできなかった。

当日の夕方、私は、交流会の司会をするオデオン座の文学顧問と事前に打ち合わせをするために、早めに会場に着いた。彼は私を落ち着かせようとし(私はひどく緊張した様子をしていたに違いない)、それから、会の進め方について説明した。その後、いよいよ壇上の席につき、聴衆と向き合うことになった。

ホールは満席だった。十分ほど、私はテキストの抜粋を大きな声で読んだ。視線を上げたとき、彼女が目に入った。

彼女はそこに、三列目に、私と同じ服装で座っていた。私と同じような装いではなく、私と「瓜二つ」の服装だった、同じジーンズ、同じブラウス、同じ黒い上着。ブーツの色だけが、私のよりも若干、濃い色だった。私は笑い出しそうになった、Lは私をからかっていた、Lは変装し、映画のように、代役を演じることにしたのだ。Lは私に合図した、何か問題が起きたら壇上に上り、いきなり代役をかってでる準備はできている、と。彼女はこっそりウィンクした、私以外の誰も気づいた様子はなかった。

私は、本のプレゼンテーションについては、かなりぼんやりした記憶しかない。質問への回答は凡庸で、時間がたつにつれ、内容の乏しいつまらない話に堕していった。私はLの方を見た、彼女は今や、聴衆の真ん中にいた、私は我にもあらず、彼女の注意深く無表情な顔を眺めた、それは私が陥った欺瞞を想い起こさせた。彼女が微笑み、何度も同意のしぐさをおくってくれたにもかかわらず(まるで、学芸会にでる子供を励ますように)、私は彼女の持ち場は、この壇上にあると、そして彼女の方が私よりはるかに適切な返答をしただろうと、考えないわけにはいかなかった。

交流会が終わり、解散となったが、聴衆はしばらく会場にたむろしていた。私は何冊かの本にサインをし、二言三言、言葉を交わした。遠くから、私はLを見た、彼女は参加者の一団に混じっていた、それから私に序文を依頼した編集者としゃべっていた。私は身震いした。誰も彼女に気づいていないようだった。誰も、彼女が私に似ていることに、あるいは私の真似をしていることに、気づいていないようだった。Lは背景に溶け込み、驚きも疑いも呼び起こさなかった。するとその時、突然、こうしたことすべては、私の想像を単に投影したにすぎない、という考えが頭をかすめた。自己陶酔的なファンタスム、解釈妄想にすぎないと。Lは私のような格好をしているのではなく、私たちの年代の大部分の女性たちと同じような格好をしていたのだ。Lが私の模倣をしていると想像するなんて、私はいったい何者なのだろう、何様のつもりなのだろう？　Lについて、異常なまでに恐怖を増大させていたことを、私は認めなければならなかった。Lは、確かに、少々勘の鋭い友達だけれど、私を助け、忠告をしようとした、そのお返しに、私は警戒心と疑惑しか抱かなかった。私以外の誰も、彼女のことをおかしいと思った者はなく、私だけが彼女に不審な眼差しを投げたのだった。

しばらくして、会場が空になると、私は出版社の人たちと一杯飲みに行った。私たちは劇場から一番近いカフェの大きなテーブルの周りに陣取った。私は仲間たちとその場にいることが幸せだった、気取らないなごやかな雰囲気で、気分がよかった。

十分くらいたって、Lがカフェの窓ガラスの前を通り過ぎるのが見えた、彼女は私に悲しそうな合図をし、それから姿を消した。

この打上げパーティーの翌日、私はLに何度も電話したが、彼女の携帯は相変わらず留守電になっていた。ある日の夕方、彼女はSMSで、あなたのことを考えている、「もう少し事態がはっきりしたら」電話をする、と伝えてきた。

私たちは数週間、いっしょに暮らし、同じ浴室を使い、何十回も食事をともにした。私たちはおたがいの気持ちを一致協力させるようにして共同生活をした、それからLは出て行った。私のアパルトマンには彼女の痕跡は何も、服も、小物も、冷蔵庫に貼った伝言も、何も残されていなかった。彼女はすべて荷造りし、すべて持ち去り、後に何も残さなかった。

こうして一〜二週間が過ぎ去った、その間の思い出は何もない。私は一度もパソコンを起動させなかった。

それからフランソワがまた、外国に出張しなければならなくなった。

私は友達に電話をし、コンタクトを取り戻し、いつでも暇だと知らせてもよかっただろうと思う、でも、その気力がなかった。友達に会えば、Lのことを話さなければならなかっただろう、どうして彼女が私の家に住むようになったか、どうして彼女が私のパソコンを無制限に使うことができたか、説明しなければならなかっただろう。私が書けなくなったことを、おさまることのない病的な恐怖心のことを、打ち明けなければならなかっただろう。さもなければ、あのバカげたメッセージを書いて彼らを私から遠ざけたのは私自身だと、嘘をつかなければならなかっただろう。

私は、一人ぼっちだった、後戻りのできない嘘に閉じ込められた捕らわれ人だった。

十月のある朝、私はメールボックスにまた匿名の手紙が入っているのを見つけた。同じ封筒だった。次のような内容である。

デルフィーヌ

子供の時から、おまえはぞっとさせた。おまえは不快感を振りまいていた。みんなだ。みんな、そう思っていたし、そう言っていた。それは改善しないどころか、悪化した。なぜなら、今や、マダムは文学のなかでやっておられるからだ。

しかし、今日、もう誰も騙されない。おまえの栄光の時、おまえの策略、おまえのろくでもない悪だくみは終わった。おまえに同情する者はもういない。毎日、いたるところで、店で、通りで、夕食会で、おまえの本についての不快なコメントがささやかれ、私は迷惑をこうむっている。いたるところで、あざけりや嘲笑が聞こえる、おまえはもう人の目を欺けない。みんながバカにしている。おまえの話も、おまえにしか通用しないユーモアも。おまえは子供時代も思春期もひどく神経質で、病的でさえあったことを、私は知っている、おまえはそれをうまく語っている。おまえの本は大勢の人を驚かせた。しかし、それもおしまいだ。

おまえ好みのくだらない発掘は、いつだって後悔で終わるものだ。おまえの行動は、おまえの精神病的症状を悪化させるだけだ。おまえは、目的のためには誰とでも寝ることを、メディアの表面から引っこめば忘れてもらえると思っているのか？　おまえは結局、化けの皮をはがされた。最悪なのは、おまえがそれに気づいていないことだ。

私はタイプで打たれたこの手紙を封筒に戻し、他の手紙といっしょにしまった。アパルトマンのなかに不安が血の海のように広がった。

手紙が私を傷つけ、私を中傷していることは、もはや否定できなかった。

私はフランソワには何も言わなかった、誰にも何も言わなかった。

私は、いつも感じていた胸部の圧迫感についても、目が覚めるや否や腹部に侵入し、それから身体中に拡散する苦い液体についても、話さなかった。

数日後のこと、地下鉄で、映画館から出てきた二人の男の子が、私の前に座った。一人がもう一方に、彼らが見てきたばかりの映画について話していた。彼がネットの映画情報サイト、アロシネで調べたところ、映画はきわめて事実に近く、ほとんどが実話だ、と。それを聞いたもう一方は、驚いて、言った。

——君は、実話から作られた映画をたくさん見たのかい？　映画を作る連中は、インスピレーション不足ってことだね！

最初の男の子は少し考えて、答えた。

——いや、そうじゃなくて……事実の方がずっと先を行っている、ってことなんだ。

事実の方がずっと先を行っている、このフレーズは私をびっくりさせた。別の惑星を歩くために作られたようなナイキのスニーカーを履いた十五歳のガキ、彼が口にしたこのフレーズは、取り立てて何ということもない発言だが、妙にうまい言い回しだった。事実は意志を、それ自身の力学を、備えている。事実は、私たちが作りだせるものよりも、はるかに創造的で、大胆で、想像力にとみ、高度な力が結実したものなのだ。事実とは、比類なき力を持った造物主《デミウルゴス》によって企てられた壮大な策謀なのだ。

　また別の夜、帰宅すると、建物の入口にLの香水の匂いがした。それは偶然だったのだろうか、あるいは嗅覚の錯覚だったのだろうか。

　アパルトマンのドアを開けた時、街の灯りが居間の一部を照らし、床に家具の影が映しだされた。私はしばらく照明を点けなかった、誰かに見られているように感じたからだ、私は窓から外を眺めた。向かいの建物の階段の踊り場に、人影が見えたように思った。目が少しずつ暗さに慣れ、よく見ると、その印象は確信に変わった。誰かが、そこに、身動き一つせずに立っていた、階段の明かりは消えていたので、この人物は見られていないと思っていたのだろう。この距離では、顔を見分けることはできず、男性なのか女性なのかも判然としなかった。

　私はしばらくじっとしていた、暗闇に目をこらし、特徴を、服装を、体つきを、見分けようとした。それから人影は退却し、姿を消した。

　私は遮光カーテンを閉め、その後ろに身をひそめ、隙間から、人影が戻って来るのではないかとうかがった。しかし、人影がまた現れることはなかった。

　翌日の朝、朝日のなかで窓から外を見ると、昨夜のことはまるで夢のようだった。すべてがいつも通りだった。


　一〜二時間後に、リシャール＝ルノワール大通りの市場に行こうと家を出たとき、私は階段で転んでしまった。どうして転倒したのかは、うまく説明できない。たぶん、うっかりして階段を下りているのを忘れたのだろう。ほんの一瞬の空隙（一瞬、接続が切れて）、私は平らな地面を歩いているかのように、一方の足を、もう一方の足の前に置いた。そうして十段ほどの階段を滑り落ち、鈍い音を立てて下の階に着地した。しばらくじっとしていたが、私は起き上がれなかった。隣人の一人が救急車を呼んでくれた。救急車は建物の前に駐車し、私は担架に寝かされて、隊員が救急車のなかに運びこんだ。救急車の周りには野次馬の小さな人垣ができ、隊員の一人がそれを遠ざけていた。救急車のドアが閉まりかけたときに、Lが取り乱した様子で、野次馬の輪から抜け出るのが見えた。隊員が彼女に、私がサン＝ルイ病院に搬送されると教えた。彼女は私に向かって叫んだ、自分も車で追いかけて病院に会いに行くわ、と。

　その時は、Lがどんな偶然でその場に居合わせたのか、疑問を抱かなかった。私はなじみの顔を見てうれしかった、助けを求めなくても駆けつけてくれる人、絶好のタイミングで、まるで魔法のように、どこからともなく出現する人。

Lは三〇分後に、緊急処置室に姿を現した。普段は、近親者でも治療室に入ることは許されないが、Lは早々と誰かを説得して、立入禁止のドアを通り抜け、私に付き添ったのだった。彼女は、さっそく椅子を見つけて、私が横たわっている担架の側に腰掛けた。どうやって入室できたの？　と尋ねると、彼女はこう答えた、当直のインターンに、病人は重篤の抑鬱症だから、自分が付き添って安心させた方がよい、と説明したのよ、と。それが冗談なのか、本気だったのか、私には分からなかった。いずれにしろ、私は彼女の説得力に感心した。

私は足の痛みがひどかったが、何カ所かの打撲傷以外は、特に問題はなさそうだった。緊急性はあまりないらしく、X線撮影に連れて行かれるまで、長いこと待たされた。その間、Lは私の側にずっと付き添っていた。私は彼女に数週間会っておらず、再会できてうれしかった、と言わねばなるまい。最後に交わした口論は過去のことになり、私は彼女のことを本気で恨んではいなかった。この時点では、私は、Lが風変わりで、神経症的で、極端な性格で、何をしでかすか予測できないということはよく把握していたが、彼女がどれほど危険かは予測していなかった。風変わりで、神経症的で、予測不能で、極端な性格の人物を、私は何人か知っていたし、私自身もたぶん、そのたぐいだったろう。そのうえ、彼女に関して私が抱いていた疑惑は、おそらく根拠がないものだった。そう、彼女が私の友人たちにメールを送ったのも、私が仕事に集中できるようにとの彼女なりの配慮からだ。たぶん、彼女は自分の行為の重大さに気づいていなかったのだろう。ところで私は、そのことで彼女と決定的に仲違いしたものかどうか、分からなかった。なぜなら、他にも彼女が私のためにしてくれたことが多々あったからだ。数週間のあいだ、Lは私の側にいて、私を助け、力づけてくれたではないか。

そして今回もまた、彼女は私の側に座り、理解し、安心させ、適切な言葉をかけることができる能力を発揮していた。私たちは、ものの数分で、私たちを結びつけていた共犯関係を取り戻したのだった。

Lが私に初めて打ち明け話をしてくれたのは、X線撮影を待っているときだった。

どのようにしてそんな話をすることになったのか、よく覚えていない。おそらく、私たちは病院や入院生活の話をしていたのだろう、すると、Lは数カ月間、精神科クリニックで過ごしたことがあると、ほのめかした。私は質問した。最初のうち、彼女は漠然とはぐらかしていたが、それからおもむろに語りはじめた。夫の葬儀の翌日、彼女は失語症に陥った、一夜にして、何の前兆もなしに。夜中、目が覚めると、骨が痛み、息切れがした。熱もあった。布団の中で、自分の身体が発する熱を感じた。インフルエンザにかかったか、何かのウィルスに感染したのだろうと思い、ベッドの中に横たわったまま、夜が明けるのを待った。周囲の建物に明かりが灯り、暗かった空が灰色に変わるのが窓から見えた。目覚まし時計が鳴ったとき、お茶を用意しようと起き上がった。それから、キッチンで一人、声を出そうと試みた。直感によって、自分に異変が起こったのを理解したかのように。口からは、何の音も発せられなかった。洗面所で、鏡に自分を映してみた。歯を磨いた。口蓋の中を調べ、喉のぐりぐりを触ってみた。咳をしようとした。何の音もしなかった。つぶやくことさえできなかった。喉は痛くもなく、腫れてもいなかった。彼女は一日中家で過ごし、外出しなかった。何度もしゃべろうと試みたが、音を出すことはできなかった。

数日たって、家族の者たちが、音沙汰がないのを心配した。誰かが彼女をクリニックに連れて行ったが、それが誰だったか、覚えていない。

彼女はそこに半年、入院した。二十五歳の時のことだ。彼女はできるかぎり、処方された薬を飲まずにいた。彼女は沈黙の中に閉じこもった。分厚い綿が喉の中に挟まって、大きくなり、喉全体を包んだかのようだった。柔らかくてぎっしり目のつんだものが、喉を守っていた。

ある日、彼女は、このまま一生、黙ったままでいることはできない、と理解した。道を逆戻りして、言葉の使い方を取り戻さなければならないだろう、このことに立ち向かわなければならないだろう、と。数日間、夜中に一人、布団の中で話す練習をした。人に聞かれないように両手で口を塞いで、小声でささやき、低い声で短い単語を発音した。

ハロー。

誰かいる？

はい。

私。

L。

生きている。

しゃべれる。

手のひらには、暖かな息。静かに、ひとつ、ひとつ、集められた言葉たち。すると、彼女は分かったのだ、言葉の使い方を取り戻せるだろうと、もうけっして話すのを止めないだろうと。彼女は新しい言葉を発音した。

Lが初めてしゃべったのは、火曜日だった。看護婦が彼女の部屋に朝食を持って入ってきた。陽光が窓の柵の影を、ベッドの脇の壁に映していた。若い看護婦は彼女にはずんだ口調で話しかけた、病院やクリニックや養老院など、元気な人がへこたれた人の世話をする施設で耳にする、あの口調で。彼女はトレーをワゴンテーブルの上に置いた。

　Ｌは看護婦が働くのを見ていた。彼女は何か言いたかった。昔、習った詩が、突然、よみがえった。

　――私はあなたのことを何度、夢に見たことか、あなたの影を抱きしめても、私の腕は胸の上で虚しく交差するばかり、あなたの身体の輪郭に触れることがないままに。

　すると、看護婦は立ち止まって、あの同じ口調で彼女にこう言った、すごいわね、あなたは声を取り戻したのね。Ｌは彼女に微笑みたかったのに、泣き出してしまった。嗚咽ではなく、静かな涙が、意図せずに、頬をつたった。

　ジャンは死んだ、でも、彼女は生きていた。


　Ｌは、話を終えた。彼女の感情の高まりは、痛いほど伝わってきた。

　彼女は人生の六カ月を、一言も発さずに過ごしたのだ。その思い出がとても辛いものだということを、私は感じとった。

　この時だったと思う、私に、あるアイディアが初めてひらめいたのは。

　この話のせいで、この最初の打ち明け話のせいで。

　そのとき、私たちの周りに、傷つき痛めつけられ怯えた人たちが、転落した人生を生き、苦しんだ人たちが、ひっきりなしに立ち現れた。そのとき、初めてひらめいたのだ、Ｌについて書こうというアイディアが。

　これは、すごい企画だった。冒険だった。私は聴き取り調査を行わなければならないだろう、そしてそれは簡単ではないだろう。Ｌは容易には心の内を明かさなかった。秘密を隠し続けるすべを知っていた。

　しかし、突如として、すべてが明らかになった。すべてが意味を帯びた。私たちの奇妙な出会いも、彼女が私の人生で急速に重要な場を占めるようになったことも、あの階段での転倒さえも。突如として、物ごとがあるべき場におさまり、存在理由を見出した。

　突如として、私はそのことしか考えなくなった。Ｌをめぐる小説。私が彼女について知っていること。彼女の気まぐれ、彼女の病的嫌悪。彼女の人生。

　それは明白だった。避けては通れなかった。

　彼女は正しかった。もはや、あらゆるパーツから登場人物たちを作り、この使い古されたつまらない操り人形たちを空虚のなかで動きまわらせる、そんな場合ではなかった。

ほんとうの人生を語る時が来ていた。

そして彼女の人生は、私の人生以上に、小説じみていた。


私がX線撮影をうけている間、Lは待合室に戻っていた。X線写真から、五番目の中足骨が骨折していると診断された。


しばらくたって、私は足を膝まで添え木で固定されて、緊急処置室を後にした。

Lが病院の出口に彼女の車を近づけた。救急車だと、あと一時間は待たされそうなので、私たちは断ったのだ。

彼女は慎重に、私が前の座席に座るのを補助した。私たちは途中で薬局に寄って、病院で処方された鎮痛剤と松葉杖を買った。

医者の話だと、私は少なくとも四週間は、添え木をはずしてはならず、足を地面につけてはならなかった。


Lは、私を家まで送る車のなかで、黙っていた。しばらくして、彼女は、エレベーターなしの七階住まいで、フランソワがいないとなると、日々の暮らしはさぞかし大変でしょうね、と心配した。片方の足だけで身体を支えて階段を上るのは、考えただけで難儀だろう。しかも、いったん家に着くや、もはや降りる気がしなくなるだろう。一日中、外出せずに過ごすのに耐えられない私には、困難きわまりないだろう。

どのような成り行きで、彼女がクルセイユに行くというアイディアを持ちだしたのか、私はもう覚えていない。が、これを提案したのは彼女で、私ではない、ということだけは確かだ。私にとって、クルセイユは何よりもフランソワのテリトリーだった。たとえ、ここ数年かけて、私が居心地よく過ごせるように、彼がいろいろ考案してくれたとはいえ（実際、とても快適な一階の部屋は、私の書斎になっていた）、私は、この場所が彼のものであり、彼のエネルギーに満たされていると、見なしつづけてきた。彼がいないときに足を踏み入れたことは皆無だった。

そのような経緯があったからだろう、私が彼に電話をかけ、事故の報告をして、しばらくクルセイユに滞在してもよいかと尋ねたとき、フランソワは、いったん心配がおさまると、すぐに大歓迎した。もちろんだ、すばらしいアイディアじゃないか、ただし君が一人じゃないならね。家には段差がなく、私が仕事をするための場所もあった。残念ながら、フランソワは予定より早く帰宅することはできなかったが（彼は四人のチームで出張し、飛行機の便も、撮影プランも、作家と会う日程も、ずっと前から決まっていた）、彼としても、私が一人で七階の自宅に引きこもっているより、女友達とクルセイユに滞在した方が、ずっと安心だったのだろう。私は鍵を持っていたので、クルセイユ方面への道を取るだけでよかった。会話の途中で、フランソワは何度も、私の転落に話を戻した。「君は、いったいどうして転んだりしたんだい？」私は、どうもこうも、何がどうなったのか、説明のしようがなかった。しかし、今や、私には計画があった。大きな展望が。Lについて書く、というアイディアが、頭を去らなかったからだ。おまけに、彼女と田舎に出発し、彼女を手元における、私は有頂天だった。

フランソワは最後に、またもや、君は誰と行くのかい？　と尋ねた、そして私が、再び、Lの名前を口にすると、彼はしばし沈黙した。それから、くれぐれも慎重にね、と忠告してくれたが、それは、田舎までのドライブと、私の動かない足のことを言っているのだろう、としか私は思わなかった。

私が電話を切ると、Lは、私の住む建物の下にあるカフェに私を連れて行った。Lが出立の準備をしているあいだ、私はそこで暖をとることになった。あなたのアパルトマンまで行って荷物を持ってきてあげるわ、という提案に、私は従った。転落事故を起こし、緊急処置室で何時間も過ごしたうえに、痛みが波状的に押し寄せはじめ、私は疲れきっていた。七階までよじ登る体力も気力もなかった。

彼女は、ついでに植木鉢の植物に水をやって、暖房の温度を低くしておくわね、と言った。それから、自分の荷物をホテルに取りに行くことにするわ、と。

私は一時間以上、もしかしたらもっと長く、カフェに座っていた。私はすっかり参っていた。何度も時計を見たことを覚えている。

それから、やっと、Lの車が、再び、ガラス窓の前に止まるのが見えた。彼女は車を降りて、カフェのなかに迎えに行くわ、と合図した。

準備完了だった。

私たちは、すぐに出発した。

パリからの出口は少し渋滞していた。二〇分も運転しただろうか、その間、私は何も質問しなかったが、Lは、交通機関のストがあった日の夕方、街中が麻痺していたときに、彼女の夫と知り合った経緯を話してくれた。渋滞のさなか、一人の男性が彼女の車の窓ガラスをノックした。少々バカげた警戒心から、彼女はドアにロックをし、信号まで車を進めた。その男性は、彼女の車に追いついてきた、彼女は一瞬、またノックをするのかと思ったが、彼は別の車に乗り込んだ。その時、彼は皮肉っぽい微笑みをうかべ、彼女は自分の取った行動を恥じたのだった。その少し後で、次のヒッチハイカーを乗せたのは、たぶん、そのせいだろう。今度の男性は、背が高く、第一印象より齢はいっていた。彼は隣の席に滑り込み、それから彼女のことを観察した。彼女はすぐに、彼の匂いに、タバコと革の混じった匂いに、捉われてしまった。二人はいっとき、話もせずに車を走らせた。しばらくして小道に車を止め、連れ立ってパリのホテルに入って行った、部屋はほとんど空いていた。Lはジャンが欲しかった。彼が彼女の車に乗ってきた瞬間に、彼の匂いを吸い込んだ瞬間に。彼女は、その日、最初の数時間で、彼といっしょになるだろうと予感した。なぜなら、それまでの人生は、突然、存在しなかったように思えたからだ。彼女は十九歳、彼は二十八歳だった。

Lは、話の途中で間を入れた。私は、まるで小説か映画のような出会いね、と言ったのを覚えている。その時、私はとくに何も考えていなかった。

車が国道を突っ走っているとき、ついついメーターに目をやったが、私は質問をすることは止めなかった。初めて、Lは答えてくれた。彼女がジャンと六年間いっしょに生きたことを、私は知った。それから彼は亡くなった。彼女が彼と知り合った時、ジャンは歯科医だった。彼は二人の技師と共同で歯科医院を経営していた。Lとジャンは結婚する数カ月前に、いっしょにアパルトマンを購入した。それから一～二カ月して、ジャンは仕事を止めてしまった。彼は六～七年も勉強をしたのに、歯科医に興味がなくなったのだ。Lがゴーストライターとして働き始めたとき、ジャンはメッセンジャー・ボーイとして、つぎにはバーテンとして働いていた。彼は、二人の住む界隈で、高級食料品店か古物商をやりたいと話していた。それから、外国に行って暮らそうと言いだした。それから、何も、まったく話題にしなくなった。彼女の隣で、静かに、ジャンは声なき悲しさのなかに沈み込んでいった、彼女はそれがどれほど危険なものか、推しはかることはできなかった。

私たちは黙って、十分ほど車を走らせた。それからLは、夫の死について語った。彼女はこの機会を選んだのだろう、なぜなら、私たちは横に並んで座っていたので、顔を見ずに話すことができたからだ。ルイーズとポールが子供だった頃にも、これに類したことがあった。彼らは、いっしょに道を歩いている時とか、地下鉄や列車で隣合わせに座っている時とか、あるいは私が食事の準備をしている時とかに、私に話しかけてきた。彼らが思春期だった頃には、私たちのもっとも大事な会話は、私たちが何か別のことで忙しくしている時に交わされたものだった。

私たちが国道12号を車で走り、Lがこれまで避けてきた話をしはじめた時に、私が考えたのは、そのことだった。つまり、私たちは向き合っておらず、私は彼女の横顔しか見えなかった、それで、彼女はやっと、夫の死について語ることができたのだ、と。

Lは山が好きだった。人から離れ、自然と向き合う。彼女とジャンは、よくいっしょに山に行ったものだった。ずっと以前から、彼女は、アルプス山中の山小屋で、世俗から離れ、数週間過ごしたいと考えていた。三回目の結婚記念日を祝った後で、彼女はジャンに、いっしょに行きましょう、と提案した。彼は気が進まなかったが、彼女はしつこく迫った。そうすれば、彼が無気力から抜け出せるかもしれないし、二人はまたおたがいを取り戻せるかもしれない、と彼女は考えたのだ。彼は結局、受け入れた。ジャンは準備にのめり込み、率先して、何を持っていくべきかを調べあげた。彼らは自給自足の生活をするための物資を、衣類、寝袋、キャンピング・ガス、保存食、あらゆる種類の缶詰などを、買い集めた。山小屋までは、麓の村から歩いて一日の行程だった。ジャンは野生動物に襲われた場合にそなえて、カービン銃を持って行きたがった。バーの常連客が彼に武器を貸してくれた。

彼らは晴れ渡った日に、山に登った。山小屋は、ストーブと窓のついた大きな部屋と、外への出入り口のない小さな部屋とからなっていた。

見渡すかぎり、雪景色だった。そしてときどき、この静寂を引き裂く物音がした、それが何の音か、彼らは徐々に分かるようになった。彼らは二人きりで、世俗から隔離されていた。時間の経つのは遅く、それまでとはまったく異質な時間感覚を味わった。

一週間たつ頃には、ジャンは帰りたがった。彼は気分が沈み、抑圧感を感じた。彼は街を、車の騒音を、クラクションを、はじける人声を、取り戻す必要があった。しかし、Lは、途中で退散する気は毛頭なかった。彼らは保存食が底をつくまで滞在する約束をしていたのだ。彼女は最後までこの経験を続けたいと望んだ。

ジャンは発ちたがった。彼女は、私のことはほっといてさっさと山を降りたらいいでしょ、と言い放った。彼女は彼の誠実さを試したのだ。彼女は辛辣なことを言ったのだ（この詳細を語ったとき、Lは締めつけられるような声をだした）、彼女がこのとき、どんな言い回しを使ったか、もうはっきりとは覚えていないが、その言葉はきつく、逃げるつもりなのかと、またもや彼を責め立てたのだった。

ジャンは居続けた。

来る日も来る日も、彼らは外に出て、かんじきを履いて歩いた。彼らはたくさん本を読んだ。彼らはもう、愛し合わなかった。夜は寒さに疲れはて、あっという間に眠り込んだ。ストーブがあるにもかかわらず、一刻一刻が寒さとの戦いだった。戦いは時間を増幅させた。彼女はついには、ジャンが元気がないのを忘れてしまった、なぜなら、ジャンは、前よりひどく元気がなくなったわけではなかったからだ。

ある夜のこと、彼は、僕は幸せだ、とさえ言った。

数日間、嵐が激しく、外に出ることができなかった。二人は山小屋にこもり、窓ガラスは水蒸気でますます厚く曇った。数日間、風の吹きすさぶ音と、自分たちの声しか耳にしなかった。すると、おぞましい考えがひらめき、彼女の頭を離れなくなった。自分がかつて愛したこの男性を、もう彼女は愛していなかったのだ。

四日目に、嵐はようやく収まった。Lは散歩に出かけた。ジャンを山小屋のなかに、寝袋にくるまったままにしておいた。彼女は森の方に一人で歩いていった、その時、突然、後方で爆音が炸裂した。発砲音が静寂のなかに響き渡ったが、しかし、数秒後には、何も聞こえなかった。何の木霊も。彼女は、夢でも見たのかと思った。

山小屋に帰ると、彼女はジャンの死体を見つけた。それはもはやジャンではなかった、頭がなかったのだから。彼の頭は引きちぎられ、いたるところ血だらけだった。Lは自分の足もとを見た、夫の頭蓋骨の破片の上を歩いているのだった、彼女は後ずさりした。彼の黒髪には血がこびりついていた。

彼女は悲鳴を上げたが、その声は虚しく響いただけだった。


Lは話を終えた、私はしばらく口がきけなかった。彼女が私にしてくれた打ち明け話に見あった同情の言葉、慰めの言葉を見つけたいと思ったが、できなかった。

私は結局、こう言った。

――ずいぶん、苦しんだでしょうね。

Lは、微笑んだ。

――もう、ずっと前のことよ。


私たちは黙って車を走らせた、夜になっていた。

目的地に到着したとき、私はLに、車を降りて門を開けるのを任せた。ヘッドライトの光線のなかで、彼女が力強くエネルギッシュなしぐさで家の扉を順番に開けていくのを、私は見ていた。「鍵を握っているのは彼女だ」と、私は考えた。私の意識の奥底からか、何らかの推理小説からか浮上したフレーズ、私はこのフレーズの持つ二重の意味に気づいた。作業を終えた時、彼女は勝ち誇ったように私の方を振り返った、電気を帯びたような彼女の髪は、顔の周りにきらめく光輪を形づくっていた。それから彼女は車の方に戻ってきた。

Lは再びハンドルを握り、家の前に駐車した。そして、庭は地雷原のようよ、と言った。ほんとうに、道路沿いの地面には何カ所も、下水道の配管設置のための深い穴が掘られていた。工事は村中で実施され、あちこちに置かれた赤と白に塗られた柵が、工事現場であることを示していた。

Lは玄関のドアを開け、私のバッグと彼女のバッグを中に置いた。私は松葉杖をまだうまく扱えなかったので、一階は案内したが、二階は彼女一人だけで行ってもらった。

私たちは、一階にある二つの客間を使うことにした。フランソワといっしょの時に使う寝室に行くには階段を上らなければならないので、危険すぎるように思われた。

食品戸棚には、缶詰のスープとパスタがあった。

私は疲れていたので、夕食後、すぐに就寝した。

翌日、私はLに、一番近いスーパー、アンテルマルシェへの行き方を教えた。私たちはいっしょに、たっぷり一週間過ごすのに必要な買物リストを作成した。

Lが出発した後、私は書斎のドアを開けた、それは一階にある小さな部屋だった。私は暖房を最大限に入れ、カーテンを開けた。窓から、彼女が閉めた門の扉が見えた。空はセメント色で、低く垂れ込め、破れそうもないほど厚かった。

私は身体の内部で、手の内部で、何かが波打つのを感じた、慣れ親しんだ脈動が、希望と飛翔の鼓動が、波打つのを感じた。それは、ほんのわずかでも焦った気配があると、消えてしまいそうな鼓動だった。

私はパソコンを起動させたり、紙や万年筆を手に取ったりはしなかった。私はゆっくりと腰掛けた。そして椅子を机に近づけた。すると、書こうと試みるよりも、むしろ携帯電話のディクタフォン機能を使ってみよう、という考えが頭に浮かんだ。

私は、Lとジャンとの出会い、そして夫、ジャンの死を、彼女が語った通りに、思い出せるかぎり詳しく録音した。

私はこの物語を、口述筆記するかのように、フレーズごとに読み上げた。

私は何回もやり直しながら、Lの言葉を思い出し、表現を整えた。


Lの話は私に取り憑き、夜中にも出没した。それは、まるで私が知っている話のごとく、以前にすでに聞いたことがある話のごとく、私のなかで反響した。

ジャンの自殺のくだり（それによって彼女が無力感、罪悪感、後悔を感じたこと）は、私の心の琴線に触れた。Lの話は、何年か前に母の遺体を見たときに抱いた恐怖感と、その後の数週間に感じたストレスをよみがえらせた。

しかし、それだけではなかった。うまく説明できないのだけれど、よく知っているはずの何かが、私を困惑させた。

Lはしばしば、苦悩や傷口を垣間見せることがあったが、私にそのことを語ったことはけっしてなかった。今回は、彼女は物語の一部を打ち明け、それは私が彼女についてい知っていた二〜三のことを明らかにしてくれた、すなわち、彼女が生きてきた孤独、彼女と疎遠になり誕生日にも姿を見せない友人たち、彼女の存在の仕方のなかにある暴力性を。

Lはおそらく、他にたくさんの話を隠し持っているに違いなかった、彼女の記憶の奥底に埋められた手つかずの化石を、光を当てられることなく秘密のままにされた物語を。

書くことができる何か。書かれなければならない何か。


私はLの不在を利用して、私たちの会話の途中でうやむやになった話題をできるだけ思い出し、音声メモによって記録した。数は多くはなかった。ジグソーパズルのバラバラの断片のように、複雑に錯綜していた。

もちろん、私は書こうとしていた。必要なら、大きな声で。

私は、彼女が私に接近してきた、あの夜のパーティーから書き始めるだろう、そしてその後に起こったことすべてを書くだろう。

私は、Lに呪縛されたことを、そして私たちのあいだで織りなされた奇妙な関係のことを書くだろう。

私は、彼女をしゃべらせる方法を、そして彼女の打ち明け話を収集する方法を、見つけるだろう。

私は、彼女が何者かを知ろうとするだろう。ある日、彼女はこう言ったのだ。「私はあなたの文章をすべて、書き上げることだってできるわ」、「私はあなたに出会ったんじゃない、見たとたんに、あなただって、分かったのよ」と。

彼女にぜひともすべき質問を列挙している最中に、門の扉が開いた。Ｌが車を家に近づけている間に、私は音声ファイルが録音リストに記録されたかどうか確認した。それから、後手で書斎のドアを閉め、彼女の方へ向かって行った。

Ｌは笑顔だった。車のトランクには貯蔵食品が満載されていた。私は、彼女が多めに見積もったのか、あるいは数週間は滞在するつもりなのだろう、と考えた。

私は松葉杖に寄りかかって、手伝うこともできずに、彼女がいくつもの包みを取り出すのを眺めていた。彼女が何回目かにキッチンに包みを運んでいるときに、私はトランクに残っていた軽そうに見える最後のバッグを取り出した。Ｌは車の方に戻ってきた。

――あなた、少しは、おとなしくしていられないの！　いったい、何をしにきたのよ、私一人でできるから手をださないで！　足元をうろちょろしないでよ。

彼女はトランクを閉め、私が車のドアに立てかけておいた松葉杖を差しだした。そして聞いたこともないような奇妙な笑い声をたてながら、付け加えた。

――さもないと、二本目の脚をへし折ってやるからね。

私は頃合いを見計らって、私が転落した日になぜ私の家の下にいたのかを、Lに尋ねた。彼女は何が起こったのかを説明してくれた。通りを歩いていると、脚に激痛が走って、しばらく動けなくなったのよ。その時、あなたに何かあったに違いないって、思ったの。予感というより、直感ね、それで、すぐにあなたに会いに行こうって決めた。そしたら通りの角で、救急車にでくわしたってわけよ。

どういうわけか、私はこの種の話を、理性的な説明なしに信じてしまう部類の人間に属していた。ポールが復活祭の休暇中に腕を骨折した日（近くの辻公園に遊びに行ったとき、私の目の前で、ポールは遊具の上から転落した）、ルイーズはクラス・メイトの家に泊まりに行っていたが、この友達の母親に、家に電話してもよいかと尋ねた。ルイーズはこの昼下がり、家から何百キロも離れたところで、ブリオーシュとヌテラのチョコレートスプレッドを前にテーブルについていたのに、彼女にこう言ったのだ、ポールが怪我をしたの、ママに電話をしなくちゃならないわ。

また、ある時、双児の姉弟がまだ赤ん坊で、同じ部屋に寝ていた頃、ポールが夜中に泣き出したことがあった。それまで聞いたことがないような、おかしな叫び声だった。私は部屋に入って、明かりを点けた。ポールは泣いていたが、顔が発疹で覆われていたのはルイーズの方だった。

今日でもなお、ルイーズは弟から電話がかかってくると、ベルの音を聞かなくても彼だと分かるので、特別な着信音を設定する必要はない。

私は、こうした逸話のどれかをLに話したかどうか、思い出せない。いずれにしろ、私はLの言ったことを信じたのだった。

昼食の時、私はLに、本の企画を練り始めたこと、それは私の知的・感情的な成り立ちについて検討する本だということを告げた。きわめて個人的な本よ、と。

私は、この思いがけなく湧き上がったやる気がしぼむのが怖くて、それ以上は彼女に言えなかった。

そう、それはとても自伝的なテキストだった。

私はLの顔が輝くのを見た。彼女の顔つきは、満足の微笑みを抑えきれないかのように、突然、ゆるんだ。私は慌てて、まだ何もできたわけではないわ、と付け加えた、ぬか喜びをしてはいけないわ、と。

　私はLに、まだパソコンを起動できないし、紙にメモをとることもできないのよ、と打ち明けた。こうしたしぐさを一つでもしようと考えただけで、手がまた震えはじめるのだった。でも、それは変わるだろう。そんな感じがした。きっと、新しいテキストに持続的に取りかかったら、物ごとはまた普通に動き始めるだろう、それは時間の問題だろう。それを待ちながら、私はこれまでとは異なる方法を取ることにした。私は彼女に説明した、さしあたり、毎日、書きたいことを声にだしてみようと思うの、また万年筆を握れるようになるまではね。この本は、一種の打ち明け話で、自己省察の本だから、最初のうちは音声で記録することで満足して、体調が良くなったら、それをもとにして書き直そうと思うの。

　Lは幸せだった。狂喜した。

　彼女が勝ったのだ。

　この話をした後の数時間というもの、彼女の顔はなごみ、態度は変わった。彼女がこれほど心穏やかで落ち着いているのを、見たことがなかった。彼女の人生のすべてが、数カ月前から、私の降伏をじっと待っていた、と思わせるほどだった。


　二日目の晩、執筆活動復帰を祝って、私たちはシャンペンをあけた。Lは前日から、どのようなものを書くのか、もっと詳しく尋ねるのを我慢していたが、もう待ちきれなかった。

　――あなたが書き始めたものは、あなたの幻の本と何か関係があるんでしょ？

　私は返答する前にちょっと躊躇した。例の幻の本。彼女は何を思い描いているのだろう？　私が子供時代の、あるいは青春時代の、どのような物語を語ることを、彼女は望んでいるのだろう？　私たちには、現実的にしろ、空想的にしろ、彼女の関心をあれほど引く、どんな共通点があるのだろう？

　彼女の目のなかに希望の光が、私の同意をうかがって点滅する光が宿るのを、私は見た。そしてよく考えないで、そうよ、と応えた。そうよ、もちろん、その本は幻の本と関係があるわ。私は付け加えた、その本を書くのは、彼女にも想像できるように、難しいだろうと。でも、彼女がいう通りだった。今こそ、書き始めるべき時機だった。

　私は自分の声の調子が、しっかりとして自信にみちているのが分かった、そして風向きが変わったのだ、と思った。私はもはや、数カ月来、Lが精一杯支えてくれた貧血の作家ではなかった、私は、まもなく彼女の血を吸って成長していく吸血鬼なのだ。私は、恐怖と興奮で背中がゾクゾクと震えた。

――ねぇ、いいこと、と私は続けた、私が興味をもっているのは、私たちが何によって構成され、作られているか、それを理解することなのよ。どのような作用によって、私たちはある出来事、ある思い出を同化するのか。同化されたものは、私たち自身の唾液と混じりあって私たちの肉体のなかを循環する、その一方で、他のものはぶっきらぼうな小石のように、私たちの靴の底に残されている。私たちは大人になったつもりでいるけれど、その大人の皮膚の上にある子供の痕跡を、いかにして解読したらよいのか？　誰が、この目に見えないタトゥーを読み取ることができるのか？　どのような言語でそれは書かれているのか？　私たちが隠すことを学んだ傷跡を、誰が理解することができるのか？

――あなたの傷跡のことね？　と彼女は尋ねた。

彼女の声には、いかなる疑念もなかった。

私はまたもや躊躇し、そして、そうよ、と答えた。

私が期待した通りのことが起こった。

私が、隠された本を書くために必要な自己省察をしているのだろう、と思ったLは、自分自身について語りはじめた。彼女は、これまで話したことがない自分の子供時代・娘時代の詳しい出来事を、励ましと連帯のしるしに、語りはじめた。おそらく彼女は、こうした打ち明け話が、私自身の思い出を呼び覚まし、私自身の傷をよみがえらせる、その誘導剤になると考えたのだろう。図星だった。私は、仕事がはかどっていると彼女に信じさせるだけで十分だった、彼女はそうとは知らずに、テキストを形づくることになる材料を少しずつ、提供してくれたのだ。

Lをモデルにして、複雑で信憑性のある生きた登場人物を、私は創りだすだろう。

もちろん、ある日、本が十分に進展した時点で、たぶん、書き終わった時点で、彼女に真実を告白しなければならないだろう。その時、私は彼女に想い起こさせよう、あらゆるエクリチュールは人生から切り離されるべきではない、という彼女の持論を。私は彼女に想い起こさせよう、彼女がこの信念を私にあれほど共有させたがったことを、そして私が結局、この信念に降伏したことを。私は彼女に話すだろう、私たちの出会いを、彼女の側で過ごした数カ月を、彼女だけが私の本の主題となりうると確信したことを。私は彼女に話すだろう、彼女が私に提供してくれた断片を集め、それに新たな秩序を与えることが、私にとって必要だったことを。

今や、あらゆる点で、私はLに依存していた。

まず、私は足を地につけることができなかった。次に、彼女が知らない小説の、その冒頭を書くために、私は彼女の言葉を、彼女の思い出を、必要としていた。

しかし、この依存状態が私を怯えさせることはなかった。

それは、彼女が知らないうちに本が作り上げられるという素晴らしい企画によって、正当化されていた。


一方、Lは、夏前から始めたテキストに専念していた。大きな話題を呼びそうな本の一つで、契約上、彼女はそれについて何も口外しない約束になっていた。その著者だと称する誰か他の人物によって、署名されることになっている本だった。

私はLに、それは誰なの、と尋ねた。今回は、どの女優、どの女性歌手、どの女性政治家が、彼女に代筆を頼んでいるのだろうか？

Lは、残念ながら、私に何も言えなかった。守秘義務の条項は、契約のなかでもっとも長い条項で、リスクを冒すわけにはいかないのだ。一度、その人物は、思わず打ち明け話をしそうになった、そして思わず、心の秘密を漏らしてくれたのだという。私は、一人、二人、憶測で聞いてみた、歌手のミレイユ・マチュー？　それとも、政治家のセゴレーヌ・ロワイヤルなの？

Lは無表情のままだった、私は無理強いしなかった。

数日後には、私たちは共同生活していた頃の日々の習慣を取り戻した。Lは私よりも早く目を覚ました。私の部屋から、彼女がシャワーを浴びる音、それからコーヒーを挽く音が聞こえた。私は起床し、Lといっしょに簡単な朝食をすませ、彼女は仕事にかかった。最初の日から、彼女はキッチンの近くの小部屋を自分の部屋にした。陽光は差し込まなかったが、彼女はその雰囲気が気に入った。小さな机の上にパソコンを置き、やりかけの仕事の草稿や、プランや、資料を広げた。

私はLより少し遅れて、家のもう一方の端にある自分の書斎にこもった。私は上半身を少し前屈みにし、書くときの姿勢と同じ姿勢を取ろうと試みた。松葉杖は、柄をパソコン用の小テーブルの引き出しの上に固定させて、手の届く範囲においた。私はショールで身を包み、ささやくような声で、読み上げはじめた。私たちを隔てる距離を考えると、Lが私の声を聞くことはありえなかった。

とはいえ、日に何度か、ドアがちゃんと閉まっているか、彼女が後ろに隠れていないか、確かめずにはいられなかった。

一三時頃、私はLといっしょに、彼女が用意したスープかパスタ料理の昼食を取った。

昼下がり、私たちはそれぞれ部屋に戻り、仕事を再開した。Lがテキストの執筆を進めている一方で、私は声をだして録音を続けた、そして彼女が知らないうちに、私たちが次第に親密になっていった交遊の記録が録音されていった。

数日後に、私は、携帯電話に録音した音声ファイルを保存するために、パソコンを起動させることに成功した。


一日の終わりに、私たちはしばしば散歩に出かけた。私の腕の筋肉が発達するにつれ、私たちの散歩の範囲も広がっていった。

夕方になると、私たちはキッチンでグラス・ワインを飲み、Lは夕食の準備をした。私は座ったままで、ソーセージやチーズを切ったり、タマネギや野菜の皮を剥いたり、香味野菜を刻んだりして手伝った。その他のことは、Lが引き受けた。

私たちのおしゃべりは当たり障りのないことからはじまり、次第に、私が関心をもつ話題へと移っていった。私はLに、自分自身の思い出話を語った。Lの思い出話を誘導できるように、子供時代の思い出、思春期の思い出を。

夕食後、Lは火をくべ、私たちは暖炉に近寄って、炎に手を伸ばして暖まった。私はLを理解していった。時間がたつにつれ、彼女の返答、彼女の感情、彼女の反応を解読することを学んだ。彼女の顔に現れた、一瞬の喜びや苛立ちのサインを読み取ることができるようになった。彼女の身体のポーズで、何か重要なことを言おうとしているのか、それとも距離をおこうとしているのか、見分けることができるようになった。数週間たつと、L特有の表現法、いくつかの話題の周りを遠回りにし、それからまったく予期していなかった時に、突然、Uターンして、その話題を正面から切り出すやり方に、私は慣れていった。彼女がこれほど静かで、これほど落ち着いているのを、見たことがなかった。


Lによれば、私が足を折ったのは偶然ではなかった。骨折は、見た目には自由な身動きを妨げるように思えるが、私に沈黙をもたらしたのだ。「転倒」は、あらゆる意味において理解されなければならない、つまり、具体的にバランスを失ったということ以上に、転倒することによって私は何かに終止符を打った。一つの章の幕引きをしたのだ。転倒は、実は、何かが身体的症状として現れたものである。そのうえ、Lによれば、私たちの身体的症状の主な機能は、私たちが認めるのを拒否している苦悩、恐怖、緊張を顕在化することにあった。身体的症状は、私たちに、警戒するようにというメッセージを発しているのだった。

Lは、この理論を以前から私の前で展開していたわけではない。彼女の物知り顔の物言いは私をおもしろがらせたが、そこに自己嘲笑の調子も混じっていることは容易に見てとれた。私たちは笑った。Lの理論は、かなり正鵠を得ているように思われた。彼女によれば、いつも同じ器官を使わないように、時間とともに、偏頭痛から胃痛へ、胃痛から鼓腸へ、さらに鼓腸から肋間神経痛へと、私たちは身体的症状を変化させているという。私はそれに気づいただろうか？　私たちは、よく考えてみると、各々、身体的症状が、異なる時期にあらわれた経験をしているだろう、それは、いつも同じ器官を酷使して、疲労させてはいけないからなのだ。人々が、彼らのちょっとした痛みについて語るのを聞けば分かるだろう。転倒は、身体的症状が変わる過度期において、警報システムを補完する、もっとも華々しい方法に他ならない。それを解読する労をとるべきだった。

フランソワは毎日電話をしてきた。私は松葉杖を取って、庭の奥に行き、携帯電話がつながりやすい地面が盛り上がった場所に、どうにかよじ登った。私は松葉杖に寄りかかって、彼はアメリカの中西部かモンタナ州のホテルの部屋で、私たちは数分間、おしゃべりした。彼はすぐに、私がだいぶ元気そうだ、と感じて、私が書けるようになったのかどうか、尋ねた。私は、すごく大事な新しい計画に取りかかることにしたのよ、と応えた。私には温めているアイディアがあるの、そのことを、早く、あなたに話したくてたまらないわ。でも、私はそれ以上、何も言わなかった。

クルセイユの家で、Lは、こちらが面喰らうほど容易に、自分のマーキングをした。彼女は、知らない空間に記録的な短時間で適応できる人種に属していた。数時間のうちに、いろいろな物の置き場所をつきとめた。いかなる引き出しも、いかなる隅っこも、彼女のレーダーを免れることはなかった。彼女は、「自分の家にいるように」くつろいでいた、彼女がまったく迷わずに、慣れ親しんだ場所であるかのように動き回るのを見ると、「自分の家にいるように」とは、まさにこのことだ、と私は感心したのだった。

私はクルセイユのパソコンに、私たちが滞在した最初の数日間に保存した録音ファイルがいくつかあるのを見つけた。私たちはみな、録音された自分の声を聞くと違和感を感じるものだが、私は違和感どころか、それが自分の声だとは、とても思えなかった。私はLに聞かれないように、低い声でしゃべっていた。以下に、このファイルの内容を再現したい。

二〇一三年十一月四日の録音ファイル

Lの母親は、彼女が七～八歳の時に亡くなった。母親が倒れているのを見つけたのは彼女だった。Lの母は、廊下の寄せ木張りの床に倒れていた。彼女は自分の声がよく聞こえるように、母の髪の毛を持ち上げて耳をだした。母は反応しなかった。それから彼女は、何か変だと感じ、母の上に長々と身を横たえた。母は、Lが大好きだった黄色い花柄のドレスを着ていた。彼女はしばらく、その姿勢をしていたが、母の横腹に腕をたらし、母の胸に頭をのせて、寝入ってしまった（このイマージュは私を驚愕させた）。

それから電話が鳴って、目を覚ました。Lは起き上がり、寝ているあいだに汗で湿った髪をして、電話の方にいった。受話器をはずすと、母の友達の声が聞こえ、ママをお願いします、と言った。ママは寝ているの、と答えると、友達は心配した、というのは、彼女の母は昼間、けっして眠らなかったから。友達は、ママは病気なの？　と尋ねた。Lは、病気じゃないけど、起きないの、と答えた。友達は、ママの側で、おとなしく待っていてね、すぐに行くから、と言った。

Lは戻って、横たわった。

母親の死後、Lはアパルトマンに閉じこもった。どのくらいの期間か、私は聞きだすことができなかった。ある期間。彼女は学校に行ってなかったのだと思う。

検討すべきこと――Lの父親は、不可抗力の場合以外は、ドアの敷居をまたぐことを娘に禁じていたらしい。彼女は父親をとても怖れていたので、何週間も、何カ月も、外に出ずに過ごしたのだと思われる。アパルトマンに一人きりで。

Lは学校に行かなかった。

彼女は、何があろうとドアを開けなかった。

父親は彼女を書斎に呼びつけて、指示を与えた。

彼女は、まっすぐに、顎をあげて、立っていなければならなかった。気をつけの姿勢で。

Lは、この世は敵でみちている、と想像していた。もし、逃げだすことができたら、外で何を見出せるか、分からなかった。彼女は、人間たちは肉食獣で、子供たちは敵対している、と想像していた。


Lが漠然と言及したことを、再検討すること——彼女が、このアパルトマンから生きては出られないだろうと考えたときのこと。自殺についての考え。


可能なら、Lの父親について再検討すること。

私は、これはやっかいな問題だと感じる。

Lは、順序立てて語ることを渋っている。彼女は私に、バラバラにエピソードを語るだろう、私はそれをうまくつなぎ合わせなければならないだろう。


父親について、昨日、Lが語ったフレーズ——私のなかの不確実で、適応不能で、壊れたところは、みんな彼から来ている。

二〇一三年十一月六日の録音ファイル

私は、Lが使った言葉を正確に見つけようとする。彼女は慎重に言葉を選ぶ、その言葉はそれぞれ重要性を持つ。

彼女に気づかれずに、アイフォーンで録音できないのが残念だが、それは危険すぎる。

ある時、誰か介入した人がいたに違いない、なぜなら、彼女は小学校に復学した。それから中学にも。

Lは、父親からつねに非難される環境のなかで、彼と暮した。彼女のしぐさ、彼女の発言が、いちいち、コンテキストから逸脱して解釈され、分析された。彼女の言葉の各々が、ある日、彼女に暴力的に刃向ってきた。

父親が娘を見る目は、非難を込めた告発者の視線だった。

もの言わぬ激怒が家のなかに満ちあふれ、しばしば息ができないほどの雰囲気になった。

彼は裂け目を、裏切りの印を、彼女の罪状の証拠を探した。彼は怒りを爆発させる理由を探して、いたるところを徘徊した。

彼の抑圧された暴力は、絶えることのない脅威だった。


Lはそれから、こうした状況では自己抑制が必要だった、と私に語った。

なぜなら、彼女の人間性のあらゆる発露（喜び、熱狂、饒舌）は病的だと見なされたからだ。

Lはしばしば、そこに立ち返る——ありえない思春期。

彼女が年頃の女性になると、破壊的な強さになるあの視線。


しかし、その数年間に、Lという人間のなかで、何かが、敵意にみちたなかで生き残ろうとする自衛装置が、形成された。

Lは、自分がいつもびくびくし、警戒し、身構えた人間になったことを、言葉少なに想起した。

中学、そして高校に通っていた頃、父親は、娘が友達と外出するのも、誰かが彼女を訪ねて来るのも、嫌がった。


Lが二回ほのめかした、隣人との怪しげな話（できたら、再度、聞くこと）。

十一月七日の録音ファイル

数年間、Lはジィジーという名の空想の友達をもった。

ジィジーは昼間、Lといっしょに過ごした。夜、Lはベッドの片側に身体を丸めて寝て、彼女のためにベッドの半分を空けておいた。彼女にドアから自由に出入りさせ、自分と並んで机にすわれるように気を配り、二人きりのときは大きな声でおしゃべりした。

Lの父親はジィジーの存在を知らなかった。

夜になると、彼女はジィジーといっしょに逃げることを夢想した。ヒッチハイクをし、電車に乗り、遠くに旅立つことを。


ある日、ジィジーはLに、今でも家を出たいかどうか、尋ねた。Lは、そうしたい、と答えたが、父親がいるので不可能に思えた。

ジィジーは、うまくやってみる、と言った。

でも、どうやって？

ジィジーは、唇に指をおいた、こう言っているように。何も聞かないで、だって、あなたが聞きたくないことかもしれないから。

数日後、家が焼けた。すべてが灰に帰した。家具、衣類、おもちゃ、写真。すべて。

彼らは別の家に引越した。


この出来事が起こったとき、Ｌが何歳だったのか、私は聞き出すことができなかった。

正確な前後関係が分かるように、私は彼女に何度も聞かなければならなかった。Ｌは、私が諸々の出来事のつながりを明らかにすることを拒否するかのように、いつ起こったかは不確かだというふうを装った。


私はＬに、ジィジーがどうなったか、尋ねた。彼女はちょっと迷ってから、ジィジーはひっくり返った、と答えた。ある日、二人で道を歩いていると、ジィジーは歩道で滑って転倒し、車の下敷きになった、と。

Ｌの打ち明け話はしばしば曖昧模糊としていたが、にもかかわらず、私が直感的に感じていたことを確かなものにした。Ｌは、言葉で表現するのが難しい、目に見えない暴力の犠牲者だった。それは狡猾で一筋縄ではいかない暴力で、彼女の人格形成に根底から影響を及ぼした。しかし、Ｌはなすがままになってはいなかった。自己を形成し、自己を再生する能力、意志的な実行力、Ｌのなかでいつも私に強い印象を与えたのはそれだった。私が彼女と出会うよりずっと前に、彼女は意志が強く、粘り強く、自己防衛的な人物になっていた、だが、その鎧《よろい》兜《かぶと》には、私もよく知っているように、一挙に亀裂が入りうるのだった。


最初の数日間、Ｌは一～二度、車を出して、パンや生鮮食品を買いに行ったが、それ以外のときには、門は閉ざされていた。

Ｌは機嫌がよく、私に対していっそうの気配りを見せた。この時期、実際には彼女がすべてをこなしていたのに、そのことを私に感じさせなかった。私は、この心遣い、私に対する面倒見のよさは、支配の一つの形だと考えることがあった。

しかし、私たち二人のうちで、ゲームをリードしていたのは、いったいどちらだったのだろうか？

一つだけ確かなことは、私がこもっていた書斎にLが近づく足音が聞こえると、私は録音をやめ、数分間、足音が遠ざかるのを待ったことだ。そして私は、心臓の鼓動が高鳴るのを知覚した。私が何をしているか、彼女が知ったらどうしようと考えると、私は恐れおののいたのだった。

何度も、太陽が沈む前に（気温の急激な下降にもかかわらず）、Lが家の前にある小さな池に近づくのを、私は見た。水の上に身を傾けて、長いこと二匹の金魚を観察していた。それはフランソワと彼の娘が、近郊のペットショップで何カ月か前に買ったものだった。ある夕方、Lが例のごとく不可思議な観察を終えて家の中に戻ってきたとき、彼女は、あれは肉食魚よ、と告げた。餌を与えなければ、しまいには共喰いするでしょうよ、と言ったのだ。私はこの指摘を、彼女の数多くの突飛な思いつきの一つだろうと解釈した（差し当たりは、ありふれた金魚のことだが）。

その晩、私は、私が何をしているかがLにばれてしまった、という夢を見た。知らないうちに、Lは、私の携帯電話を探って録音ファイルを見つけだし、私を座らせて、彼女の人生を語る私自身の声を聞くように強いた。それから彼女は携帯を床に叩きつけ、怒り狂って足で踏み砕き、その破片を私に飲み込むように迫った。私が飲み込めなかったので（破片は大きすぎ、私は息がつまり、血を吐いた）、彼女はそれをゴミ箱に捨てるよう命令した。私が立ち上がったとき、彼女は箒をとって、力一杯、私の足をたたいた。あまりの痛さに、私は夢から覚めた。それは現実の痛さだった、なぜなら、私の足の添え木が壁とマットレスの間に挟まって、足が捩じれていたからだ。夢のなかで発した悲鳴が夜のしじまに響き、私は目を覚ました。

ようやく呼吸を整えると、私は鎧戸の隙間から朝日が差し込むのを、今か今か、とうかがった、あたかも、暗闇とともにおぞましい悪夢が消えるのを待つかのように。

また別の夜、誰かが私の部屋にいると思い込み、はっとして目を覚ました。私はベッドに座り、五感を研ぎすまし、暗闇に目をこらした、微動だもせずに私の前にたたずんでいる黒い影が何か、見分けようとした。私は心臓が割れんばかりに高鳴るのを聞き、こめかみが脈打つのを感じ、パニック状態に陥ってしまい、沈黙の影が何なのか、理解するどころではなかった。部屋の空気は、誰か別人が酸素を吸い尽くしたかのように、重たく飽和状態になったように思われた。誰かがいる、誰かが私を見張っている、と私は確信した。数分はたっただろうか、私は勇気を奮い起こし、明かりを点けた、すると黒い影は、前日の夕方、ハンガーにかけて棚に吊るしておいた洋服にすぎなかった。恐怖でこちこちになっていた皮膚の下で、血液が正常に循環をはじめるには、さらに数分が必要だった。

とはいえ、初めの数日間は、Lが私の創作活動に対して疑いを持っているような徴候は何もなかった。私は資料の断片を読み上げて録音している、それは、まもなく、隠された本を書くのに使われることになるだろう――この表向きの説明は、彼女を完全に満足させているように思われた。

夕方の私たちの会話の後で、私は少しずつい くつかの言葉を、熱に浮かされたような自信のない書き方で、付箋に記入しはじめた。それから私は、Lが私のいない間に書斎に入りこんで見つけるといけないので、それを手帳の中に貼りつけた。翌日、この付箋のおかげで、私はLの打ち明け話を想い起こし、それを声に出して録音することができた。しかし、目下の段階では、私は相変わらずこうした打ち明け話をつなぎ合わせ、意味を見出し、道筋を描くことはできなかった。毎日、私はディクタフォンの上に身を傾けて、Lが打ち明けてくれた散り散りの要素を、辻褄が合わないまま、いずれ首尾一貫したものとなって立ち現れるだろうと信じて、順序よく整理しようと試みた。

実に久しぶりに、私は万年筆を持ち、机の前に日々座り、いくつかの言葉を書くことができるようになった。私は進歩した。私は希望を取り戻した。まもなく、何カ月も続いた袋小路、書くことに対する身体的拒否、パソコンを前にしたときの吐き気、そうしたすべては単なる悪い思い出にすぎなくなるだろう。

クルセイユでの滞在は三週間目を迎えた――私は足の添え木に身体をもたせかけられるようになった――、ある朝、Lの悲鳴が聞こえた。私たちはちょうど、各々の仕事に取りかかったところだった。数秒間、私は凍りついたように、身動きできずにいた。この瞬間のことを今考えると、私のこの反応は奇妙に思われる。私は急いでLを助けに行こうとはしなかった、反射的に彼女のところに行こうとはしなかった、そうしてじっとして、聞き逃すまいと物音をうかがっていた。それから、私はLの急ぎ足を耳にした、そして彼女が私の書斎に向かっているのだと理解するよりも前に、彼女はそこに、私の目の前にいたのだった、紅潮し、息を切らし、信じられないほどのパニックを起こして。彼女は後手でドアを閉めて、早口でしゃべった、地下室にネズミがいるわ、少なくても二匹、確かよ、キッチンへ通じる道をすぐに見つけるはずよ、前にネズミの音を夜中に聞いたような気がしたけど、空耳だと思っていた、でも、もう、疑う余地はないわ、この家にはネズミがいるのよ。Lはまだ息をハァハァさせ、興奮気味だった、私はこれほど脆弱なLを見たことがなかった。私は立ち上がり、椅子を勧めた。彼女はその上に倒れるように座り、呼吸を整えようとした。不安のあまり両手を握りしめていたが、あまりにも強く握ったので、指が蒼白になっていた。

私は穏やかな声で彼女に話しかけた。地下室の扉はしっかり閉まっているから、ネズミが一階まで侵入してくることはないわ、ネズミ取りか殺鼠剤をおくことにしましょう、フランソワに電話して相談するわ、心配しないで。

しばらくして、彼女はやっと落ち着きを取り戻した。すると、彼女は、机の上に開かれたままになっていた手帳に貼られた黄色い付箋に目をやった、その付箋の上に、前夜、寝る前に、私はこう記入していた。

「彼女が父親の家を出たことについて、もっと探ること。ジャンの死の結果について再検討すること。」

私は付箋を注視するLの目を見た、一瞬、彼女の身体がわずかに後退し、目には見えないが、胸部に衝撃を受けたようだった。彼女は信じられない様子で、私の方に目を向けた。

彼女は当然、見た。そして私が何をしているところだったか、当然、理解した。

彼女は何も質問しなかった。ため息混じりに、地下室への扉を閉めてきてほしいの、と言った。彼女はひどいパニックを起こしたので、扉を開けっ放しにして逃げてきた、閉めに戻ることは、とてもできそうになかった。

私に選択の余地はなかった。私は松葉杖を取って、ピョンピョン跳ねるようにしてキッチンまで行った。

私は地下室への扉を閉め、何気ない調子をよそおって彼女に声をかけた、もう安全よ、どこにもネズミの影さえないわ、戻ってきていいわよ。

私たちがまた仕事に取りかかることができたのだったか、それとも昼食までキッチンで時間をつぶしたのだったか、よく覚えていない。

昼下がりに、Lは一週間分の買い出しに行くため、車に乗った。私は読書をしようと居間に行き、彼女が出かける前に火をつけた暖炉の側に腰を落ち着けた。でも、私は読書に集中できなかった。数行読むと、仮定的なシナリオをとりとめなく考えはじめた。たとえ、最悪のケースが回避できたとしても、私は心穏やかにはいられないだろう。彼女が理解したのだとしたら、私がそれを知るのに時間はかからないだろう、そうだとすると、Lの性格からして、彼女は暴力的な反応をするだろう。疑念をもっただけだとしたら、彼女は話を蒸し返し、私にいろいろ質問をするだろう。

次第に夜の気配が広がり、木々にところどころ靄がかかっていた。Lの帰りがあまりにも遅いので、彼女が、何の予告もなしに、車もない状態で、私をここに置き去りにしたのではないかという考えが頭をよぎった。


Lは一九時頃に戻ってきた。居間の窓から、微笑みながら車から降りるのが見えた。彼女は腕いっぱいに袋を抱えて家に入り、私に心配しなかったかどうか、尋ねた。彼女は何度も私に携帯電話をかけたが、つながらなかったのだ。私の携帯は、家の外に出ないと、ほとんどつながらないので、それは意外なことではなかった。買ってきた品物を片付けながら、彼女は今日の大周遊の話をした、大型スーパーでも買えない物があったので、回り道をして中心街のドラッグストアによったの、そこでネズミ退治の秘策を教わったわ、と。勝ち誇った様子で、持ち帰った袋を私の目の前で開けた、袋にはネズミの大群を退治できるほどの、ネズミ取りと殺鼠剤がつまっていた。店員は彼女に、ネズミ取りと殺鼠剤をどこに仕掛けたらよいか、説明してくれた。彼女はさっそく取りかかるつもりだったが、とはいえ、地下室に足を踏み入れるのは金輪際ご免なので、そこだけは私に行ってほしい、と言うのだった。私は松葉杖を地下室の入口におき、両腕で身体を支え、両側の壁を押しながら、石の階段を一段ずつ下まで降りていった。数週間、ろくに動かずに過ごし、筋肉が衰えていたので、ひどく時間がかかった。階段の上から、Lが投げてよこしたネズミ取りと殺鼠剤を、私は指示された場所においた。

私はゆっくりと階段を上ったが、足が痛かった。


私がキッチンに戻ると、Lは、サプライズがあるのよ、と言った。彼女は私の方を向いた、彼女がこれほど挑戦的な様子をしているのを見るのは初めてだった。

——いつも、何か祝うべきものがあるでしょ、そうじゃない？　本の始まりとか、物語の終わりとか……

彼女は身を屈めて、床に置いてあったカゴ、私が気づかなかったカゴを手に取った。そして慎重にそのカゴのフタを開けて、中から二匹の生きたオマール海老を取り出した。それは運よく入荷したブルターニュ産のオマールの最後の二匹で、大型スーパーの魚屋で買ったのだ、と彼女は説明した。

私はLが買ってきたワインの栓を抜いた、彼女は、今後は地下室の扉を開けることは問題外なので、「プルミエ・クリュ」のワインを何本か買ってきたのだが、その一瓶だった。キッチンのテーブルに腰掛けて、私は野菜を刻み、一方、Lは二匹のオマールを料理する準備をした。

Lはまず、クールブイヨンを作り、そのなかにタマネギを加えた。湯が沸騰したら、オマールを一匹ずつつかんで、生きたまま、ひるまずに鍋の中に入れた。その時、私は彼女の顔に浮かぶ表情を、そして穴杓子でオマールの頭を湯の中に押さえつけておくときの、あの満足そうな笑顔を、目にした。私は、甲羅が割れる音を聞いたように思った。

私たちは二人で夕食をとった、Lが考えた祝いのディナーだった。

私は、もし普通の状態だったら警戒しただろうが、しばしば波乱に先立って訪れる嵐の前の凪のような時間に、身を任せた。不安が姿を消し、感覚が落ち着き、信頼感が取り戻せたのは、アルコールのせいなのかどうか、よく分からない。ともあれ、Lは私のなかのあらゆる心配を眠らせ、私が勝利するかもしれないと信じさせることに成功した。

なぜなら、この夜、私は、恐怖や疑念や吐き気――数カ月前から私を麻痺させ、書くことを妨げていたすべてのこと――を克服できるだろうと、いまだ信じつづけていたからだ。

私たちは白ワインを夜遅くまで飲んだ。

Lがケーキ屋で買ってきたデザートのストロベリー・ケーキを、私たちがお代わりして食べたことを、私はかすかに覚えている。穏やかで親密な雰囲気だった。すべてが普段通りに見えた。

しばらくして、ハーブティーを飲んでいたときに、Lは自ら、ある日、隣人との間で何が起こったかを、私に語った。以前にも、一～二度、そのことをほのめかしたことはあったが、今まで語らずに口を閉ざしていた話だった。

疲れきって床についたとき、私は安心していた。

Lは私の書斎に入ってきたとき、ひどいパニック状態だったので、付箋を見なかったか、目にしたとしても読まなかったのだろうと、私はいとも簡単に信じ込んでしまったのだと思う。

翌日の朝、私は尋常ではないほどの疲労感を感じたが、前日のLとの会話を忘れないうちに録音しようと、机にむかった。

私はパソコンの中に、次のファイルを見つけた。ここに記すことのできる、最後のファイルである。

十一月十二日の録音ファイル

Lは隣人の話に戻った。私が質問したわけではないのに、私にきちんと話さなければならないと思ったかのように、この補足の情報は私に与えるべきものであるかのように、話しだした。

それは、彼女が火事の後で住んでいた、二番目の家で起こったことだった。

隣人というのは、Lがときどき、放課後に世話をしていた少年の父親だった。彼はLに対して親切で、優しい目をしていた。隣人は息子を迎えにきたとき、Lの父親がそこにいなければ、彼女と少し話をしていった。Lは彼とよく笑ったものだった。

ある日、Lが一人でいた昼下がり、彼がベルを鳴らした。

一言も言わずに、彼は壁の側に立ったまま、Lの背後にピッタリと身を寄せた。それから彼の手が彼女のパンタロンのなかに、そしてパンティのゴムの下に滑り込んだ。さらに彼の指が――最初は一本、それから何本も――彼女のなかに侵入し、彼女をいたぶった。

隣人が手を引き抜いたとき、彼女は血まみれだった。

Lは、まったく何も言わなかった。

私はこの話の詳細を、その暴力性を、記憶にとどめなければならない。

私は録音を終えると、くたくただった。この疲労感は、以前、何時間も頭を上げずに書き続けることができた頃、筋肉が凝り固まり、フラフラになって仕事を終えた時に感じた疲労感に似ていた。とはいえ、私は二〇分くらいしか書斎にいなかったし、声をだしていくつかの部分を録音しただけだった。

空は明るく晴れていた、私は外に出て、石のベンチに腰掛けた。私は光を必要としていた。太陽を顔に浴び、その熱に肌が次第に暖められるのを感じたかった。ゾクゾクするような内部の震えを太陽が追い払ってくれることを願って、私はしばらくじっとしていた。

しばらくして、私たちは二人で、いつものように、キッチンで昼食をとった。それから私はとても気分が悪かったので、部屋に横になりに行った。私は本を読み、うとうとした。

夕食に、Lは魚のスープを用意していた。私はそれが好きではないが、彼女を困らせたくなかった、なぜなら、彼女がキッチンにいる音を耳にしていたし、午後の時間をそこで過ごしたのを知っていたから。

夕食の間、Lは饒舌で陽気だった。彼女は空想の友達、ジィジーの話をした。彼女は別の話もしたと思うが、私は忘れてしまった。

私は部屋に戻った時のことをまったく覚えていない。床についた時のことも覚えていない。夜中に目が覚めた時、シーツが濡れていて、身体にへばりついていた。私はパンティしか履いていなかった、肌の下で血管がドクドク打つのを感じた、髪の毛は濡れ、凍りついたようだった。突然、私はベッドから身を乗り出して、嘔吐した。

私は起き上がり、口をゆすぎ、顔を洗いたかったが、立っていることができなかった。私は再び横たわった。魚のスープのせいだと考えて、またもや嘔吐した。

たぶん、Lは私のたてる物音を聞いていたのだろう。部屋に入ってきて、私に近づいた。彼女は私がベッドから出るのを介助し、浴室まで支えて連れて行き、私をスツールに座らせ、浴槽に栓をして湯を入れた。私の身体は痙攣し、ガタガタと震えていた。浴槽に湯がたまると、彼女は手助けして私を立ち上がらせた。彼女の鋭い視線が私の肩や胸や脚にくまなく注がれるのを、私は見た。彼女は私を肩の下から持ち上げるようにして湯のなかに入れ、折れた方の足を浴槽の縁にのせた。そして添え木をタオルでまいて濡れないようにした。私が落ち着いているのを確かめると、彼女はキッチンに行って、冷たい水をコップに入れてきて、錠剤二錠といっしょに差しだした。あなたは燃えるほど熱いから、熱を下げないとね、と彼女は言った。私が薬を飲んで、湯船につかっているあいだに、彼女はシーツを替え、二分おきに戻ってきて、私が大丈夫か確かめた。

私はまたもや眠気に襲われた。こらえきれない、重たい眠気。私は湯船につかりながら眠り込んだのだと思う。目を開けた時、湯は水になり、Lはスツールに座って私を眺めていた。彼女は黙ってバスタオルを取りに行った。

そして私が水から出るのを手伝い、ベッドまで連れ戻した。私にパジャマを着せたのは彼女だと思う。私は寒さでコチコチだった。

午前中に、私の携帯電話が鳴った。フランソワからの着信音だった。私はベッドの近くを探したが、見つからなかった。Lが部屋に入ってきて、私の手が届かないテーブルの上においてあった携帯を取った。Lが「もしもし」と繰り返しているのが聞こえ、彼女は庭に出て行った。

しばらくして、彼女は私に言った、フランソワと話をしたわ、あなたが病気で、食中毒にかかったらしいと伝えておいたわ、と。彼は心配そうだったが、彼女は、安心するように言った。私が自分で連絡できるようになるまで、代わりに近況を知らせることを、彼に約束したのだった。

この時を境に、私は時間の観念を失った。Lはお茶、生暖かい牛乳、時にはブイヨンを私のところに運んできた。そして私の頭を支えて飲ませてくれた。吐き気はなくなったものの、口には金属の味が残っていた。Lがやって来て、つぎに来るまでの間、私は眠っていた。重苦しい数時間、それに対して、私は抗うことができなかった。私はこの鈍重で身動きできない、ほとんど苦痛でしかない眠りに沈み込んだ。目が覚めると、昼なのか夜なのかを確認した。私は時には汗をかき、時には震えていた。Lはほとんどいつも、側にいて、動かず、注意深く見守っていた。私はトイレに行くために起き上がり、廊下の端からもう一方の端へ、壁をつたって歩を進めた。私はどのくらい前から、このような状態でいるのか、よく分からなかった。ある夜、私は立ち上がる力もなかった。Lは濡れたシーツを替えてくれた。

私は、ルイーズとポールが私からの連絡がないのを心配するといけないから、彼らに知らせてほしい、とLに頼んだ。彼女は、もう知らせた、と答えた。

何時なのか、何日なのか、見当がつかなかった。

今でもなお、この状態がどのくらい続いたのか分からない、二日間なのか、四日間なのか、六日間なのか？

ある夜、私は目を覚まし、携帯電話を探した。周囲をあちこち探したが、見つからなかった。

その時、私はLが私の携帯を自分の側におき、聞きたい放題、録音ファイルを聞いている、ということを理解した。私はファイルをパソコンにコピーし、保存していたが、携帯から消してはいなかった。

私は恐怖に戦慄した。

もちろん、Lは知っていた。

もちろん、彼女は理解した。

しかし、もう遅すぎた。万事休すだった。

私には、もはや、私が書きたい本について彼女に説明する力も、彼女を納得させる力もなかった、ましてや謝る力もなかった。


ある日の夕方、朦朧とした状態で、玄関のドアのベルが鳴るのが聞こえた。誰かが門から入って、玄関先まで来ることができたのだ。ベルは何度か鳴った。廊下でLの足音が聞こえた、彼女は私の部屋の前まで来て、しばらくじっとしていたが、ドアを開けることはなかった。

きっと、フランソワが友人か隣人に知らせたのだろう。誰かが心配しはじめた。誰かが見にきたのだろう。おそらく、窓から覗いたかもしれない。私たちがいる気配を感じたかもしれない。

Lがすべての鎧戸を閉めていたのでなければ。


その夜、私はLが運んできたブイヨンを飲むことができなかった。吐き気がひどく、飲み込めなかった。Lが無理強いするので、私は泣きだし、懇願した、飲めないわ。信じて、悪気はないのよ。Lはなだめすかそうとした。


夜中に、私は節々の痛みが多少ましになったように感じた。トイレに行こうと起きたとき、私は水を飲むことにした。蛇口から流れる水に、数分間、口を付けていた。

私は朝早く目覚め、Lが来る前に起き上がった。少しはしっかりと足で立つことができた。ベッドの近くを小股で歩く練習をした。添え木で支えて足をついても、痛くなかった。Lがやって来る足音が聞こえたとき、私はまたベッドに横になった。少し目が回った。彼女はお盆をもって部屋に入ってきた。お盆を私の前におくと、彼女はベッドにじっと座っていた。私は温かいココアを、吐き気がするからといって、ほんの数口しか飲まなかった。お腹が痛いの、と私は言った。すると、Lの目にむっとした様子が現れるのに気づいた。私は、後で必ず飲むわ、と約束し、お椀を側においといて、と頼んだ。

しばらくすると、Lが電話でしゃべっているのが聞こえた。私はその間に、ココアをトイレに捨てに行った。

私は午前中、いくらか目覚めていることができた。

Lが私に毒を盛っている、と確信したのは、その時だった。

一日中、私は彼女が運んで来るものを口にすることを拒んだ。私は衰弱して起き上がれないふりをし、午後中、眠っているふりをした。目を閉じて、私は頭のなかで、抜け道を探した。私はフランソワがもう一つの鍵束を、キッチンの引き出しの一つにしまっていたのを思い出した。その鍵束の中に、門の扉の鍵もあるだろう。でも、そこまでたどり着かねばならない。彼女に見られずに、どうやって逃げられるだろうか？　彼女に捕まらずに逃げられるだろうか？

夕方、Lは新しいお盆をもってやって来た。彼女はカボチャのクリーム・ポタージュを用意した。彼女は私を起こし、枕に寄りかからせた。そして猫なで声で、飲むように迫った。片手にスープ皿をもち、もう一方の手で、私に飲ませようとした。

彼女は慣れた手つきで、赤ん坊に食べさせるように、私の口にスプーンを持ってきた。その時、彼女がまた右手を使っていることに、私は気づいた。仮面劇は終わったのだ。

私たちはもはや、たくさんの親和性を持ち、符合する物語を持つ、似た者同士ではなかった。私たちはもはや、同じ衝動にしたがって行動し、融合し合う、女友達同士ではなかった。ノン。私たちは二人の別々の人間で、一方はもう一方のなすがままになっていた。

彼女は私の考えを読んだかのように、つぶやいた。

――私はあなたを助けるために、何でもしてあげたのよ。すべてをぶち壊したのは、あなたよ。

私はポタージュを一口か二口、飲み込んだ。そして、もう飲めないわ、と言った。私は、もう口を開けなかった。Lは、私の歯をこじ開ける道具を探しているかのように、周りをグルッと見回した。私の口のなかにスプーンを突っ込もうという考えがよぎったに違いない、そしてたぶん、平手打ちを喰わせようという考えも。彼女は怒りに駆られてため息をつき、皿をつかむと、部屋を出て行った。私は、彼女がデザートかハーブティーを持って戻って来るだろうと思っていたが、その夜は、彼女を再び見ることはなかった。

Lが私の拒絶をそのまま許すわけがなかった。もし私が拒否し続ければ、彼女は私を衰弱させるための別の解決法を見つけるだろう。こう考えると、私は怒濤のような恐怖に襲われた。

私はもう待てなかった。

私は何としてもこの家から脱出しなければならなかった。

私は門の扉までたどり着かねばならなかった。

道路に出られたら、最初に通りかかった車を止めることにしよう。

日が暮れてずいぶんたった頃、雨が降り出した。猛り狂ったような雨が、窓ガラスをたたきつけた。部屋からは、突風の吹きすさぶ音と、遠くで水しぶきをたてて走る車のタイヤの音が聞こえた。私は、車の夢を見たのか、それとも車の音が聞こえたのか、分からなかった。ここから村までの距離を歩き通すことができるかどうか、分からなかった。目を閉じて私は想像した、濡れそぼった私のシルエットが道の真ん中に現れ、腕を空中に上げて、車のヘッドライトに照らされる姿を。車がブレーキをかけて止まり、ドアが開き、私が解放される、その瞬間を私は想像した。

我にもあらず、私は眠り込んでしまった。

私がまた目を覚ました時、あたりは真っ暗だった。何時なのか、まったく分からなかったが、Lは寝ているだろうと、考えた。夜はいつもそうしているように、どんな小さな音も聞き逃さないように、彼女は自分の部屋のドアを開けっ放しにしているだろう。

彼女の目を覚まさないように、起き上がり、キッチンまで歩いて行ける可能性は、ゼロに近かった。そんなことは百も承知だ。足の添え木は床に着くと音を立てるのに、松葉杖は見あたらなかった。

彼女に気づかれずに、引き出しから鍵を取り、家を抜け出し、門の扉を開けることに成功する可能性は、皆無だった。しかし、私には他の選択肢はなかった。

私は、着ていたTシャツの上にセーターを羽織った。手の届く範囲に、他に衣類はなかった。私の荷物を運んできたスーツケースは、なくなっていた。Lがすべて、持ち去ったのだ。

私はベッドに腰掛け、数分間、息を殺してじっとしていた。ほとんど唾を飲むことさえできなかった。それから、力をふりしぼって立ち上がった。

私はキッチンまで行き、引き出しを開け、鍵を取り出した。ハァハァと、苦しげな自分の呼吸が聞こえた。

私は外に出た、腿に冷たい雨が降りかかり、添え木は砂利のなかできしんでギシギシと音をたてた。数秒のうちに髪の毛はびっしょりと濡れ、それが顔を鞭打った。向かい風の中を歩くのは難儀だった。私は走ろうとしたが、足の痛みに堪えかねた。

門の扉までたどり着いた。その時、初めて、Lの車がないことに気がついた。私は塀にもたれかかって、息をついた。突風を受けて、柳の枝葉がザワザワと音とたてて舞い上がった。まるで割れたガラスが滝になったようだった。

家の方を振り返りもせずに、私は、扉を開けて、びっこをひきながら狭い道路に出ると、村の方角を目指した。

Lはきっと、どこかに停車し、エンジンを切って、私を待ち構えているだろう。私は、今にも彼女の車が発進する音が聞こえ、彼女が現れて私に飛びかかってくるに違いない、とびくびくした。

これこそ、彼女の計画だったのだ。私を半裸の姿で脱出させ、車のヘッドライトの光の中に私を捉え、ボーリングのピンのように私をひっくり返す。

私は一足ごとに痛みが増したが、それでも道に沿って歩いていった。降りしきる雨のなか、視界がきかなかったが、ただひとつ、遠くに明かりの灯った窓が、暗闇のなかに浮かび上がってきた。

私は、村の最初の家までわずか数メートルのところまで来たときに、下水の配管工事のために掘られた道路のへりの溝のなかに転落してしまった。この瞬間の光景はまったく覚えていない、思いだすのは、泥にまみれて崩れ落ちる感覚だけ。そして私は意識を失った。

私は救急車で運ばれた、という漠然とした記憶しかない。今、思い出すのは、点滅する回転灯の光のなかで、反射して輝く、防寒シートのイマージュ。背中の下の担架の感触。救急車のスピード感。

私はシャルトルの病院の病室で目を覚ました。その直後に、看護婦が入ってきた。彼女は何が起こったか、話してくれた。そして言った、「あなたのご主人」が、知らせを受けて、駆けつけてきますよ、飛行機で、と。

夜が明けはじめた頃、私を見つけてくれたのは、工事現場の作業員だった。おそらく、私は転落して、あまり時間がたたずに発見されたのだろう、そうでなければ助からなかっただろう、と医者は言った。私は重篤な低体温症にかかっていた。

私がなぜ、下着にセーターというういでたちで、夜明けの数時間前に、あんな場所にいたのか、それについては誰も何も質問しなかった。ゆっくり時間をかけて考えてみるように、とだけ言われた。そして痛み止めと睡眠薬が処方された。

足の添え木は外されて、かわりに合成樹脂のブーツを履くことになった。新しい松葉杖も用意された。フランソワが到着するまで、私はほとんどの時間を眠って過ごした。

翌日の朝、目を覚ますと、彼が私の枕元に、引きつった顔をして心配そうに控えていた。彼は私を抱きしめた。君には休養が必要だ。重要なのは、君が無事に助かって、ここにいることだ。

後になって、薬物検査の結果、何種類かの睡眠薬と殺鼠剤の反応が認められた、と私は報告を受けた。

後になって、体調が回復した頃を見計らって、あの晩、何が起こったのかを尋ねられたとき、医療チームが――そして、おそらくフランソワも――、私が自ら薬物を摂取し、それからパニックを起こして、夜中に助けを求めて外に飛び出したのだ、と確信していたことを私は知った。

Lは、私が家を抜け出す前に、すでに立ち去っていた。Lは私を一人、置き去りにしたのだ、私が逃げだす可能性と、二度と目覚めることなく眠り続ける可能性とを残して。

Lは、かつて私の人生に侵入してきたように、私の人生から姿を消した。こんなふうに書くと、どこかで読んだことがある文章だと思わせることを、私は十分意識している。このような文章は、物語は終わり、もはや思い出にすぎないのだ、と思わせるだろう。そして物語は、語る行為のなかに、解決ではないにしろ、一つの意味の形を見出したのだ、と思わせるだろう。Lは痕跡を残さずに姿を消した、それがことの真相である。

私がクルセイユに再び行けるようになるには、数週間待たねばならなかった。私は体調が回復し、普通に歩けるようになるのを待った。門の敷居をまたぐと考えただけで襲われる不安に、打ち勝てるようになるのを待った。

私がまだシャルトルの病院に入院中に、フランソワがクルセイユに行ってみると、家は完璧な状態だった。食器は食洗機で洗ってあり、掃除もすんでいた。すべてが申し分なかった。すべてが片付き、整理され、元どおりの場所にしまってあった。Lは水道の元栓を閉め、ゴミ箱を空にし、ヒーターのサーモスタットの温度を低く設定していた。彼女は自分の出立を取り仕切り、後にしみ一つ残していなかった。彼女が寝ていた部屋では、マットレスのカバーが外してあった。シーツもタオル類も、洗濯し、乾燥させ、戸棚に収まっていた。水回りも清潔だった。

私たちが滞在していたことを示す唯一の痕跡は、私の部屋に残されていた。乱れたベッド、空っぽの汚れたお椀、床に放り投げられたTシャツ。

フランソワは、私のスーツケースも、携帯電話も、私が持って行った荷物は何一つ、見つけることができなかった。

私は彼に、Lが私の代わりに電話に出た夜、彼女が彼に何と答えたか、包み隠さず話してくれるように頼んだ。その時、彼が私の記憶を疑っている様子が見てとれた。彼は子供に言い聞かせるような優しい口調で私に答えた、僕はね、Lと電話で話したことなんて、まったくない、その夜も、その後もね、と。それは、頭がおかしくなった連中を正気に戻そうとする時の、慎重そのものの口調だった。

フランソワは私に、こう語った。実際、私に電話で連絡をとろうと何度も試みた日があったが、私は電話に出なかったし、私の方からの連絡もなかった。その後で、私の留守電に直接、伝言を残そうともしたのだが、私の携帯は電源が切れていた。彼は心配した。私たちは一日に一回は連絡し合うようにしていたからだ。その夜、ついに彼は、村の反対側の外れに住む友人のシャルルに電話して、様子を見に行ってほしいと頼んだ。シャルルが家の塀をよじ登ると、庭に車はなく、家に明かりは灯っておらず、鎧戸は全部閉まっていた。それを聞いて、フランソワは、私たちがパリに帰ったのだと結論した（それは、彼がそう考えるように、Lが望んだシナリオだろう）。一瞬、私が新しい恋人を見つけたのかもしれない、という考えが彼の頭をよぎった。そして、私が救出された朝、シャルトル市長の秘書から電話連絡があった、そして彼は、一番はやく乗れる飛行機に搭乗したのだった。

このような会話をした数日後、フランソワは私に、どのようにしてLと出会ったのか、もう一度、説明してほしい、と言った。

私は、ブックフェアにでかけた、あの日の夜、ナタリーの友達の家で催されたパーティーで、私に近づいてきた女性のことを、再び語った。

フランソワは、その女性と一度も会ったことがないのはおかしい、と不審がった。私が彼女と親密に付き合っていた時期に、彼女が私の家に同居していた時期に、どうして彼は彼女と一度も顔を合わさずにいられたのだろうか？

実を言えば、普段でもさまざまな理由で、彼が私の家に来るよりも、私が彼の家に行く方が多かった。しかも、Lが居候していた期間は、私がいろいろ画策したので、彼は一度も私のところに来ることがなかったのだ。

彼は私に、もう一度、説明するように求めた、どうして私が、ただちに、彼女とクルセイユに行こうと決めたのか、どうして私が他の誰かを、もっと親しく、もっと信頼できる女友達を、誘わなかったのか？ 彼女は、どんな車種の車に乗っていたのか、どうして彼女はその場にいたのか、どのようにして彼女は、すぐさま、私に同行することができたのか？ どうして私たちは、あのように、鎧戸を閉めて暮らしていたのか？ どうして彼女は、私の携帯の電源を切ったりしたのか？

彼は私を傷つけないよう、私を困らせないよう、気を使っている様子だったが、私は結局、彼が疑念を抱いているのだろうと感じた。

フランソワがまったく別種の裏切りについて想像しているかもしれないと思ったので、私は彼だけには、最初から洗いざらい語ろうと試みた。私がどのようにしてLと知り合ったか、いかに私が彼女に愛着を覚えたか。彼女が私のためにしてくれたこと、私の代わりにしてくれたこと。彼女が人から言われる前に察知すること、彼女がとても理解力があること。彼女が私の本をどう考えていたか、私に何を期待していたか。私は人を欺き、嘘をついていたことを認めなければならなかった。みんなに私は執筆中だと信じ込ませておきながら、何週間も、街やスーパー、モノプリをぶらついて時間つぶしをしていたことを。

サン＝ルイ病院の緊急処置室で、Lについて書こう、彼女の人生に着想を得よう、というアイディアがいかにしてひらめいたか、その経緯を私は説明した。このアイディアがどれほど鮮明に、切迫感を持って現れたかを、そして長い混迷期の後に、初めて、書くに値する題材に出会えたと思ったことを。それ故、彼女とクルセイユに閉じこもって滞在すると思うと、それは天から降ってきた贈り物のように思われた。これは予期せぬチャンスだった！ ええ、私は怖くはなかったわ。書きたいという欲求、やっと本が書けるという確信が、すべての警戒心を打ち払ったのよ。でも、Lは私の企てを見破り、計画は頓挫してしまった。
私の前で、フランソワは私がよく知っているあの困惑の表情を浮かべた。彼は、私の語ったことを半分しか真面目に取っていない、と私は感じた。
彼は何度も、冗談めかして、Lが男性ではないのか、と尋ねた。しかし、実のところ、彼が考えていたのは、私がすべてを断ち切り、一人になりたくて、意図的にクルセイユに遁走を試みたのではないか、ということだったと思う。

その後、彼は、私にそうは言わなかったが、医者たちの見解に同調したのだと思う。すなわち、私は深刻な鬱状態だったのだ、と。服用した薬の副作用で、混乱状態に陥り、幻覚を見たのだ、と。起こったことの大部分が、それで説明がついた。私は、夜中に一種の発作を起こし、その記憶は曖昧ながら、半裸で家を出て、工事現場の溝に落ちた——。こうして私は精神病の病歴を持つことになったのだった。

真実は、まったくそうではなかった。Lは私を毒殺しようとし、私を衰弱させようと試みたのだ。彼女は私を危険に陥れたのだ。

私は彼女を告訴してもよかっただろう、少なくとも、彼女を捜し出す努力くらいはしてもよかっただろう。
でも、そうはしなかった。私には気力がなかった。そんなことをしたら、煩雑な質問に答え、Lの人相を知らせ、何度も繰り返して証言し、書類や証拠を提出しなければならなかっただろう。そのうえ、証拠が残されているかどうか、それも確かではなかった。

病院の観察下に置かれて三日間を過ごした後、パリの自宅に戻ると、私はさっそくパソコンを起動させた。私の直感があたっていたことがはっきりした。Lと知り合った最初の数カ月間に私たちが交わしたメールを、彼女はすべて消し去っていたのだ。すべてを。一つ残らず、見逃さずに。

Lが私のところで暮らしていた時期に、私のパソコンの前で毎日、長時間過ごしていたことを考えると、彼女にはメールを抜き出し、ゴミ箱を空にし、何も痕跡を残さないように操作する暇が十分にあった。

私にはもう何もなかった、わずかな跡形もなかった。ところが、彼女は、私の代わりに書いたメールは全部、残していた。それは私の名前で送信され、私が書いたのではないと証明するものは（私の言葉以外は）何もなかった。

私はこうして、しばらく私（彼女）のことをそっとしておいてほしいと依頼する、Lからのメールを受信したあとで、友人たちが私宛てに書き送ってきた励ましや、支援や、思いやりのメッセージを発見した。もちろん、Lはこのメールについて、私に何も言わなかったが。

私は数日間、家から出ずに過ごした。外に出るのは怖かった。でも、一人でアパルトマンに閉じこもっているのも、怖かった。

友人たちが私の体調が悪いのを知って、見舞いにきてくれた。彼らは、久しぶりに私に会えて喜んだ。私も同じだった。友人たちは私に優しく話しかけてくれた。

ある晩、私はLの夢を見た。彼女は頭を半ば打ち砕かれ、血で目が見えずに、クルセイユのキッチンの床を這い回っていた。彼女は必死に玄関のドアのところまで行こうとして、ジィジーを呼んでいた。私は助けに行くことができず、彼女を眺めていた。

私は汗びっしょりで目を覚まし、ベッドに座った。朝まで恐怖が去らなかった。

一～二週間たつと、私はまた少しずつ、外出するようになった。

誰かが私の背後を歩いていたり、後から接近してきたりすると、私は道を変えた。背後に何かがあるのを感じると（私の革のブルゾンにマフラーがこすれる音とか、ベルトのバックルがたてる音など)、振り返ってみるのだが、何もなかった。私は見張られ、後をつけられ、傷つけられていると感じた。私はほんのわずかな物音にも飛び上がり、筋肉という筋肉が極度に緊張しているのを感じた。体中がびくびく警戒していた。私は危険が差し迫っているのを確信していたが、それがどのような形のものなのか、その危険が私の内に潜んでいるのか外にあるのか、分からなかった。

私はいつでも、恐怖感を抱きながらアパルトマンのドアを開けた。きっといつの日か、仕返しをしようと誰かが忍び込み、ソファの上に座るか、ベッドの下にうずくまるかして、待ち構えているに違いないと怖れていた。

ルイーズとポールは、頻繁に私に会いに家に帰ってきた。フランソワはパリにいることに決め、私はあらゆる執筆活動を先延ばしにした。

私はレントゲン検査のためにサン=ルイ病院に行った。合成樹脂のブーツは外された。最初、私は足を地に着けることがなかなかできなかったが、リハビリを二~三回するうちに、普通に歩けるようになっていった。

数週間は、まだ、踊り場できしむ音や奇妙な物音が聞こえるような気がした。日に何度も、誰かドアで聞き耳を立てていないか、ドアの覗き穴から確かめた。私は帰宅するとすぐに、カーテンを昼も夜も閉め切ることを、止めなかった。Lが私のアパルトマンのどこかに、隠しカメラか隠しマイクを仕掛けたかもしれない、という考えにとらわれた。私はテーブルの下、クッションの下、照明器具の中、そして部屋の隅々まで、あらゆるところに手を差し入れ、確かめた。

こうしたさまざまな徴候は、心的トラウマの結果、ないしは以前からの偏執狂的傾向の悪化とみなすこともできるだろう。この問題については、私はとくに言うべきことはない。

とはいえ、徐々に、私はいわゆる「正常な生活」を取り戻していった。

私はもちろん、Lのことを考えた。悪夢か、いつまでもこだわっていたくはない恥ずかしい思い出について考えるように、私はLのことを考えた。あの時期が遠ざかるにつれ、Lの思い出は半透明な膜に包まれていった。私は、Lの思い出を、いつか書こうと考えているうちに変質してしまわないように、手を触れず光を当てずに保存しておくべきか、それとも逆に、消し去るべきか、自問した。今では、私はその答えを知っている。

四月、私はシャロン＝シュル＝ソーヌで開催される文学フェスティヴァルの招待を受諾した。私は大勢の聴衆の前で、一年かけて私の全作品を読んだ読者のグループと交流することになっていた。私がこの招待を受け入れたのは、フェスティヴァルの企画者自身も作家であり、昔からの知り合いだったからだ。

それに、おそらく私には、試練に立ち向かいたい、そして一人でやりとげられるということを自分自身に証明したい、という気持ちもあったのだろう。

列車を降りてから、私はホテルに行き、荷物を置いた。そして三〇分ほど横になった。まるで瞬間移動《テレポート》したかのように、知らない町の知らない部屋に自分がいる――フェスティヴァルに先立つこの自由な時間は、私の好きな時間だ。しばらくして、私は会場に歩いて行った。聴衆が集まるのを待ちながら、私は読者グループのメンバーたちと少し言葉を交わした。私は大きな会議室をぐるりと見渡した、音のしないレーダーで聴衆をざぁと探知するように。私の目が中央に戻ったとき、自分が何をしていたのか、理解した。私はLを探していたのだ。というよりむしろ、Lが会議室にいないことを確かめたのだ。ほっと安心して、私は大きく息を吸い、意見交換が始まった。

グループからの質問は、私の全作品、そしてそれらの作品間のつながりを対象にしていた。会場の雰囲気は暖かく、好意的だった。私はその場にいることを幸せに感じた。私は思い出した、読者と出会い、彼らの感想を聞き、私の仕事について語るのが好きだったことを。私の作品を源としてキラキラと飛び散る感想、感情、イマージュを追い求め、エクリチュールについて問い直し、もっとも的確と思われる返答を、話しながら見出そうとするのが好きだったことを。

それから、聴衆から質問を受ける番になった。それは主として私の最新作に関してで、どれもよくうける質問だった。とはいえ、私は長いこと、このような質問に答えていなかった。そして、この経過した時間が、私とテキストとの関係に変化をもたらしていた。私の立ち位置は変化し、距離をおいて客観的に考えることができるようになった。初めて二十人ほどの書店主の前で私の小説を紹介したとき、私は泣きだしてしまったが、それはもう過去のことだった。泣いた後、私は恥じたのだった、涙を抑えられなかったことを、惨めな姿を人目にさらしたことを。

しかし、今宵、シャロンでは、私はようやく、ほどよい距離を取れたように思われた。

いくつかの質疑応答の後、一列目に座っていた女性が、レアという若い女性の代わりに発言した、レアは出席していたが、しゃべることができないのだった。この女性はマイクを手にして立ち上がった。彼女の口調には、何か重々しい響きがあった。

——実は、レアは、あなたが誠実かどうか知りたがっています。ときどき、あなたの本を読みながら、彼女は疑問を感じました、作り話があるのではないか、と思ったのです。あなたが語っていることは、真実ですか？すべて、ほんとうのことですか？

一瞬、私はレアに、こう答えたかった、あなたは標的の真ん中を狙いましたね、と。なぜなら、答えは、もちろん、ノン。すべては単なる作りごとにすぎません、私が語ったことは何も、まったく、起こらなかった。親愛なるレアさん、私があなたに話しかけている、まさにこの時、私の母はクルーズのどこかの草むらで寝転がっているでしょう。彼女は死んでなんかいません、夏も冬もカウボーイブーツを履き、金色のサテンのドレスを着て、彼女に首ったけの、ロナルド・レーガンに似た年老いたカウボーイと暮らしています。彼女は相変わらず、昔と同じくらい美しく、滑稽で、厄介です。彼女は世界中からやって来た十人くらいの不法滞在者を、鉢植えの植物がいっぱいあって、散らかり放題の、彼女の大きな家に泊めているんです。彼女はボードレールを読み、テレビ番組の『ザ・ヴォイス』を見ています。

と、こう答える代わりに、私は彼女がいう意味で、どれほど誠実であろうとしたかを、説明しようとした。そう、できるかぎり誠実に。そしてそれは本を書くうえでは妨げとなった。なぜなら、今、読み返すと、無駄な細部、無意味な精確さ、隠匿すべきだった名前、余計な忠実さが目についた。これはまさに、私が事実に忠実であろうとして払った犠牲だったが、ほんとうは、私はそこから自由になるべきだったのだ。私は、この種の交流会でこれまで何度もしてきたように、いかに私にとって事実が近寄りがたく見えるかを述べようとした。そして、何を書こうとも、人はフィクションのなかにいるのだ、という私がつねに立ち戻る考えを説明しようとした。

――たとえ、それが起こったとしても、たとえ、それに似たことが何かあったとしても、たとえ、事実が明らかになったとしても、人が自己を語るとき、それは物語なのです。「人は自分の物語を語る」のです。そして結局、大事なのは、たぶん、そのことなのです。現実とは合致せず、現実を変容させる、あの些細な事柄。現実をうつすトレーシング・ペーパーが、周縁や片隅ではがれてしまう、そうした地点。なぜなら、いくら事実通りに書こうとしても無理だからです、歪んだり、縮れたり、ずるをしたりするからです。そして、本があなたを感動させたとすれば、たぶん、それ故なのです。私たちはみな、あなたがおっしゃるとおり、のぞき見趣味を持っています。でも、ほんとうは、私たちの興味を引き、私たちを魅了するのは、現実そのものよりも、むしろ、その現実を私たちに見せ、語ろうと試みる作家たちによって、現実がいかに変容させられるか、その手法なのです。それは、客観的なものの上にかけられたフィルターです。いずれにせよ、小説が事実によって保証されることは、その小説をよくすることにはなりません。そのように、私は思います。

一人の男性が発言した。彼の声は大きく、マイクは必要なかった。

――あなたは間違っています。そうではないんです。私たちがあなたの本のなかで好きなのは、真実の響きなんです。私たちは、それを感じ、それを認めるのです。真実の響き、それは説明することはできません。あなたが何とおっしゃろうと無駄です、あなたが書いたものを力作にしているのは、それなんですから。

男性は私の賛同を得ようと、私の方をうかがった。私は何と答えたらよかったのだろうか？　私は自分の本のなかで何が好きか、何が嫌いかを決められる立場にはなかった。でも、私は、真実の響きに終止符を打ちたかった。

――申し訳ないのですが、私は真実の響きとやらを信じていません。まったく信じていません。あなたも、私たちも、読者の方々も、みな、「真実」と銘打っているけれど、実は作りごとで、事実を歪曲した、想像の産物にしかすぎない本に、ころっと騙されうるのです。多少とも上手な作家なら誰でも、読者を騙すことができると思います。真実らしい効果を重ねて、彼が語ることがほんとうに起こったと信じさせるのです。私たちが――あなたでも、私でも、誰でも――、嘘と真実を見分けられるというなら、やってみればいいでしょう。それに、「実話」、いわゆる「現実の出来事から着想された」本の体裁を取っているけれど、そのほとんどすべてが作りごとであるような本を書くことは、一つの文学的企てになりうるのではないでしょうか。

話しているうちに、私の声はだんだん自信を失い、震えてきた。一瞬、私はLが会場の後ろから出現するに違いないと思った。しかし、私は続けた。

――この本が他の本ほど誠実ではないのかどうか、私には分かりません。もしかしたら、反対に、とても誠実な本かもしれません。

会場内に不満の声が上がった。

男性がまた話を続けた。

――あなたは虚構について話していますね。ところが、読者は騙されるのが好きじゃないんですよ。読者は、ゲームの規則がはっきりしていることを望みます。私たちは、どう対処すべきか、ちゃんと心得ていたいのです。それは真実なのか、真実ではないのか、それだけです。それは自伝なのか、純粋なフィクションなのか。それはあなたと私たちのあいだで結ばれる約束事なのです。しかし、あなたが読者を騙すのなら、読者はあなたを恨みますよ。

Lの香水が、私の近くの空中に漂い、香りが近づき、私の周りを旋回した。私は向き合っている人々の顔を探るように見た、もはや意見交換に集中できなかった。

私は答えられなかった。私が一気にコップの水を飲んでいると、会場内に失望のざわめきが起こった。

その夜、床についたとき、私は、あの男性が使い、私も使った「純粋なフィクション」という表現について、再び考えた。フィクションは何をもって純粋というのだろうか？　純粋とは何が取り除かれているのだろうか？　フィクションのなかには、私たちの記憶、私たちの内奥、私たち自身の一部が、いつだって入っているのではないだろうか？　「純粋な」フィクションとは言うけれど、「純粋な」自伝とはけっして言わない。ということは、読者は完全に騙されているわけではないのだ。しかし、結局のところ、純粋なフィクションも、純粋な自伝も、存在しないのだろう。

すると、一つのイマージュが目に浮かんだ。ピエールモンの家のキッチンで、子供時代の私が、不器用な手で、ボールのうえで卵を割って、白身と黄身に分けようとしている。祖母のリアナが、半分に割った殻からもう片方の殻に黄身を移しながら白身をきれいにボールのなかに落とす、あのデリケートで正確な動作を何度も私にやって見せてくれた。雪のように泡立てるには、白身が純粋でなければならないからだ。しかし、しばしば、ほんの少しの黄身や殻の小さな破片が混じることがある。ボールの中に落ちると、半透明の白身の中にまぎれて、破片は指の下をかいくぐり、スプーンを逃れて、捉えることができない。

私は目を閉じた、すると、祖母の歌うような声が、とても大事にしている思い出の声が聞こえてきた、その声は私にこう尋ねていた。

——私のちっちゃな王妃さま、その嘘はほんとうなの？

私は、ほんの小さな物音で飛び上がることはなくなり、後をつけられていないかとつねにビクビクすることも、いつも観察されていると感じることも、なくなった。Lの姿がいたるところに——パン屋の行列のなかに、映画館の私の席の前後に、地下鉄の車内の反対側の端に——現れることもなくなった。私の視界に入ってくるすべてのブロンドの髪にも、すべてのグレーの車にも、警戒することがなくなった。

私は友人たちに再び電話をかけるようになり、長いこと会わなかった人々と連絡を取るようになった。「社会復帰」の時期が始まった、私は冗談めかしてそう呼んだ。私は映画シナリオの執筆に協力することを引き受けた。

数週間というもの、割れた壺を拾い集めたり、家具を修理したり、台座を作り直したりするような感情を味わった。私はこの時期を、回復期として受け入れた。

Lが姿を消して四〜五カ月たった、ある金曜日の夕方、私は編集者からSMSを受け取った。

「原稿拝受。何というサプライズ！　さっそく読んで、週末に電話します。感謝感激……」

私ははじめ、彼女が送り先を間違えたのだろうと考えた。他の人に宛てたSMSを、よほど慌てて私に誤送信したのだろうと。それから私は、別の偏執狂的なヴァージョンを考えた（それは操作の手違いではなく、卑劣な戦略であって、他の作家たちは書き続け原稿を送っているということを私に知らしめようという魂胆なのだ、と）。つぎに私は最初の仮説に戻り、返信せずにほっておいた。編集者は自分の誤りに気づくだろうから。


しかし、日曜から月曜にかけての夜中に、彼女からまたもやSMSが届いた。

「原稿読了。鬼気迫る素晴らしい作品。ブラボー！　午前中に電話します。」

これはやり過ぎだ、と私は思った、人違いをしてお門違いなことを言わないよう、彼女はもっと注意すべきだろう、と。

私は返信のSMSの文面を、もっとも簡単なもの（「宛名違い」）から、もっとも悪質なもの（「遅すぎ。他社と契約済」）までいくつか考えたが、結局、返事を出さなかった。出版社と契約している他の作家の一人が、「鬼気迫る素晴らしい」テキストを書き、編集者を満足させたのだろう……。私は羨ましさや嫉妬を感じたことを後悔した、それは嘆かわしく、子供っぽいが、しかし、私はそう感じたのだ。他の作家が鬼気迫る素晴らしい作品を書いたこと、そのことが私を惨めな思いにさせたのだった。


午前中に、編集者が電話をかけてきた。私が言葉を挟む間もないほど、彼女は興奮し、感動し、夢中になって、しゃべりまくった、彼女は気が動転していた。とても知的なテキストね、途中で止められず、一気に読んだわ、とっても衝撃的で魅力的、間違いなく、あなたの最高の作品、だから、ああいう心配、あなたが行き詰まったという不安は、ナンセンスだわ、それどころか、分かったの、私は確信したのよ、この作品は、新しい作品群の始まりだって。

私はようやく彼女をさえぎり、いらいらした声で、彼女に言った、あなたが言ってるテキストを、私は書いた覚えがないわ、と。そして、事をはっきりさせるために、こう付け加えた。

――私はあなたに何も送ってないわ、カリーナ、分かった？　何もよ。それは私じゃないわ。

彼女は私がよく知っている驚きの笑い声をたてた、この笑い声は私が彼女に感じている魅力の一つだった。

——もちろん、分かっているわ、それに、あなたのテキストで、それが悩ましいところだということもね、著者とその分身が透かし模様になって熟慮されていること、あの奇想天外な登場人物たちが相対立するように工夫がこらされていること……

私は驚愕した。いったいどんないまいましいテキストを、彼女は手にしたというのだろう？　私は口調がきつくなりすぎないように注意しながら、三年前から何も書いていない、原稿は何も送っていない、と繰り返した。彼女は再び哄笑し、それから優しく私に答えた。

——メディアの観点からは、こうしたポジションが取れるかどうか、分からないけど、でも、あなたがそれを望むなら、話し合いましょう。いずれにしても、私がどれほど信頼しているか、あなたに知ってほしいの。もう一度、読むつもり、あなたがよければ、なるべく早く会いましょう。とてもよい作品だわ、ほんとうに……

私は彼女からの電話をガチャンと切った。彼女はすぐにまた電話をしてきて、安心させるような暖かいメッセージを伝えた。彼女は、私にとって書くのが容易ではなかったことは理解している、テキストは火遊びをしているような危険な香りがするけれど、それがこの作品の魅力だ、と言った。

私はどのくらいのあいだ、ソファの上でじっとしていたのだろうか。呆然とした状態で。目は虚空を見つめ、脚を折り曲げることも、腕を伸ばすこともできず、側におかれた毛布に包まることもできずに。かなり長いこと、身体が次第に冷えてくるのを感じながら。指はかじかんでいた。

私を麻痺状態から抜け出させたのは、寒さだった。私は起き上がった、背中はこり、脚は硬直していた、しびれた足を床につけて叩いた。

そして、突然、私は理解した。

Lが、私の代わりにあのテキストを書いて、送ったのだ。

Lが、「素晴らしい」「鬼気迫る」テキストを書き、かつてないほど編集者を熱狂させたのだ。

Lが、私の名前を横取りして、私がこれまで書いたものよりもずっとよいテキストを書いたのだ。

私はフランソワに説明しようと試みた、編集者が原稿を受け取り、彼女はそれを来たる九月に出版したいと思っていること、その原稿のいわゆる著者は私だが、しかし私は一言も書いていないこと、を。それを聞いたときのフランソワのいわく言いがたい表情を、どうやったら描写できるだろう。

彼は数秒間、どんな面倒事にかかわる羽目になったのか（これが初めてではなかった）、と考え込んだ。それから、疑念をおぼえ、たぶん失望もしただろう、ようやく、こう尋ねた、彼の精神状態を要約する質問だった。

――いったい全体、何の話なんだい？

編集者とフランソワは一週間後に落ち合った。編集者は彼に、素晴らしい原稿を手にしており、その著者が私であるのは間違いない、と納得させたのだと思う。そして彼らは、私がなぜ、このテキストを書いていないと言い張るのか、その理由をあれこれ話し合ったらしい、前作の小説が発表されてからの神経衰弱、私が受け取った匿名の手紙、私の陥った孤立状態、偏執狂的な恐怖症、気まぐれ、そして新たに人目にさらされることに対する恐怖感などが原因だろう、と。要するに、こうしたことはすべて、ほんとうだった。そこで、私がこのテキストに耐えられるように、それを引き受けられるように、時間的余裕を与えなければならないだろう、あと一歩だ、という結論に達した。

私がフランソワに、Lは私のパソコンにアクセスし、私の日記やそれまで私が書いたものをすべて見ることができたこと、編集者が受け取った小説の著者はLに間違いないことを説明した日、彼は、私に気まずい思いをさせたくないときにする、あの寛大そうな表情を浮かべたのだった。

彼は、つとめて愛想よくしようと、Lについていくつかの質問をした（大部分は、すでに、私が病院を退院したときにうけた質問だった）。どの問いの背後にも、私への疑念が透けて見えた。

私がLを探そうと決意したのは、この時だ。

この原稿を書いたのは彼女だと証明しようと、彼女がどうして私の名前で書いたのかを明らかにしようと、決意した。それは罠だったのだろうか？　贈り物だったのだろうか？　それとも謝罪しようとしたのだろうか？

Lの携帯の番号は、もう使われていなかった。

私は、彼女が私の家に居候する前に住んでいた、そして彼女の誕生日の夜に訪問した建物の前に、また行ってみた。入口のコード番号が変わっていた。私は一〇分ばかり待ち、建物に入る人の後について侵入した。Lのアパルトマンまで階段を上がり、ベルを鳴らした。二十歳くらいの若い女性がドアを開けた。彼女は数カ月前に、不動産屋と契約してアパルトマンに入居したが、前に誰が住んでいたかはまったく知らなかった。半開きのドアから、私は見覚えのあるLのアパルトマンを認めた、ただ、今は、ほんとうに人が住んでいるように見えた。若い女性は、賃貸管理をしている不動産屋の連絡先を教えてくれた。不動産屋はその界隈にあったので、私はついでに立ち寄った。顧客部門の責任者はいなかった。私がねばり強く頼んだので、彼の同僚が書類を調べてくれることになった。不動産屋がこの物件を委託されたのは、つい最近のことで、私が会った若い女性が最初の賃借人だった。しかし、この同僚は、アパルトマンの所有者の連絡先は断じて教えてくれなかった。翌日、私は電話して、賃貸借の責任者に、名前だけでもいいから教えてほしいと懇願したのだが、電話はガシャンと切られてしまった。

私はナタリーに電話し、私がLと出会ったパーティーを開催した、彼女の友人の連絡先を尋ねた。私はナタリーに、どのパーティーのことか分かるように、くわしく話さなければならなかった。ナタリーは、私が説明した女性については何も覚えていなかった、彼女の記憶では、かなり早くパーティーから退却したので、私が誰かと話しているところを見た覚えはまったくなかった。私は次に、ナタリーの友人、エレーヌに電話した。エレーヌは、彼女が開いたパーティーに私がいたのはぼんやり覚えていたが、招待客のなかに、私が説明したようなブロンドの洗練されたLという女性がいたかどうかは、心当たりがなかった。私は食い下がった。私はこと細かに説明し、最後まで残っていた招待客のなかにLと私がいたことを話した。私たちは、キッチンでテーブルの周りに座り、ウォッカを飲んだ、と。エレーヌはまったく思い出さなかった。その女性は、たぶん、誰かが連れてきたのだろう、でも、いったい誰が？

数日後、私はリオネル・デュロワに電話し、ゴーストライターのLという女性を知っているかどうか尋ねた。彼はLとは何度か仕事を競り合ったことがあり、なかでもジェラール・ドパルデューの本を書く時は激しく競り合ったはずだ、と。リオネルはさほど驚いた様子は見せなかった、ゴーストライターなら自分の他に何人もいる、しかし、一つだけ確かなことは、ドパルデューに関しては、自分以外に対立候補はいなかったということだ。彼はある夜、ドパルデューと会い、ディナーをともにし、その晩のうちに先方から承諾の電話がかかってきたのだ。彼はLのことを知らなかった、彼女について噂を聞いたこともなかった。

私はさらに、アニエス・デザルトに短い手紙を書き、私たちが受験準備《カーニュ》クラスでいっしょだったことを思い出させ、同じクラスにいた（残念ながら、クラス写真には写っていない）Lという名の女学生を覚えているかどうか、ひょっとしたら彼女がどうなったか知っているかどうか、尋ねた。手紙を封筒に入れる直前に、私は、これが緊急で重要な質問であることを示すために、赤鉛筆で追伸を付け加えた。もし、あなたがこのころの友達の誰かと今でもコンタクトを持っているなら、彼らにも同じ質問をしてくれるとうれしいのだけれど、と。アニェスは二日後に返事をくれた、自分は、クレール、ナタリー、アドリアンとは相変わらず友人同士だけれど、誰も、Lという女性のことは覚えていない、と。

ある夜、Lが私の代わりに訪問したトゥールの高校のことがよみがえった。私は起き上がり、パソコンを起動させ、「私」の訪問の前後に、Lが司書の女性教師と交わしたメールを探した。しかし、奇妙なことに、メールは私の名前で書かれたにもかかわらず、どれ一つ、見つからなかった。Lがすべて削除していた。私は高校の名称は忘れてしまったが、運がよければ、インターネット上に「私」の訪問の痕跡を、つまり生徒たちに囲まれたLの写真かなにかを、見つけることができるかもしれない。高校というものは、この種の思い出をブログにのせるのが好きだから。

こうして検索をしている時、私はランスの高校の学校新聞に載った、私の古いインタビュー記事にぶつかった。そのなかで私は、自分にとって大事な映画として、『普通の人々には何も特別なところがない』と『人々はどのようにしているのだろうか』に言及し、ソフィー・フィリエールの『大きなおちびさん』も同様に挙げていた。

すると、Lと私を結びつけていた奇妙で信じがたい偶然の一致は、それほど奇妙ではなかったのかもしれない、と私には思えるのだった。

Lは、とにかく、私のことを調べあげていた。

インターネットでは、Lのトゥールでの行程を見つけることはできなかった。翌日、私はトゥール市のいくつかの高校に電話してみた。二つ目の高校にかけた時、私を招待してくれた司書の女性教師と話すことができた。私は最初に声を聞いた瞬間から、この女性教師が電話で私と話すのをためらっているのを感じた。彼女の口調は冷たかった。数カ月前の「私」の訪問について覚えているかどうか尋ねると、彼女は空咳をして、バカにするつもりですか、と応じた。彼女は、「冗談をおっしゃっているのですか？」とか、「からかってらっしゃるのですか？」と言ったのではない。それどころか、しらけた声で、怒りを隠さず、こう言ったのだ、「バカにするのもいい加減になさい」と。というのも、私は約束をすっぽかしたばかりか、それを前もって知らせることもしなかったのだ。百人ほどの生徒たちがこの交流会のために準備をし、私の本を読み、この日を楽しみに待っていた。彼女は私に列車の往復切符を送り、寒い日だったのに、私を出迎えようと駅のホームに立っていた。それなのに、私は現れなかった。私は謝りもしなければ、彼女が私に送った抗議の手紙に返事をすることもなかったのだ。

私は電話を切った。足もとで床が崩れた。それは想像ではなく、寄せ木の床が、部屋の四隅から引っ張られたように磁気を帯び、音もなくグラグラと揺れたのだ。

Lは、私を騙したのだ。

Lは、煙のように姿をくらました。

Lは、何も跡形を残さなかった。

それに続く数日というもの、私は目眩に襲われ、混乱に見舞われた。

私があてにできると考えた思い出も、断片的な事柄も、私が依拠できると期待した証拠も、そのどれもが私の記憶のなかでしかリアリティーをもっていなかった。

Lは、何一つ痕跡を残さなかった。彼女が存在していることの確実な証拠は、まったくなかった。

その間を通じて、私の身近な人たちの誰とも接触しないように、Lはうまく立ち回った。そして私は、彼女のまたとない共犯者だったのだ。私はLを子供たちにも、フランソワにも、友人たちにも、紹介しなかった。私は彼女と二人だけの排他的関係を生きたが、証人はいなかった。私は彼女と人の多く集まる場所に出かけたが、誰も私たちに目をとめなかっただろうし、誰も私たちを覚えていないだろう。Lは、似顔絵捜査やDNA鑑定を必要とするような犯罪は、何一つ犯していなかった。事件から六カ月もたってから警察に行って、血液検査で私の体内から見つかった睡眠薬と殺鼠剤は私が知らないうちに投与されたものだ、と話したとしても、私は狂女と見なされるのがおちだろう。

私は何度も、精神的な混乱や脆弱さ、つまりは鬱病の重い症状を呈したことのある女性小説家だった。

私は幾晩も、目を大きく見開いて、手がかりを、裂け目を、探した。

ある夜、私が、ときどき不安に襲われ息ができないほどだとフランソワに説明しようとしていた時、そしてフランソワが、何度も聞かされた話をまた最初から蒸し返され、増幅された細部や逸話、会話の思い出を聞かされていた時、彼はこんなフレーズを口にした、おそらく、私が過去を忘れて再出発できるようにという期待をこめてのことだったのだろう。

——もしかして、君は作り話をして、それを書こうっていう魂胆じゃないの？

その時、私は、話しても骨折り損だ、私はドン・キホーテのように風車と戦っているのだ、と理解した。

もちろん、私は例の原稿を読んでみたかった。私は数日間、これ以上、私の精神状態を疑われずに、どうやったら原稿を取り戻せるか、あるいは少なくとも、何について書かれているのか知るにはどうしたらいいか、考えた。私が盗作したと、Lが公然と告発する危険性はあるけれど、あえて、あの「鬼気迫る」「素晴らしい」小説を発表するゴーサインを編集者に出そうか、と数日間、考えた。そうすれば、少なくともLは姿を現すだろうし、そして私は、その本を書いたのは自分ではないことを証明できるだろう。

これは魅力的な考えだった。準備ができ、すぐに使える状態の、書きあがられた本。しかも、面白い。私が書くことができたどんな作品よりも、もっとドキドキさせる、もっとすごい本。

私はこのアイディアを数日間、暖めた、数週間だったかもしれない。

そして、ある朝、私は編集者にカフェで会ってほしいと頼んだ。彼女は、私がとても疲れているのを見て、心配した。私はできるだけ威厳をもった様子で、彼女が手にしている原稿を、破棄するか、焼却するかしてほしい、と要請した。私は断固とした口調で、それを発表するつもりはない、と断言した。

彼女の質問に答えて、私は、パソコンに原稿のバックアップ・ファイルを全然もっていないことを認めた。でも、もし、彼女が私との関係を大事に思い、私がいつか新しい本を書くことができると考えるなら、この原稿は捨ててほしい、と懇願した。

　彼女は私の決意の固さに、そしてたぶん、殴られたような私の目の下の隈に、心を動かされたのだろう、あなたが言った通りにするわ、と約束した。

　ところが、私は騙されてなどいない。この原稿が彼女のオフィスのどこかに保存されていることは、お見通しだ。


ある日の朝、私はメールボックスに、新しい手紙を見つけた。

　デルフィーヌ
　おまえはたぶん、こんなふうにしてうまく切り抜けようと考えているのだろう。他のことに移れるだろうと思っているのだろう。おまえは案外、見かけによらずしっかりしている。だが、まだ危機を脱したわけじゃない。分かったな。

今回は、手紙に署名がしてあった。

こうした一連の手紙は、Lが書いたのかもしれない、と私は考えたことがあった。しかし、私は間違っていた。彼女ではなかった。彼女だった方がどれだけよかったことだろう。

これは、私が受け取った最後の手紙だ。

数週間後、ポールが帰宅した。ある朝、ポールが読み終わったばかりの、ひどく困惑させられた本について、私たちは二人で議論した。つまり、この朝、私は息子と、ある種のテキストがどのような具合に、何日も、あるいは何週間も、私たちに取り憑くのか、という話をした。私はデイヴィッド・ヴァンの最初の小説『自殺の島の伝説』について、この小説を読んだ後、幾晩も眠れなかったこと、この本の読者の記憶のなかに想像を絶するショックとして刻み込まれつづけるだろうあの有名な一一三ページ（小説は初めから悲劇を予感させるが、ここにいたって、恐ろしいと同時に予期せぬ方法で、一挙に悲劇へと向かう）のことを、ポールに語った。私は立ち上がって、書棚から本を取りだした。その本はとても暗い話なので、とくにポールに読んでほしいと思っていたわけではなかったが、あのページが私に与えた恐怖の思い出を確かめたかった。ポールの前で、話の筋を簡単に要約し、何がデイヴィッド・ヴァンにこの本を書かせたのか、私が理解したことを語りながら、端が折ってある一一三ページを開いた。斜め読みしながら、私は声がだせなくなった。

私が目にした描写は、Lが彼女の夫の自殺について語った描写と、ほとんど一語一句、同じだった。読み進めると、最初は偶然の一致だと思えたものが、明らかに、そうではありえなくなった、つまり、Lはジャンの死を語るために、この本から、この言葉から、着想を得たのだ。孤立、雪、彼らがこもった小さな山小屋、銃声、山小屋に戻った彼女が目にした恐ろしい光景——、Lが車の中で私に語ったことのすべてがここにあった。

私はパニックを起こし、本を床に投げ捨てた。

私たちは二人で、散歩に出かけた。私が感じた恐怖の身震いは、午後中、止まなかった。

夜になっても、漠然とした直感で目が冴えていた私は、書棚の前を離れなかった、ぎゅうぎゅうに詰めて並べてある蔵書の題名を、Lがしていたように、声に出して読み上げた。一列ごとに、すべて。

床につき、仰向けに横たわっても、眠気はまったく訪れなかった、物音に聞き耳をたてながら、私は理解した、Lが私に語った彼女の人生は、どの出来事も、どの物語も、どの細部も、私の蔵書のなかの本から取られていたということを。

私はセーターを羽織り、ジーンズをはいて、居間の明かりをすべて点け、カーテンを閉めきった。夜明けまで、Lの打ち明け話を一つ一つ、秩序立てて思い出していった。

それから、私は書棚に並ぶ本の背を指でなぞった、そして見つけたのだ。

Lは、フランスあるいは外国のさまざまな小説のあちこちから、ジャンルにお構いなしに、抜き出していた。彼女にインスピレーションを与えたテキストは、共通して、現代作家によって書かれていた。彼女の母親の死の光景は、疑いの余地なく、ヴェロニック・オヴァルデの小説から取られていた。彼女の父親の性格の描写は、ギリアン・フリンの小説から多大な影響を受けていた。隣人の忌まわしい訪問は、アリシア・エリアンの最初の小説の中に、ほとんど一語一句、同じ表現を見出すことができた。朝、喉が渇いて目が覚めたら、一言も発声できなかったが、やがて声を取り戻せたという話は、ジェニファー・ジョンストンの小説に描かれている同じような現象に、取り違えるほどそっくりだった。彼女の夫となる男性と交通機関のストライキの日に出会ったという話は、エマニュエル・ベルナンの本からそのまま取られていた。

その後の数週間、私は、Lが語ったさまざまな話と書棚の本との関連を発見し続けた。

空想の友達ジィジーの話は、サリンジャーの中編小説とグザヴィエ・モメジャンの小説との奇妙な混合だった。後者は、ポールが中学校で勉強した作品で、どうしたわけか、居間の書棚に私の蔵書といっしょに並べてあった。

Lがこうした思い出を語るのを聞きながら、私は懐かしいような不思議な感情を味わったものだった。それは、私のなかで共鳴した、そして、私たちが何か深くて内密なものを共有している、と私に思い込ませた。何か言葉では説明できないものを。大昔に由来する痕跡を。この共鳴が何だったのか、私は今になってようやく理解した。

今でもなお、Lがどうしてこんな芝居を、私を相手に演じたのか分からない。何かに挑戦するためなのか、何かを否定するためなのか。しかし、私は小説家として、さまざまな仮説を立て、検討した。

Lは、私の作品と愛読書とから意図的に学んで、異彩を放つ光景からなる彼女の人生のヴァージョンを私に提供した。その光景は無作為に選んだものではなく、吟味して選んだものだった。なぜなら、それは私のなかに無意識に浸透して、私に自分の人生の物語を書きたいという欲望をおこさせる強力な刺激剤となる、と彼女は考えたからだ。Lは、私がこれらの本を好んでいる（なぜなら、それらは蔵書として書棚に並んでいるわけだから）という原則、それ故、そのおぼろげな記憶《レミニサンス》が私自身の物語と、とりわけ隠された本の物語と、共鳴現象を起こすだろうという原則から出発していた。

あるいは、Lは、万事承知の上で、私に挑戦して面白がっていたのだろう。彼女は好んで、私がすでに読んだことのある物語を、ときには一語一句たがわずに、私に語り聞かせた。彼女は次第に挑戦をエスカレートさせていった。私がごまかしに気づき、こう言うのを覚悟の上で、なによ、それ、私、全部読んだことあるわ！　Ｌは彼女の話にフィクションの効果をちりばめ、私が思い出すかどうか見ようとした。おそらく彼女は、私が昔読んだ本は私のなかに散漫で曖昧で消えやすい痕跡しか残さなかった、ということを証明したかったのだろう。そうだとすると、彼女は間違っていた。私はそれらの本の内容を覚えていたし、何冊かの本は、とてもよく覚えていた。でも、私は彼女のことを疑っていなかったので、彼女の言ったことを問題にしようとは思わなかったのだ。

私はまた、Ｌが私に対して別の形の罠を仕掛け、今度こそは、それに引っかかったのかもしれない、とも考えた。Ｌは分かっていたのだ、私が昔読んだテキストの深い痕跡を私の知らないうちによみがえらせれば、私が彼女について書きたい気持ちになるだろう、と。私は、Ｌの裏をかいたと思い込んでいたのだが、それこそ、彼女が望むところだった。私の本の主題になる。そうして、私が愛読した作家たちを、そうとは知らずに剽窃するように仕向ける、Ｌはそれを狙ったのだろう。

私はこうした仮説の各々を、何時間も検討した。が、実をいうと、そのどれにも満足できなかった。

もしかしたら、Ｌはこうしたシーンをすべて、「ほんとうに」経験したのかもしれない。もしかしたら、Ｌの人生と私の書棚の本との共通点は、単に、奇妙な偶然の一致にすぎなかったのかもしれない。そうだとすると、事実はフィクションを凌駕したばかりか、フィクションを含み込み、剽窃したことになる……。そうだとすると、「事実は小説より奇なり」を地でいったことになる。

ある朝、私たちがクルセイユにいた時、フランソワは池の魚が死んでいるのを見つけた。一匹の頭と背骨しか残っておらず、そこには肉の破片がくっついていた。水面には真珠のような光沢の鱗が数片、浮いている。他の魚はいたって元気だった。私はフランソワに、共喰いをしたんじゃない？　と聞いた。彼は、そんなことはない、と私を安心させた。しかし、数日後、インターネットで調べて、それはありうるね、と認めたのだった。

夏になる前には、私はずいぶん元気になり、Ｌのことを考えて眠れない夜を過ごすこともなくなった。そんなある日のこと、Ｌの荷物運びを手伝った美青年が、カフェのテラスに座っているのを見かけた。私は向かい側の道を歩いているところだった。彼の容貌のどこが目を引いたのか分からなかったが、私は歩みを止めた。

私は道を横切り、青年に近づいた。彼は同じ年頃の若い女性とお茶をしていた。私は彼らのおしゃべりをさえぎった。

――こんにちは、失礼ですが、あなたは数カ月前に、私の家に来たことがありますよね、四十歳くらいの女性といっしょに、朝早く、彼女の荷物運びを手伝って。彼女は私のところに滞在するので、スーツケースをいっぱい持っていたのだけど、覚えていませんか？

青年は私を見て、優しく微笑んだ。

――いいえ、悪いけど、覚えてないです。どこのことですか？

――十一区の、フォリ＝メリクール通り。エレベーターなしの七階よ。あの女性のこと、覚えているでしょ？Lという名前で、背が高くて、ブロンドの女性よ。あなたは彼女の友人の息子さんだって、彼女は言っていたわ。

青年は、私にこう説明した。自分は一時期、運送会社で働いていたことがある。大工仕事や、家具の運搬や、地下室の荷物の撤去などをした。エレベーターなしの七階で、きつい仕事をしたのは、ぼんやり覚えているが、それだけだ。申し訳ないが、Lのことも、あなたのことも、まったく記憶にない。会社は自分の友人が創業したが、すぐに倒産してしまった。

数カ月前に、私はポールと『ユージュアル・サスペクツ』を見直した。これは一九九〇年代に上映されたサスペンス映画で、私は長いこと、彼に見せたいと思っていた。クレジット・タイトルが現れた時、私はどうしてこれが重要だったのか、理解した。映画は衝撃的な終わり方で、大変な反響を呼んだ。

シナリオはヴァーバル・キントの尋問をめぐって展開する、彼は前日に起こった船の爆発・炎上事件のただ一人の生き残りだった。ヴァーバルは片手と片足に障害をもった愚直なお人好しで、ケヴィン・スペイシーが演じている。ヴァーバルは関税局捜査官から何時間にも及ぶ尋問を受けるが、それを見ていると、彼は頼りにならない共犯者であり、自分自身もよく分かっていない陰謀にまきこまれているだけのような印象を受ける。保釈金が支払われて、ヴァーバルは拘束を解かれる。そして手荷物を受けとり、警察署を去っていく。彼がいなくなった後、捜査官クイヤンは自分の職場ではない、この警察署にいっときとどまる。無意識に壁の掲示板に目をやると、そこには捜索命令、情報カード、写真、新聞の切り抜きなどが張りつけられている。その時、クイヤンは、ヴァーバル・キントが尋問中に、この掲示板を正面にして座っていたこと、そして彼が言及した名前や事件の細部はことごとく、この掲示板に張られていたものから引用されていたことに気づく。さらに、ヴァーバルが共犯者として挙げた名前は、クイヤンが手にしていたコーヒーカップの底に印されているメーカーの名とまったく同じなのだった。ちょうどその時、誰も姿を見たことがないという残忍な伝説的犯罪者、カイザー・ソゼのモンタージュ写真がファックスで送られてくる……それはヴァーバル・キントと生き写しだった。

次の場面では、並行モンタージュで、ケヴィン・スペイシー扮するヴァーバルが道を歩いている姿が現れる。手の麻痺は消え、足をひきずるどころか早足だ、彼はタバコに火をつける。

それは、私が書棚の前で、Lが詩を暗唱するように本の題名を読み上げたことを思い出しながら、彼女が私に語ったことはすべて作り話だったと理解した日に、私が経験したこととそっくりだった。私も、捜査官クイヤンと同じく、騙されていたことに気づいたが、その時は後の祭りだったのだ。

今、Lのことを考えると、他のどのイマージュよりも、クローズアップで映しだされたヴァーバル・キントの足が、彼を待っている車の方へ、片足を引きずらずに、しっかりとした足取りで早足に歩いていく、このイマージュがよみがえってくる。

私は知っている、Lが、どこか、ほど遠くないところにいるということを。彼女は距離を保っているのだ。

私は知っている、彼女がいつか、きっと戻って来るに違いないということを。

いつの日か、カフェの奥か、映画館の薄暗闇か、私の話を聴きにきた読者グループのなかに、私は彼女の目を見つけるだろう、その目は、私がイエール小学校の中庭で手に入れたいと夢見ていた黒いビー玉のように、キラキラと輝いているだろう。Lは、ちょっと手を上げて、仲直りのための暗黙の合図をするだけだろう、しかし、彼女はあの勝ち誇った笑顔をして、私に打撃を与えるだろう。

彼女の打ち明け話のどれについても、彼女がどの本から着想を得たのか、見つけることができた。ただ一つ、詳細に語られたのに、出典が分からずじまいのものがある。おそらく、私が読んでいない本から引用されたのだろう。何冊か、まだ読んでいないのに書棚に並んでいる本があった。自分で買ったか、あるいは人から贈られたかしたものだが、手元においておきたい本だった。

いつの日か、こうした本の一冊を読んだとき、そのシーンに行き当たるかもしれない。


Lは十五歳だ。彼女はパリ郊外にある町の中学に通っている。前日、父親が夜遅くまで彼女を叱り飛ばした。おまえは何かおかしい、うまくいかない、どこかしっくりしない。おまえは行儀が悪い、背中を丸めている、引っ込み思案だ、おまえは娘っぽくない、いつもふくれ面をしてる。彼は娘の何かを疑っている、娘はどこか変だ、何か隠しているのかもしれない。それに、みんな、そう思っている(彼は「みんな」と繰り返す、まるで世の中の全員と知り合いであるかのように強調する)、薬局の人も、グルパマ保険会社の人も、同じことを言った、あなたの娘さんは、おかしいですね、と。彼女は他の女の子と違う。少なくとも、他の女の子たちは陽気で、楽しそうで、バスケットシューズを履いている。彼女たちは愛想がいい。

朝、登校しても、彼女は引きこもっている。自分の目が赤いのが分かっている、どうしたの? と聞かれるかもしれない。

しばしば、彼女は逃げだすことを夢想する。あるいは、誰かが迎えにきてくれないかと。しばしば、それでもやっぱり自分は女性になれるだろう、と考える。人から見られる女性、人から美しいと思われる女性に。傷ついていることが見えない女性に。

国語の授業の後で、先生が彼女に残るように命じる。他の生徒たちが外に出た後で、先生は、元気かい、と尋ねる。家で心配事があるんじゃないのか、と尋ねる。彼はあれこれ詮索せず、元気かどうかだけ、知ろうとする。先生は彼女の前に立っている、彼は彼女をじっと見る、彼は理解しようと手がかりを探す。彼女は目を伏せる。

先生は、もし話せないなら、書いたらいいじゃないか、と言う。自分自身のために。君は書くのが好きだろう? 彼女は何も言わない。彼女はじっと考える、口にできないあの言葉を、彼に聞こえるようにできるだけ強く考える。私はそんなに醜く、そんなに滑稽で、そんなに風変わりで、そんなに不格好で、そんなにひどい髪で、そんなに意地悪ですか? 私は気が狂うのが怖い。私は怖い、私には分からない、この恐怖が存在するのかどうか、この恐怖に名があるのかどうか。

完*

『デルフィーヌの友情』をめぐって

本書は、デルフィーヌ・ド・ヴィガンの最新作、Delphine de Vigan, *D'après une histoire vraie* (J. -C. Lattès, 2015) の翻訳である。原題は「実話によれば」ないしは「実話をもとに」の意で、下に、よく見なければ見逃しそうな小さな文字で"roman"（小説）と記されている。この、「実話」と「小説」という一見、相矛盾する言葉の組み合わせが示しているように、本書は、創作においてどこまでが現実で、どこからがフィクションなのかをめぐって展開する、一種のメタ・フィクション、小説を書くことをめぐる小説なのである。

日本語の題名は『デルフィーヌの友情』とした。なぜなら、本作品は小説の創作論を重要なモチーフとしながら、物語はミステリアスな結末にいたるまで、デルフィーヌと女友達Lとの奇妙で濃密な関係を軸に繰り広げられるからである。なお、以下の解説においては、著者を指すときはド・ヴィガン、作中の語り手を指すときはデルフィーヌ、と書き分けることを、最初にお断りしておく。

語り手デルフィーヌは女性作家、作者の分身といってよいだろう。彼女は、自分の母の精神の変調と自殺を題材に、自伝的小説を発表したが、次作を構想しながら、Lという謎めいた女性の出現とともに、彼女に呪縛され、翻弄されて、執筆不可能な状態に陥る。Lとの内密で危険な関係と、その破綻の顚末を回想する、という形で語られる物語、それが本書であり、第一章「誘惑」、第二章「抑鬱症」、第三章「裏切り」の三つの章から構成されている。

デルフィーヌの母をめぐる自伝的小説は、狂気や自殺、近親相姦など、人間の心の闇を描くような作品だったこともあり、読者のなかにさまざまな反応を引き起こし、もともと感受性の強い彼女は強度のストレスにさらされる。そんな折に、偶然なのか偶然を装った作為なのか、彼女の前に忽然と現れるのがLである。個性的で美しく妖艶でエキセントリックなLに、デルフィーヌはたちまち魅了される。一方、Lは作家デルフィーヌに異常な関心を持ち、トリックスターである。彼女の作品はすべて読み彼女のことは調べ上げている。

Lはこの作品のキーパーソンであり、トリックスターである。作品中、他の登場人物には名前が与えられているのに対し、Lだけは明記されていない。そのことによって、彼女は読者の想像力を刺激する。たとえば、Lを頭文字とする女性たち——ド・ヴィガンの前作『闇の彼方へ』における自殺した母リュシル、『ノーと私』の主人公の少女ルウ、あるいは初期作品で使われたルウというペンネームなどが連想される。また、Lがデルフィーヌとよく似ているということ、とりわけ、彼女になりすまして高校を訪問するというエピソードから、Lはデルフィーヌの分身だと思わせる。さらに、Lが発散する危険な魅力は、堕天使ルシファーをも想起させずにはいない。彼女の職業がゴーストライターだという設定も、Lの影の人物としての性格を裏付けている。しかも、Lは、うちに人知れぬ病理と狂気を秘めた境界的性格の持ち主で、何をしでかすか分からない。事実、彼女が登場して以来、デルフィーヌのまわりには不可解な事件がつぎつぎと起こり、読者はまるで心理サスペンスのような物語に引き込まれる。

さて、ここで言及したいのが、各章のエピグラフとして引用されるホラー小説の大家スティーヴン・キング。第一章と第三章は『ミザリー』、第二章は『ダーク・ハーフ』から取られている。前者は、雪道で自動車事故を起こし半身不随となった人気作家のポール・シェルダンが、元看護婦で異常性格の熱烈な愛読者アニーに助けられ、人里離れた彼女の家に監禁されて、彼女のためだけに小説を書くことを強要される心理サスペンス小説、後者は、作家のなかの大衆作家と純文学作家との分裂、作家とペンネームとの対決を主題とする、『ミザリー』の姉妹編とも言うべきホラー小説である。

実は、ド・ヴィガンはスティーヴン・キングから多くのアイディアを借用している。流行作家とファンとの倒錯した関係、ファンの異常心理・独占欲、人里離れた郊外に閉じ込められる怪我をした作家、処方される薬物、地下室のネズミ、文中に挿入されるタイプライターで打った原稿（ポールがアニーのために書く小説と、デルフィーヌに送られてくる脅迫状）……。デルフィーヌがLに支配されていく恐怖、とくに足を骨折して二人きりで田舎の密室に閉じこもってからの恐怖は、『ミザリー』を彷彿させずにはいない。

しかし、本作品の面白さは、心理サスペンスにとどまらない。デルフィーヌが女性作家で、母の自殺を自伝的小説にした、というド・ヴィガン自身の実話から出発しつつ、現実と空想の狭間に棲息する人物Lを登場させることによって、本作品は現実と虚構、自伝的小説とフィクションの入り混じる多重構造を取ることになる。そして、実話かフィクションかをめぐってデルフィーヌとLとのあいだで交わされる文学論が、もう一つの読みどころとなっている。

いったい、Lは何をもくろんでデルフィーヌに付きまとうのだろうか？　自伝的小説を書いた後で、次作はフィクションに戻りたいと望むデルフィーヌに、なぜLは執拗なまでに、自伝的小説（オートフィクション）を書くようにと迫るのだろうか？

文学においては真実こそが重要で、読者が求めているのは実話だ、と主張するLに対し、書くという行為にはすでに虚構が含まれている、と考えるデルフィーヌは、次は、テレビのリアリティー番組を題材にした小説を書こうと企画している。「リアリティー番組」とは一九九〇年代に世界を席巻した、視聴者参加型の、台本のない新しい形式のテレビ番組だが、どこまで本当なのか、やらせや恣意的な編集はないのか、事実は限りなくあやふやである。ド・ヴィガンはテレビや映画などの同時代の題材を取り上げながら、真実と虚構という文学創作の根源的テーマを問いかけているのである。

ちなみに、文学創作をめぐるLとデルフィーヌの噛み合わない議論は、一九世紀のリアリズム小説を超克すべく試みられた二〇世紀文学の前衛的な探求、さらに現代フランスにおける小説論を展望しているようで、きわめて興味深い。

実際、シュルレアリスムやヌーヴォー・ロマンの文学的冒険の後で、多くの作家たちによって試みられているジャンルの一つに、「オートフィクション」がある。デルフィーヌが母を題材にして書いた作品も、Lが彼女に書くよう強要する作品も、オートフィクション、すなわち新しい形の自伝といってよいだろう。従来の「自伝」（オートビオグラフィー）では、著者は事実に基づき時間列に沿って、ある程度客観的に自分の人生を語ったのに対し、オートフィクションでは、自分の生きた人生の事実に題材を取りつつも、それは著者の記憶にしたがって変容し、想像力によって虚構化される。

実は、一九八〇年代に、ヌーヴォー・ロマンの作家たちの、新しい手法による自伝的作品——クロード・シモン『農耕詩』、ナタリー・サロート『子供時代』、アラン・ロブ＝グリエ『戻ってきた鏡』など——が相ついで出版された。また、マルグリット・デュラスが『愛人』を発表したのも同時期である。二〇世紀の前衛作家たちは、神の目ですべてを見て描いたような一九世紀的な小説に対して、革新的な方法を模索し、物語の解体を行ったが、その行き過ぎを修正するかのように現れたのが、物語の復権であり、新しい形の自伝的作品であった。

そこに共通するのは、自伝的記憶の想起とエクリチュールという問題意識である。とりわけ、サロートの『子供時代』やデュラスの『愛人』と、ド・ヴィガンの『闇の彼方へ』には、女性作家における母との葛藤、子供時代のトラウマと語り、無意識と記憶の探求など、共通のテーマが色濃く現れている。

さらに、ド・ヴィガンはデルフィーヌとLとの関係を通して、創作とは何かを問いかけている。デルフィーヌは結局、フィクションの企画を諦め、Lの数奇な人生に興味を掻き立てられて、彼女の人生の実話を書こうと思い立つ。そうして、自伝的小説を書くふりをしながら、Lの幼い頃や若い頃のエピソードをそれとなく聞きだしては、こっそり記録していく。ところが、Lがデルフィーヌに語り聞かせた打ち明け話は、彼女の書棚にあった本から寄せ集めたコラージュにすぎなかったことに気づくのである。

各自の人生の物語は、多かれ少なかれ、過去の人々が語った似通った物語の、もう一つのヴァージョンにすぎないのかもしれない。私たちの記憶のなかには、神話や伝説などで語られた物語の元型が息づいており、作家たちはそれを掘り起こし、現代ヴァージョンとして書き直しているだけなのかもしれない。だとすれば、創作における独創性とは何なのだろうか？　物語の内容ではなく、どのように表現するか、エクリチュールの問題になるのではないだろうか。

本作品においては、真実と虚構の線引きが難しいのと同様に、Ｌとデルフィーヌの境界はかぎりなく曖昧である。二人は同じコインの表と裏のような関係なのだろうか？　Ｌはデルフィーヌの無意識のなかに生きる影の存在なのだろうか？　単なる幻覚か、白昼夢なのか？　記憶のなかから物語を掘り出すには、影の存在の助力が必要なのだろうか？

それにしても、物語が「完《＊》」で幕を閉じるのは衝撃的である。なぜなら、この「＊」こそ、ゴーストライターのＬが、自分が書いた作品にこっそりとつける印なのだから。

こうして、実話から始まった物語は、Ｌを介在させることによって、フィクションへと変調する。そうして私たち読者は、真実と虚構のあいだを揺れ動き、創作とは何かを問いながら、エクリチュールによって虚実の彼方に導かれる。デルフィーヌとＬとの心理サスペンスを縦糸に、実話かロマンかをめぐるエクリチュール論議を緯糸にして織りなされるメタ・フィクフョン、ストーリー・テリングの面白さと文学論との融合、それこそ本作品の斬新さであろう。

デュラスが『愛人』において、「私の人生の物語はない」と言い、作品はエクリチュールなのだと主張したこと、さらに、「デュラス、それはエクリチュールだ」と言ったことを想起しよう。それに倣って、私たちは、こう言えるのではないだろうか。デルフィーヌ、それは新しいエクリチュールだ、と。

最後に、本作品の翻訳出版を企画し編集作業を支えてくださった水声社社主の鈴木宏さんおよび編集者の神社美江さん、また、折につけ相談にのってくださった藤谷アニーさんはじめ友人たちに、心から感謝いたします。

二〇一七年九月　湯原かの子

著者／訳者について――

デルフィーヌ・ド・ヴィガン（Delphine de Vigan）一九六六年、ブーローニュ＝ビアンクール（フランス）に生まれる。現在、もっとも注目されているフランス女性作家の一人。作品は各国語に翻訳されている。主な作品に、*Jours sans faim*（Grasset, 2002）, *Les Jolis Garçons*（J.-C. Lattès, 2005）、日本に紹介された作品に、『ノーと私』（加藤かおり訳、日本放送出版協会、二〇〇八年。*No et moi*, J.-C. Lattès, 2007）、『リュシル　闇のかなたに』（山口羊子訳、エンジン・ルーム、二〇一四年。*Rien ne s'oppose à la nuit*, J.-C. Lattès, 2011）等がある。前者はザブー・ブライトマン監督により映画化された。後者はフナック文学賞はじめ数々の賞を授賞した。本作品も高校生の選ぶゴンクール賞を受賞し、二〇一七年にはロマン・ポランスキー監督により映画化されている。

湯原かの子（ゆはらかのこ）　上智大学仏文科卒。九州大学大学院、上智大学大学院を経てパリ第四大学文学博士号取得。現在、上智大学他講師。フランス文学・比較文学専攻、評伝作家・翻訳家。主な著書に、『カミーユ・クローデル　極限の愛を生きて』（朝日新聞社、一九八八年）、『藤田嗣治　パリからの恋文』（新潮社、二〇〇六年）、主な訳書に、テレーズ・ムールヴァ『その女《ひと》の名はロジィ　ポール・クローデルの情熱と受苦』（原書房、二〇一一年）、カトリーヌ・ガルシア『レメディオス・バロ　絵画のエクリチュール・フェミニン』（水声社、二〇一四年）などがある。

デルフィーヌの友情

二〇一七年一二月一五日第一版第一刷発行　二〇一八年六月二〇日第一版第二刷発行

著者――デルフィーヌ・ド・ヴィガン
訳者――湯原かの子
装幀者――宗利淳一
発行者――鈴木宏
発行所――株式会社水声社
東京都文京区小石川二―七―五　郵便番号一一二―〇〇〇二
電話〇三―三八一八―六〇四〇　FAX〇三―三八一八―二四三七
［編集部］横浜市港北区新吉田東一―七七―一七　郵便番号二二三―〇〇五八
電話〇四五―七一七―五三五六　FAX〇四五―七一七―五三五七
郵便振替〇〇一八〇―四―六五四一〇〇
URL : http://www.suiseisha.net

印刷・製本――精興社

ISBN978-4-8010-0319-4

フィクションの楽しみ

【最新刊】

欠落ある写本　カマル・アブドゥッラ　三〇〇〇円
石蹴り遊び　フリオ・コルタサル　四〇〇〇円
テラ・ノストラ　カルロス・フエンテス　六〇〇〇円
リトル・ボーイ　マリーナ・ペレサグア　二五〇〇円

【フランス文学】

ステュディオ　フィリップ・ソレルス　二五〇〇円
傭兵隊長　ジョルジュ・ペレック　二五〇〇円
眠る男　ジョルジュ・ペレック　二二〇〇円
煙滅　ジョルジュ・ペレック　三二〇〇円
美術愛好家の陳列室　ジョルジュ・ペレック　一五〇〇円
人生使用法　ジョルジュ・ペレック　五〇〇〇円
家出の道筋　ジョルジュ・ペレック　二五〇〇円
Wあるいは子供の頃の思い出　ジョルジュ・ペレック　二八〇〇円
ぼくは思い出す　ジョルジュ・ペレック　二八〇〇円
秘められた生　パスカル・キニャール　四八〇〇円
骨の山　アントワーヌ・ヴォロディーヌ　二二〇〇円
1914　ジャン・エシュノーズ　二〇〇〇円
エクリプス　エリック・ファーユ　二五〇〇円
長崎　エリック・ファーユ　一八〇〇円
わたしは灯台守　エリック・ファーユ　二五〇〇円
家族手帳　パトリック・モディアノ　二五〇〇円
地平線　パトリック・モディアノ　一八〇〇円
あなたがこの辺りで迷わないように　パトリック・モディアノ　二〇〇〇円
赤外線　ナンシー・ヒューストン　二八〇〇円
草原讃歌　ナンシー・ヒューストン　二八〇〇円
モンテスキューの孤独　シャードルト・ジャヴァン　二八〇〇円
涙の通り路　アブドゥラマン・アリ・ワベリ　二五〇〇円
バルバラ　アブドゥラマン・アリ・ワベリ　二〇〇〇円

〔価格税別〕